Sweepslag
van die Liefde

Marsofine Krynauw

Malherbe Uitgewers Publikasie

Outeur; Marsofine Krynauw
Voorbladontwerp: Marsofine Krynauw

Geset in Franklin Gothic Book 11pt

Hoofstuk 1

"Vader, hoe is dit moontlik, hoe kan dit wees? Ek het hom met my lewe vertrou! Ek het hom oneindig lief ..." Kendra se bene gee onder haar in en sy sak in 'n patetiese bondel inmekaar op die badkamervloer. Die trane stoom oor haar gesig. Die snikke wat deur haar liggaam skeur, probeer sy demp in die handdoek wat sy haar gesig in druk. Sy wil en mag nie dat Kari haar hoor huil nie. Dit sal haar net ontstel. Sy is juis nou op so 'n vatbare ouderdom waar meisies emosioneel sukkel.

"Mamma, waar is jy?" hoor sy Kari roep uit haar kamer, waar hulle pas oor haar skooldag gesels het voor die oproep wat haar lewe verander het.

"Ek is in die badkamer, my pop ... ek kom nou," probeer sy so normaal moontlik antwoord. Sy staan op en sluk haar trane. Daar is nie nou tyd vir trane nie. Haar kind is die belangrikste persoon in haar lewe nou. Sy mag nie agterkom dat daar iets skort nie. Sy was haar gesig, plak 'n glimlag op haar bakkies en stap vasberade by die deur uit.

"Kom, my pop, ek maak vir ons 'n lekker koppie koffie, dan eet ons van daardie nuwe koekies wat ek vandag gebak het."

"Ek kom dadelik, dit sal ek vir niks mis nie, Mamma. Jy bederf ons vreeslik. Die Duitse kinders is elke dag jaloers as hulle sien wat jy alles vir my in my kosblik gepak het. Die meeste van hulle se ma's pak nie vir hulle kos in nie."

"Ag, dit is mos vir my lekker om die mense wat ek liefhet te bederf. Veral vir jou my pop, jy is my hele lewe." Kari loop na haar waar sy besig is met die koffiebekers, en druk haar

1

van agter. Kendra moet net keer dat die trane wat maar vlak sit nie weer oorloop nie.

Vader, wys my die pad, ek het geen idee hoe ek moet aangaan na daardie oproep nie, geen idee nie!

Vier jaar vroeër

"Kendra, my vrou, waar is jy? Ek het goeie nuus vir jou, altans ek dink dit sal goeie nuus wees," praat Werner wanneer hy by die voordeur inkom.

"Werner, my man, wat praat jy? Groet my eers, ek het jou gemis." Hy sit sy arms om haar en soen haar. Sy kan sien dat hy wil bars om haar te vertel wat die nuus is en wonder wat dit kan wees.

Sy is al byna elf jaar met hierdie man getroud, en is nog net so lief soos toe vir hom. Hy is 'n hele paar jaar ouers as sy, en het ook al groot kinders van sy vorige huwelik. Sy het hulle aanvaar en staan hulle by soos haar eie. Hulle het twee jaar na hulle troue vir Kari gekry. Sy is hulle albei se klein prinsessie en lewensvreugde.

Kendra is 'n mooi vrou met haar blonde kort hare en vriendelike groen oë. Na Kari se geboorte sukkel sy om van die oortollige gewig ontslae te raak, maar haar persoonlikheid maak oor en oor daarvoor op. Sy is 'n regte moeder en 'n voorslag vrou vir haar man. Werner is mal oor haar. Sy het so 'n pragtige persoonlikheid en bederf hom en hul kinders geweldig. Hy is net 'n handbreedte langer as sy, het donker hare en bruin oë. Hy is op die rand van sy middeljare en dit wys om sy middel. Sy liefde vir partytjie hou, help dit nie veel nie. Hy is 'n bedryfsbestuurder by 'n groot internasionale firma. Hy is nie net gemoeid met die mengsels van hulle produkte nie, maar ook met die meganiese kant van die bottel en verpakking van hulle produkte.

"My man, kom ek gaan maak vir jou koffie, of wil jy eerder 'n bier hê? Dan kan jy my vertel wat die nuus is."

"My liefste vrou, daar is nie nog een soos jy nie. Ek sal koffie neem vanmiddag, dit is lekker koud buite." Hy volg haar in die kombuis in waar sy dadelik doenig raak met die koppies en die ketel.

"Vertel nou?" por sy hom aan.

"Nee, ek wil hê jy moet rustig saam met my sit."

Minute later sit hulle oorkant mekaar langs die eetbank, elk met 'n koppie koffie.

"Toe uit nou daarmee, ek sien jy kan nou nie meer langer dit vir jouself hou nie."

"Ek is bevorder ..."

"Dit is wonderlike nuus, my man. Jy verdien dit deur en deur. Jy is die een mense waarop jou base dag en nag kan staat maak."

"Kendra, dit is nie al nie ..." laat hy weer sy sin in die lug hang, skrikkerig oor wat haar reaksie op die tweede deel van die nuus sal wees.

"Wat nog? Vertel nou, wat moet ek so sukkel om dit uit jou te kry."

"Hulle het besluit dat dit beter sal wees as ek in Duitsland my kantoor het. Dit is meer sentraal vir wanneer ek na die ander lande moet vlieg vir opleiding of om probleme te gaan oplos. Wat dink jy daarvan?" vra hy huiwerig. Hy weet baie goed hoe belangrik familie vir sy vrou is en dat sy baie lief is vir haar moeder.

"Wat ek daarvan dink speel geensins 'n rol nie, my man. Waar jy gaan, gaan ek! Al stuur hulle jou Noordpool toe, gaan ons saam met jou. Ons is 'n gesin en is lief vir jou en sal jou altyd ondersteun. Ons sal mos saam die nuwe omstandighede aanvat. Wat van jou seuns, jou gewese vrou sal nooit toelaat dat hulle so ver weg van haar gaan nie. Terwyl ons hier is, was dit vir haar gerieflik, want sy het nie die verantwoordelikheid gehad nie, maar sy sal hulle beslis nie Duitsland toe laat gaan nie."

"Ek dink jy is reg, sy sal nie. Dit sal vir my sleg wees, maar gelukkig is hulle almal reeds klaar met skool en moet nou op hulle eie voete staan. Hulle kan steeds kom kuier en ons sal ook hier kom kuier. Dit is een van die beloftes wat hulle gemaak het dat ons ten minste een maal per jaar kan huis toe kom."

"In daardie geval, wanneer moet ek begin pak?" vra sy entoesiasties.

"Dankie, Kendra, baie dankie dat jy altyd agter my staan en in my glo. Ek moet oor drie maande in Hamburg wees, dit is waar die grootste aanleg is en waar ek stasioneer sal wees. Hulle het beloof om ons binnekort oor te vlieg om te gaan kyk na behuising en skole. Een ding kan jy weet, daar sal julle baie meer veilig wees as ek wegwerk. Hulle het genoem dat ons in die gedeelte bekend as Rahlstedt gaan woon, want dit is die naaste aan die aanleg."

"Dit klink alles goed my man. Solank ons bymekaar is en ons prinses by ons is, is die hele wêreld mos reg. Ons Vader sal ons nie na 'n plek stuur waar ons ongelukkig sal wees nie."

Werner lewer nie op haar laaste aanmerking kommentaar nie. Hy is glad nie 'n gelowige nie, waar Kendra haar lewe probeer leef volgens haar Vader se wil. Sy bly bid dat Werner ook nog vir Jesus sal aanvaar as sy Verlosser, dan sal hulle lewens heeltemal perfek wees.

Twee weke later word Werner en Kendra Duitsland, Hamburg, Rahlstedt toe gevlieg om te gaan kyk na hul nuwe omgewing en na woonstelle te kyk.

Sy is hartseer om haar moeder agter te laat, maar opgewonde oor die nuwe avontuur. Hulle het besluit op 'n woonstel in 'n klein kompleks met vier eenhede, reg oorkant 'n park. Nie ver daarvandaan nie lê 'n pragtige woud met fietsry- en wandelpaadjies. Dit is somer in Duitsland, alles is groen, en kleurvolle blomme blom oral.

"Mamma se pop, hier sal ons tog te lekker bly. Ons sal kan stap en fietsry en dit sal veilig wees."

"Maar Mamma, die mense praat dan almal Duits en ons kan dit nie verstaan of praat nie," lig Kari haar kommer.

"Toemaar my pop, soos ek jou en jou mamma ken sal julle vinnig die taal leer. Gelukkig is dit nie 'n vereiste dat ek die taal moet leer nie, ek is te oud om nou 'n nuwe taal te moet aanleer," reageer Werner.

Die tweede dag wat hulle daar is gaan hulle na 'n skool nie ver van waar hulle woonstel is nie. Die Duitse meisie wat hulle vergesel verduidelik alles aan die hoof. Die vra vir sekere inligting wat hulle moet stuur en hy gee sy kaartjie aan hulle. Hy is wel Engels magtig en verseker hulle dat hy nie glo daar 'n probleem sal wees om Kari in te neem nie.

Drie dae later vlieg hulle terug Suid-Afrika toe, nou meer gerus oor hulle nuwe avontuur. Nou is dit net vir die pak en die groetery. Hulle huisinhoud word in 'n houer verskeep, Kendra moet net hulle klere pak. Die moeilikste gedeelte gaan wees om van haar moeder afskeid te neem, maar daardie brug sal sy ook oorgaan as sy daarby kom met haar Vader se genade.

Hoofstuk 2

Die dae loop aan, Kendra pak, Kari, is hartseer oor haar maatjies wat sy moet agterlaat. Kendra en Werner troos met beloftes dat sy gou weer maatjies sal maak in Hamburg. Werner is dankbaar dat hy 'n vrou het wat hom so ondersteun en bereid is om alles in hulle land agter te laat. Dit is nou wel so dat Suid-Afrika een van die mees onveilige plekke ter wêreld geraak het, tog bly dit hulle geboorteland.

Ons het mekaar, en dit is al wat ons nodig het om 'n sukses te maak van hierdie groot verandering. Dit is ook nie elke persoon wat die voorreg het, wat ons nou sal hê om in Duitsland te woon en die hele Europa te kan vol reis nie. Vir Kari sal dit ook baie deure oopmaak. Sy gaan Duits leer en in 'n skool-stelsel onderrig ontvang waar die standaard van wêreldklas is. Ag, nee wat, hierdie gaan vir ons werklik nie moeilik wees nie.

Werner is in sy skik met die nuwe avontuur wat voorlê. Kendra as vrou en moeder dink ook daaraan soos sy pak. Vir haar en Kari gaan dit anders wees. *Ek hoop my arme dogtertjie sal vinnig aanpas, natuurlik sal dit vir haar traumaties wees om van 'n skool waarin sy in haar eie taal skoolgaan nou oor te gaan na Duits, alles vreemd. Ek sal net so gou moontlik moet Duits leer. Verder gaan sy haar maatjies en ouma baie mis. Ek wonder hoe baie Werner weg van die huis gaan wees en vir hoe lank? Dit gaan erg wees as hy nie by ons is nie, tog is dit vir sy loopbaan en die beste vir ons. Hy versorg ons so mooi. Ek sal sekerlik eers Duits vlot moet kan praat voor ek weer 'n werk sal kry, maar my Vader sal wel sorg. Ek gaan my beslis dood verlang na my moeder, wanneer sal ek haar weer sien? Hou op dinge vooruitloop, Kendra, waar is jou geloof in jou Vader. Jy gaan saam met die man wat jy liefhet en jou dogter. Alles sal goed gaan al is daar ook uitdagings.*

Asof Werner haar gedagtes gelees het, stap hy by die vertrek in en vat haar om haar lyf.

"My liefste, is jy *okay* met die hele emigrasie ding? Jy het so vinnig ingestem en nooit eers een keer enige negatiewe gedagtes uitgespreek nie."

"My man, die belangrikste is dat ons saam sal wees, jy, Kari en ek. Die res sal ons mos ook saam aanpak. Ek het belowe om deur dik en dun met jou te wees, dit is waar ek hoort aan jou sy. Dit is wat 'n vrou vir haar man doen."

"Kendra, ek is baie bly jy is my vrou. Ek is baie lief vir jou. Nie alle vroue staan hul mans so by nie. Hulle dink altyd eerste aan hulle eie belange. Baie dankie." Hy druk haar vas en soen haar, voor hy na die kombuis gaan om vir homself 'n bier te kry. Daarna gaan ontspan hy voor die TV.

Twee maande later sien hul families hul af op O R Tambo Lughawe in Johannesburg. Die trane vloei vrylik, Kendra is die een wat sterk probeer wees vir Kari se onthalwe en ook haar moeder.

"My kind, wanneer sien ek nou weer vir jou en my geliefde Kari," huil Mariet droewig. In die laaste drie maande het sy so gebid dat haar kind nie moet weggaan nie. Tog verstaan sy dat haar plek by haar man is. Nou het die tyd aangebreek.

Werner se seuns is groot manne, en opgewonde dat hulle pa in Duitsland gaan woon. Vir hulle beteken dit dat hulle een of ander tyd ook sal daar kan gaan kuier en 'n nuwe ervaring geniet. Hulle werk almal en het hulle eie lewens. Verder weet hulle as hulle enigiets nodig het, hoef hulle net 'n WhatsApp te stuur en hulle pa sal sorg. Werner self is nie oor hulle bekommerd nie, want hy gaan hulle steeds gereeld sien as hy in Suid-Afrika kom werk. Hy is immers die enigste man met die tegniese kennis om mengsels reg te stel en die masjiene in te stel.

"Dankie my liefste, jy is 'n besonderse en sterk vrou. Ek weet jou hart moet ook seer wees om jou geliefdes agter te laat, maar jy was so dapper," bedank hy haar as hulle rustig in die vliegtuig sit en wag om op te styg. Kari is nou opgewonde omdat dit die eerste maal is wat sy gaan vlieg. Vir nou is die hartseer oor haar oumie wat sy moet agterlaat vergete.

"Mamma, hoe lank gaan ons vlieg?"

"My pop, so om en by elf ure. Sodra ons opgestyg het, gaan hulle vir ons kos bedien, daarna kan jy lekker slaap. Hulle sal die ligte van die kajuit afskakel en dan sal dit lekker donker wees. Ons gaan ook probeer slaap. As jy wakker word is ons in Duitsland. Opwindend, nè?"

"Ja, ek is baie opgewonde om te sien hoe ons nuwe woonstel, die park en die woud lyk waarvan Mamma vertel het. Oor die skool is ek nie so seker nie, ek sal niks kan verstaan wat die kinders of die juffrou gesels nie."

"Toemaar, pappa se pop, jy is 'n slimkop en sal vinnig leer."

Kendra is dankbaar as sy sien Kari vlei haar teen haar skouer neer en slaap byna dadelik. Syself is doodmoeg van die pakkery van die afgelope tyd en gou is sy ook in droomland nadat sy gesien het Werner slaap reeds.

Ure later stap hulle deur die deur in die ontvangslokaal van Hamburg lughawe in. Kari verkyk haar aan al die mense wat vir haar klink of hulle net brabbel. 'n Kollega van Werner ontvang hulle.

"Daar, Kendra, dit is vir seker Heinz. Ook maar goed hy is so lank, ander sou ek hom nie tussen die skare erken het nie." Werner neem die leiding en Kendra met Kari se hand styf in hare volg.

"Ah, Werner, julle het aangekom! Welkom in Hamburg."

"Heinz, ontmoet my vrou, Kendra en dogter Kari."

"Aangenaam om jou te ontmoet, Kendra. Dit is 'n besonderse naam. Kari, sjoe, maar jy lyk darem baie soos jou mamma. Ek hoop julle sal sommer baie gelukkig wees in Rahlstedt. Dit is 'n lekker omgewing om in te woon. Dit is goed julle kom in die somer aan, ek glo julle sal moet gewoond raak aan die winters hier."

"Heinz, goed om jou ook te ontmoet. Dankie dat jy ons kom haal het," gesels Kendra. Die mans neem hul bagasie en stap vooruit na waar die bussie parkeer is op die parkeerterrein.

Hulle meubels het reeds aangekom, maar vir die eerste nag sal hulle in 'n hotel nie ver van waar hulle gaan woon tuisgaan.

"Wil julle na die woonstel gaan, of direk na die hotel?" vra Heinz.

"Die hotel is heeltemal reg. Ons sal seker eers môre na die woonstel gaan," reageer Werner.

"My man, sal dit reg wees as Heinz ons net neem om ons bagasie by die hotel te laat en dan by die woonstel aflaai? Ek sal graag wil begin om alles reg te kry dat ons môreaand in die woonstel kan slaap. Jy moet alweer Maandag werk, dus is daar net vandag en môre wat jy my kan help om die swaar meubels rond te skuif."

"Dit is in order so my vrou. Heinz, ek het 'n baie flukse vrou, sy sal niks vir môre los wat sy vandag kan doen nie."

"Dit is mos reg, miskien het sy Duitse bloed in haar. Die meubels is so goed gemerk, ek het probeer kyk dat hulle elke vertrek se meubels klaar in die regte vertrek sit. Dit behoort dinge makliker te maak om alles in orde te kry."

"Dankie Heinz, dit was baie bedagsaam van jou. Ons waardeer jou hulp baie," reageer Kendra.

Gedurende die twaalf kilometer rit van Hamburg na Rahlstedt verwonder Kendra en Kari hulle aan die andersheid van hulle omgewing. Die verkeer is honderd maal meer as in Suid-Afrika, maar dit vloei. Daar is geen huurmotors wat net voor jou insny of toeter druk nie, almal gehoorsaam verkeersreëls. Oral is verkeerspolisie te sien wat seker maak die wet word toegepas. Verder is daar baie voetgangers.

Kari is opgewonde toe sy die park oorkant die woonstel sien en Kendra vir haar verduidelik dat die woud net 'n entjie aan is waar hulle kan gaan stap en fietsry.

"Mamma, dit is mooi. Ek sal elke middag hier kan speel. Ek hoop net hier is darem maatjies naby."

"My pop as hier nie maatjie is nie, sal mamma saam met jou speel."

Werner het nie regtig lus om vandag hom besig te hou met meubels rond skuif nie, maar hy ken sy vrou goed en weet, sy wil graag alles agtermekaar kry. Hy sou eerder iewers by 'n kroeg 'n lekker lang Duitse bier wou gaan drink en ontspan, want dis is warm.

Kendra span hom en Kari in. Sy moet al die plastiekbande waarmee die verpakking vasgemaak is los knip. Daarna is die Werner se werk om die meubelstuk uit te haal en sy self is besig om linne en breekgoed in die kaste in die kombuis en kamers te pak. Heel eerste is die beddens van hulle en Kari se kamer. Dit wil sy heel eerste opmaak dat hulle die volgende aand daar kan slaap. Die res kan sy doen al is Werner by die werk.

Teen drie uur die middag is Werner gedaan en roep hy halt.

"My vrou, ek dink ons het nou genoeg gewerk vir vandag. Al die groot meublement is uitgepak en jy het goed gevorder. Eintlik kan ons al vanaand hier geslaap het soos jy gewikkel het. Die ander meubels sal jy alleen kan baasraak en regskuif as ons hier is. Nou gaan ons terug hotel toe. Ek is lus vir 'n lang bier."

"Dit is reg so my man," gee sy toe omdat sy hom ken en weet as hy klaar is redeneer jy nie daaroor nie.

Hulle stap die end na die hotel toe. Werner sweet lekker, hy is beslis die mees onfikse tussen hulle. Kendra het wel ekstra gewig aan haar, nie naastenby so baie soos Werner nie. Sy liefde vir bier wys beslis aan sy maag.

"Pappa, jy sal saam met my en Mamma moet fietsry dat jy ook so vinnig soos ons kan stap."

"My Kari pop, jy weet mos jou pappa het nie tyd daarvoor nie, hy werk baie hard," gooi Kendra wal om nie vir Werner in die verleentheid te stel by sy dogter nie.

"Ek sal graag saam met julle wil fietsry, veral noudat dit so mooi oop en veilig is. Kom ons kyk maar hoe dit gaan en hoe besig die werk my hou. Jy verstaan mos pappa moet werk dat ons almal kan eet en mooi klere dra."

"Ek verstaan dit, maar dit sal darem baie lekker wees as Pappa ook saam met ons kan fietsry, nè Mamma?"

"Dit sal vir seker, my pop."

"Hier is ons nou. Ek dink ons gaan sit in die biertuin, daar het ek gesien is lekker plek waar Kari kan speel."

"Dit is reg so, ek dink self noudat 'n *rock shandy* darem goed sal wees, ek is dood van die dors. Ek kan nie glo dat dit so warm is nie. Vir een of ander rede het ek altyd gedink dit raak nooit so warm hier nie."

"Dit is darem nou in die middel van hulle somer. Gelukkig is hulle somer nie so lank soos ons s'n in Suid-Afrika nie. Dan kom die koue en sneeu dit weer."

"Sneeu, gaan ons hier sneeu sien, Pappa?" vra Kari opgewonde.

"Ja, in die winter gaan dit baie, baie koud wees en dit gaan beslis sneeu."

Hulle ontspan heerlik onder die prieel van veelkleurige bougainvillea en Kari speel op die gras. Sy maak wawiele en hardloop in kringe. Later gaan speel Kendra bietjie met haar, sy kry haar so jammer dat sy nou alleen gaan wees sonder maatjies.

Die volgende oggend na ontbyt gaan hulle met 'n huurmotor na hulle nuwe woning en Kendra is bly dat hulle weer na normaal sal kan terugkeer. Nou begin al die nuwe dinge. Sy moet so gou moontlik Duits leer, dit kom sy vinnig agter as hulle daardie dag gaan inkopies doen vir die huis. Die kassiere en almal wat hulle mee te doen kry is glad nie so geneë om Engels te praat nie. Na die inkopies vir die huis gaan kyk hulle ook na voertuie. Werner kry 'n nuwe voertuig van sy werk, omdat hy so baie gaan weg wees, sal Kendra dit gebruik en hom net soggens by die werk gaan aflaai.

Gelukkig is hulle bestuurslisensie nog vir ses maande geldig, daarna moet hulle Duitse bestuurslisensies kry. Dit behoort ook nie te lank te neem nie, want sy het reeds gesorg dat sy die Suid-Afrikaanse Padverkeersbestuurskorporasie se kontakbesonderhede kry voor sy weg is daar. Hulle moet net 'n toestemmings brief gee, dan word die lisensies verander.

Kari se skool is nie ver van waar hulle woon nie, nou in die somer sal sy saam met haar skool toe stap en haar weer gaan haal. In die winter sal sy sekerlik haar met die motor gaan haal. Die skole begin eers weer oor twee weke, dit is nou hulle jaarlikse somervakansie wat meer as 'n maand lank is. Dit gee haar gelukkig tyd om haar klere agtermekaar te kry, want hier dra hulle nie uniform nie, maar privaat klere. Intussen gaan sy probeer om vir Kari basiese Duits te probeer leer.

Wanneer Werner Maandagoggend wakker word is sy ontbyt reeds gereed en staan Kendra met sy koffie voor sy bed.

"My liefste vrou, jy is 'n wonderwerk. Kyk nou net hoe word ek bederf." Sy sit sy koffie neer, buk dan af en soen hom.

"Dit is mos vir my lekker om jou te bederf my man. Verder werk ek mos nie nou nie, so ek kan jou bederf. Ek het vir jou kos ingepak vir middagete."

"Dit was nie nodig nie, daar is 'n kafeteria by die werk. Laas wat ek hier in Duitsland gewerk het, het ek ook daar geëet."

"Miskien raak jy tussenin lus vir iets om aan te peusel. Wanneer jy gereed is kan jy kom eet, alles is gereed."

Kendra sit saam met Werner terwyl hy ontbyt eet. Sy drink net 'n koppie koffie. Haar plan is om van haar oortollige gewig af te skud en dit sal sy nou maklik regkry met die dat sy gaan stap en fietsry ook nog.

"Wat gaan my vrou vandag heel dag doen?"

"Die mense vir die installasie van die Wi-Fi kom. Ook die loodgieter wat die wasmasjien en skottelgoedwasser kom koppel. Verder gaan ek vir my man 'n lekker ete voorberei vir wanneer hy moeg by die huis kom. Ek sal seker met Kari ook bietjie gaan fietsry. Dan is daar ook nog Duits leer op my lysie. Ek wil baie graag vir haar die basiese leer dat sy darem haarself kan help wanneer die skool begin. Ek het terwyl ek op skool was in graad ag en nege Duits gehad, en kan nog bietjie daarvan onthou. Verder is daar baie oulike programme op die internet wat gratis is. Ons sal saam leer."

"Ek moes geweet het jy alweer 'n hele week se werk in een dag probeer inpas, dit is net hoe jy is. Ek is net bang dat jy vervelig sal raak, veral as Kari teruggaan skool toe."

"Nee, my man, ek sal nie verveeld raak nie. Onthou ek gaan self ons huis skoonmaak, was en kook. Namiddae sal ek vir Kari met haar huiswerk help en sy sal seker ook aan buitemuurse aktiwiteite deelneem waarheen sy geneem moet word. Daar sal oor genoeg wees wat my besig hou, ek is nie iemand wat kan sit en niks doen nie. Ek sal graag weer wil werk om jou te help, steeds weet ek nie of dit sal goed wees vir Kari noudat sy eers moet aanpas en Duits leer nie."

"Nee, my salaris is oorgenoeg vir ons, verder gaan ek ook nog 'n toelaag kry elke keer as ek reis. Jy moet haar eers help. Ons kan later kyk of dit nodig sal wees vir jou om te werk. Ons dogter se welstand is belangrik en so 'n drastiese skuif moet haar seker die meeste raak."

"Dankie dat jy omgee en so mooi na ons omsien my man. Ek is baie lief vir jou en hoop dat jy die dag sommer baie sal geniet. Dit is darem nie heeltemal vreemd vir jou nie."

Sy sien hom by die deur af.

Hoofstuk 3

Kendra bly besig met Kari en haar huis. Vinnig kom sy agter dat haar hele kruidenierslysie moet verander, want hier is daar heel ander produkte as waaraan sy in haar eie land gewoond was. 'n Week voor Kari se skool begin en net 'n week nadat hulle in Duitsland aangeland het kom Werner huis toe met nuus oor sy eerste *trip* weg van die huis.

Kari is in die bad as hy aan Kendra die nuus oordra.

"Kendra, my liefste, jy moet asseblief my klere regkry, ek vlieg Sondag Zambië toe en van daar Kenia toe. Ek sal so twee weke weg wees."

"So gou al? Kari se skool begin oor 'n week, en dan gaan jy nie hier wees nie, my man. Dit sal baie sleg vir haar wees."

"Ek weet, ek weet. Ongelukkig kan die werk nie wag nie. Ek moet hulle produksielyn weer aan die gang kry. Elke dag wat dit staan verloor die firma derduisende rande. Dit is hoekom hulle my hierheen gebring het. Ek wil ook graag hier wees as sy begin, maar dit werk nou nie so uit nie. Sy het gelukkig vir jou hier en ek weet jy sal goed doen. Kyk net hoe het sy reeds gevorder met die Duits. Ek is trots op julle twee wat so mooi saam leer. Ek belowe ek sal elke aand met julle *video call* op WhatsApp."

"Ek verstaan my man, ons gaan jou net verskriklik mis. Ek moet net daaraan gewoond raak. Gelukkig het ons 'n motor om mee rond te beweeg."

"Jy is 'n wenner en ek weet niks sal jou onderkry nie. My vrou sal hierdie Duitsers wys hoe dinge gedoen word. Ek is trots op jou."

Die volgende dag begin sy Werner se klere uitsit, sorg dat alles skoon en gestryk is en begin dit pak. Kari kom by die kamer in en sien waarmee sy besig is.

"Mamma, gaan Pappa weg?"

"Ja, my pop, hy gaan môre weg vir twee weke. Jy weet mos dit is hoekom ons hierheen verhuis het, dat hy oral heen kan vlieg vir sy werk."

"Dit is so gou. Gaan hy dan nie hier wees as ek skool toe gaan nie?"

"Nee, my pop, ongelukkig nie. Hy wil baie graag hier wees, maar die masjiene is stukkend en hulle kan nie aangaan nie. So, hy moet so vinnig moontlik gaan om dit reg te maak." Haar hart gaan uit na Kari, sy kan sien hoe hartseer sy is oor haar pappa wat nie hier gaan wees as sy skool toe gaan nie.

Werner het skaars by die woonstel ingestap dan is Kari by hom. Sy spring op en hy vang haar. Sy gou haar armpies om sy nek en druk hom vas.

"My pop, wat is verkeerd?" vra hy bekommerd.

"Jy gaan weg, jy gaan nie hier wees as ek skool toe gaan nie. Die kinders gaan nie weet hoe my pappa lyk nie. Miskien dink hulle nog ek het nie eers 'n pappa nie!" kla sy hartseer.

"Nee, hulle sal nie so dink nie, ek sal mos wanneer ek terugkom saam met Mamma na jou skool toe kom. Ek belowe ek sal. Ek gaan julle net so mis my pop, maar ek moet werk." Hy gaan sit met haar op die bank in die sitkamer en hou haar 'n rukkie vas.

"En nou, wat gaan hier aan dat ek nie eers vandag gegroet word deur my man nie?" vra Kendra tergend. Dan sien sy die armpies wat so styf om Werner se nek klem en die trane oor haar prinses se wange en weet dadelik waaroor dit gaan.

"Naand, my liefste. Ons pop sit net bietjie by haar pappa, ek het haar so verlang."

"Dit is reg, sal ek vir ons gaan koffie maak, dan drink ons dit hier voor ek gaan tafel dek? Die kos is gereed, so jy kan besluit wanneer ons moet eet." Sy verswyg die feit dat sy klere reeds ook gepak is om Kari verdere hartseer te spaar.

Hulle drink hul koffie en gesels oor die dag se dinge. Tog bly Kari styf teen haar pappa sit. Wanneer dit badtyd raak, besef hulle albei dat Werner nie vanaand 'n keuse het nie, hy sal moet haar bad gaan intap.

"Kom my poplap, pappa gaan tap jou bad. Daarna sal ek jou in die bed sit en kan jy lekker na droomland gaan."

Sy hardloop voor hom uit en gaan haal haar slaapklere. Kendra kyk die twee met liefde in haar oë en 'n hartseer trek om haar mond agterna. Sy besef te goed hoe erg dit juis nou vir haar dogter moet wees dat haar pappa weggaan. Twee weke is nie lank nie, maar vir 'n kind wat daaraan gewoond is dat haar pappa elke aand by die huis is, is dit 'n ewigheid.

Kendra gaan soen haar nag en los dan pa en dogter alleen. Intussen ruim sy die kombuis op en maak vir haar tee. Werner sal sekerlik nog 'n glasie wyn drink.

"Ek het nie gedink die feit dat ek moet wegwerk sal haar so erg ontstel nie, my liefste," hoor sy Werner se stem agter haar. Sy draai om en is in sy arms.

"Dit is vir my ook erg so kort nadat ons hier aangekom het, maar onthou sy is gewoond dat haar pappa by die huis is as sy van die skool af kom. Ek verstaan hoekom, maar sy verstaan nog nie hoekom nie. Ek is bly jy het vanaand soveel tyd aan haar spandeer. Ek gaan jou vreeslik mis my man. Twee weke is lank." Sy hou hom vas en rus haar kop teen sy bors. Hy is haar maat en haar vriend en die een persoon wat sy met haar hele lewe liefhet.

"Ah, Kendra my skat, jy is so kosbaar vir my. Jy is sowaar meer as 'n steunpilaar en vrou vir my. Ek weet jy is sterk en sal mooi na ons huisie en dogtertjie omsien. Ek sal so gou moontlik klaarmaak en dan kom ek dadelik huis toe na julle."

Hy hou haar styf vas vir 'n rukkie voor hulle na die sitkamer gaan om hulle tee en wyn daar te geniet.

Kort daarna gaan stort hulle en klim in die bed. Môreoggend baie vroeg moet Kendra hom op die lughawe besorg. Sy praat nie, lê net styf teen hom met haar kop op sy bors.

Na 'n rukkie begin hy haar hartstogtelik soen, en hou haar styf vas. Daar kom 'n vrede oor haar, want sy weet haar man gaan haar ook mis en is net so lief vir haar soos sy vir hom. 'n Ruk later raak sy in sy arm aan die slaap, tevrede dat hulle saam elke struikelblok sal aanvat en oorkom.

Die volgende oggend baie vroeg sien hulle Werner by die lughawe af. Gelukkig is Kari half deur die slaap en huil sy nie.

"My liefste kyk mooi na jouself en Kari. Gelukkig weet ek hierdie keer julle sal veilig wees. Ek bel sodra ek daar aankom. Ek is baie lief vir julle." Hy druk hulle 'n laaste maal voor hy deur die doeanehek verdwyn.

Skielik voel Kendra verlore tussen al die vreemde gesigte en met 'n vreemde taal oor die publieke uitsaaisisteem in haar ore en om haar rond. Dit hou egter net vir sekondes toe sy merk hoe indringend Kari na haar kyk. Sy besef nou sal sy haar grootmensskoene moet aantrek en haar kind bemoedig.

"Mamma se pop, pappa sal gou weer terug wees. Jy sal sien hoe vinnig die tyd verby gaan as jy eers begin skool gaan. Kom ons gaan huis toe dan maak ek vir ons heerlike vrugteskommels met aarbeie, swartbessies en joghurt. Dit is mos jou gunsteling."

"Ja, dit is Mamma. *Okay*, kom ons gaan. My maag is nou skielik honger." Haar deur die slaapgeit het verdwyn toe sy besef het haar pappa gaan nou werklik weg vir 'n tyd, maar nou is sy helder wakker en opgewonde.

Kendra is dankbaar dat die motor 'n navigasiesisteem in het, sy luister aandagtig na die vrouestem wat haar instruksies gee presies hoe om te ry. Anders was sy heeltemal verlore met hierdie snelweë van Hamburg. Sy sal nog lank neem om gewoond te raak aan die *autobahn* waar die motors by jou verbysnel teen 'n ongelooflike spoed. Wanneer sy by die huis kom, het sy skoon die bewerasie. Sy is nie gewoond daaraan om in so 'n groot stad te bestuur nie. In Johannesburg is dit besig, maar nie naasteby teen die tempo wat dit hier is nie.

"Kan ek vir Mamma help, asseblief?" ruk Kari se stem haar terug na die werklikheid. Die tienjarige is mal daaroor om haar te help wanneer sy kosmaak en sy is dankbaar vir die belangstelling.

"Natuurlik gaan my groot meisie my help. Binnekort gaan jy vir my kosmaak naweke. Wat dink jy daarvan?"

"Ek sal, Mamma weet ek hou baie van kosmaak."

Saam maak hulle die vrugteskommels en gaan geniet dit op die balkon van hulle woonstel. Daar het hulle 'n uitsig oor die park en die woud.

"Mamma, dit is nog vroeg en nog nie so warm nie, kan ons nie asseblief gaan fietsry nie?"

"Ja, dit is 'n goeie plan. Dan kan ons later as dit warm is ons Duits leer lekker in die koelte van die woonstel."

Daar word vinnig opgeruim en ligter klere aangetrek en dan is hulle met die fietse met die trappe af. Vir 'n halfuur ry hulle om die park en 'n end in die rigting van die woud. Hulle stop om die eendjies op die kanaal wat daar vloei dop te hou. Kari geniet dit baie.

"Mamma, volgende keer moet ons vir hulle kossies saambring."

"Ons kan dit doen my pop. Is jy nog nie moeg nie?"

"Ek is bietjie moeg, ons kan maar teruggaan." Kendra is bly, want haar tong hang al lankal op die grond. Sy wil net nie Kari se pret bederf het nie.

Hulle leer Duits en sy is baie tevrede met Kari se vordering. Sy het dit werklik vinnig gesnap en is beslis beter as sy met veral die hele ding van manlik en vroulike vorme van woorde.

Later bak hulle koekies. Kari is in haar element, veral as hulle dit begin versier. Sy maak verskillende gesiggies met die kleurvolle balletjies wat Kendra vir hulle gekoop het.

Net voor Kendra vir Kari haar storie begin lees vir bedtyd, skakel Werner. Hulle gesels saam met hom. Kari vertel van alles wat hulle die dag gedoen het.

"Dit klink of my twee prinsesse 'n lekker dag vol pret gehad het. Dit is goed so. Die hotel is goed, die stad is maar 'n regte Afrikastad, verkeer is 'n uitdaging en ek is dankbaar ek hoef nie hier te bestuur nie. Ek mis julle al reeds."

"Ons mis jou ook, my man. Die tyd sal vinnig verbygaan," reageer sy. Sy weet nie eintlik of sy vir Werner of haarself meer probeer moed in praat nie.

"Nou kan ek rustig gaan slaap, noudat ek julle gesigte gesien en stemme gehoor het. Onthou ek is lief vir julle."

"Nag, my man, ons is ook lief vir jou."

"Nag, Pappa, so baie lief vir jou."

Kari slaap nog voor Kendra die storie klaar gelees het. Sy gaan ook vinnig stort. Noudat sy weet Werner is veilig, is sy rustiger en lees sy 'n boek voor sy rustig aan die slaap raak.

Hoofstuk 4

Die week snel verby, Kendra hou haar besig deur Kari se skryfbehoeftes vir skool te kry, te sorg dat haar klere in orde is en haar skryfbehoeftes en klere duidelik te merk. Die skool het dit baie duidelik gemaak hulle neem nie verantwoordelikheid vir enigiets wat weg raak nie.

Kendra neem Kari tot by haar klas die eerste oggend. Sy is dankbaar as die juffrou 'n jong Duitse meisie is wat vriendelik voorkom.

"Good morning, Mrs Botha, please to meet you. I am Ms Dieterle. I presume this beautiful girl is Kari?"

"Guten Morgen, Frau Dieterle. Angenehme Bekanntschaft. Ja, das ist Kari. Kari begrüßt den Lehrer."

"Guten Morgen, Frau Dieterle," groet Kari skaam en met 'n baie snaakse Afrikaanse aksent.

"Wow, I did not know you can speak German!"

"Noch nicht fließend, haben wir in den letzten zwei Wochen das Nötigste gelernt, um uns selbst helfen zu können," reageer Kendra.

"Still, I am very surprised that Kari has picked it up so quickly. Then she will speak it fluently in no time. Kari, I will continue my class in German, but will make sure that you understand everything afterwards."

"Thank you, my German capacity is still very small. Kari is fluent in English. I am sure she is in good hand with you, Ms Dieterle. If ever there is a problem, please do not hesitate to contact me. Kari, my pop, let mooi op en luister as juffrou praat. Ek sien jou na skool en is baie lief vir jou," moedig Kendra haar aan. Sy gee Kari 'n druk en verdwyn dan by die klaskamer uit. Haar hart is maar seer omdat Werner nie ook hier is om hierdie met hulle te deel nie, dit is nou soos dit is. Gelukkig is Kari 'n baie dapper kind en daarby baie skrander.

Sy kyk om haar rond na die kinders – hulle lyk vir haar vreemd, almal is so wit soos melk en die meeste van hulle het ook daardie wit blonde hare wat so kenmerkend is van die Duitsers. Verder kyk hulle haar aan asof die kat haar by die agterdeur ingedra het en sy glad nie hier hoort nie. Sy is wel blond, maar haar songebruinde vel, maak haar uitstaan soos 'n ligtoring.

Ag, Vader, wees tog asseblief met my Kari. Help haar dat sy nie verwerp sal word deur hierdie vreemde kinders nie. Sy lyk soos 'n baba teen die ander meisies in haar klas, hulle kon ek sien is almal hopeloos te groot voor hulle tyd. Beskerm my kind, asseblief Vader.

Kendra het nou net eenvoudig nie lus vir alleen wees by die woonstel nie. Sy soek op die internet na 'n bakkery of koffiewinkel waar sy haarself kan bederf met een of ander Duitse gebak. Minute later is sy op pad na Bäckerei Braaker Mill, net om die hoek van die Rahlstedt Primêre Skool.

Sy gaan sit by 'n tafeltjie eenkant in 'n hoek, en luister na die gebrom in Duits wat om haar aangaan. Haar woordeskat is nog te beperk om te verstaan wat hulle gesels. Hier is daar niks van die vriendelikheid wat sy by juffrou Dieterle gevind het nie. Sy is baie dankbaar dat sy haarself die basiese dinge in Duits geleer het.

"Morgen, was kann ich ihre mitbringen?" vra die jongman half kortaf.

"Guten Morgen. Ich trinke bitte einen Kaffee mit Käsekuchen." Die jongman kyk haar verstom aan.

"Sprichst du deutsch? Ich hätte nicht gedacht, dass du das könntest."

"Warum hast du mich dann auf Deutsch gefragt? Das sind sehr schlechte Manieren. Vielleicht sollte ich gehen."

"No, I am sorry, it was very rude of me. So you are new in Germany, and are still learning the language, is that it?"

"Yes ... but at least I am trying. I find you German people very unfriendly. In South Africa, we are very hospitable towards visitors."

"I again apologise for my rudeness. I will be back soon with your order, madam."

Ja, julle ongeskikte Duitsers, ek sal vir julle maniere leer. Een ding is seker ek dink nie hy sal weer dieselfde fout in sy lewe maak nie. Hy lyk baie verleë. Kendra kyk hom met 'n glimlag agterna.

Of hy gewoonlik so flink is met diens en of dit net is omdat hy skaam voel oor sy gedrag, Kendra kry binne minute haar bestelling. Sy geniet die lekker sterk koffie met die kaaskoek soos net die Duitsers dit kan maak. Dit is so ryk en romerig, nie te soet nie, en smelt in haar mond. Dit is net wat sy nou nodig het.

Ek het 'n gevoel dat ek nog baie hierheen gaan kom. Volgende keer sal ek vir Kari saam bring. Dit is die een ding wat wonderlik is, dat ons hier kan rond beweeg en nie hoef te vrees vir ons lewens nie.

By die woonstel hou sy haar besig met kosmaak en berei deeg voor wat sy vries. Wanneer Werner terug is kan sy dan net die deeg uithaal en vir hulle pasteie of 'n quiche maak. Hy hou van lekker eet en sy hou daarvan om haar mense te bederf.

Wanneer sy later vir Kari optel by die skool, is sy dankbaar as sy sien sy glimlag en is nie meer so hartseer soos die oggend nie.

"Hallo Mamma, dit was lekker. Frau Dieterle is so gaaf en vriendelik en help my so mooi. Die kinders is maar snaaks. Die meeste wou weet hoe ek van Afrika kan kom en nie swart is nie."

"My kindjie, dit is goed om te hoor dat jy 'n gawe juffrou het. Hoe weet jy hulle wil dit weet?"

"Sven, het my vertel. Hy verstaan en praat Engels vlot al is hy Duits. Hy is baie vriendelik en het my ook baie gehelp in die klas. Sy Mamma is oorlede en hy woon by sy pappa en die se nuwe vriendin. Die kinders spot hom daaroor."

"Ag hulle is werklik aaklig. Ek is bly dat jy iemand in die klas gevind het wat jou maatjie kan raak. Is jy baie honger my pop?"

"Ja, ek is nogal. Ek het 'n klomp boeke gekry wat Mamma moet oortrek. Die juffrou het die instruksies in my huiswerkboek geskryf."

"Dit is reg so, ons sal dit saam doen. Mamma het vir ons hoenderpasteitjies gemaak."

"Jammie, dit is my gunsteling. Kan ons later vir Pappa bel, ek wil hom van my nuwe juffrou en Sven vertel."

"Natuurlik kan ons, ek dink hy sal ons dalk nog voorspring en bel voor ons bel. Hy is baie jammer dat hy nie hier kan wees nie."

Kendra en Kari trek saam boeke oor en daarna gaan ry hulle bietjie fiets in die park. Kendra kan sien dat sy 'n bedrywige dag gehad het en sy kla ook nie toe sy net na ses bad toe gestuur word nie. Teen sewe uur is sy in droomland, skoon vergeet dat sy nog met haar pappa wou gesels.

Net na ag bel Werner, met Kendra wat ook al rustig in haar bed is.

"My liefling, hoe gaan dit met jou?"

"Naand, my liefste. Dit gaan goed, waar is daardie pop van ons, ek wil hoor hoe haar eerste skooldag in Rahlstedt was."

"Lankal in droomland. Sy het 'n baie oulike juffrou. Die was baie verbaas toe sy hoor dat Kari al bietjie Duits kan praat. Verder het Kari kom vertel dat sy haar baie mooi gehelp het en vriendelik is. Dan het sy ook 'n seunsmaatjie gemaak,

Sven, wat ook Engels en Duits magtig is en haar ook gehelp het. Hy het sy mamma verloor en die kinders spot hom daaroor. Vir Kari het die kinders blykbaar gevra hoe kan sy van Afrika wees en sy is nie swart nie."

"Jy weet kinders kan darem maar wreed wees. Hoe het sy dit hanteer?"

"Heel goed lyk dit my met Sven se hulp."

"Dan is ek baie bly. Ek het ook goeie nuus. Ek kom al Woensdagoggend terug, my werk is byna klaar. Moenie vir haar vertel nie, ek wil haar verras deur haar Woensdag by die skool te gaan haal."

"Dit is die wonderlikste nuus, my man. Sy sal uit haar vel uit wees om jou te sien. Stuur jou vlugplan vir my, dan ek kan sorg om betyds by die lughawe te wees om jou op te tel."

"Ek maak so. Ek kom vroeg genoeg aan dat my vrou my nog kan bederf by die huis voor ons ons dogter gaan haal."

"Heeltemal reg met my, nou sal ek net my opgewondenheid mooi moet wegsteek vir Kari."

"Ja, so ek gaan dan môreaand ook eers bel as sy al slaap, anders mag ons die geheim verklap. Lekker slaap my vrou, ek is amper weer by die huis."

Kendra is opgewonde oor die nuus dat Werner vroeër terug keer as wat beplan is. Sy is nou al moeg van alleen die ongeskikte Duitser aanvat met alles wat sy gedoen wil hê.

Die volgende oggend moet sy omtrent haar tong vasbyt as Kari vra of Werner die vorige aand gebel het.

"Ja, my pop, pappa het gebel. Ek het hom alles vertel oor jou eerste dag by die nuwe skool. Hy is baie hartseer dat hy nie daar kon wees nie. Hy is bly dat jy dit geniet en 'n oulike juffrou het. Dit is nog net vier slapies dan is hy weer by die huis."

"Hoekom het hy so laat gebel? Ek wou self vir hom vertel het," kla Kari.

"Dit is nie hy wat so laat gebel het nie, dit is jy wat so vroeg gaan slaap het omdat dit nou skool is en jy moeg was. Hy werk wel soms laat om vinniger te probeer om klaar te kry met die werk."

Kari se tweede skooldag is net so vol opwinding, want hulle begin oefen vir kleuresport en sy is mal oor atletiek. Haar gunsteling nommers is die hardloop nommers waarin sy baie goed is. Wanneer Kendra haar optel na skool, babbel sy aanhoudend oor hoe sy al haar maatjies weggehardloop het. Verder is daar nog 'n paar boeke wat oorgetrek moet word en daarna leer hulle twee weer Duits.

Kendra kom dadelik agter dat sy nou van die woorde met 'n ander aksent uitspreek en besef dat Sven of juffrou Dieterle haar sekerlik reggehelp het. Sy leer sommer vinnig en fluks.

"Mamma, ek is moeg, wanneer gaan ons eet?"

"Ons kan eet, my pop, die kos is reg. Jy het vandag hard gewerk en nog sport ook gehad. Ons eet gou en dan is jy in die bad."

"Nou gaan ek weer Pappa se oproep mis ..."

"Toemaar, Vrydag is nie so ver nie." Kendra voel bietjie sleg dat sy haar moet mislei, maar dit is nou werklik 'n saak van die doel heilig die middele.

Teen nege uur skakel Kendra self ook haar lig af, baie tevrede by die wete dat môreaand is haar liefste Werner weer net hier by haar.

Kendra wil bars van opgewondenheid oor Werner wat huis toe kom, maar moet haarself inhou tot nadat sy vir Kari by die skool afgesien het.

"Sien jou later, my pop. Geniet jou dag. Onthou ek is lief vir jou."

"Totsiens, Mamma, daar wag Sven al vir my. Sien later." Sy hardloop na waar Sven vir haar wag. Kendra glimlag net en vertrek lughawe toe.

Sy wag nie lank voor sy die aankondiging van Werner se vlug wat geland het hoor nie. Sy het spesiaal moeite gedoen met haar klere, en dit mooi weggesteek onder 'n ligte jassie, dat Kari nie moet onraad merk nie. Haar grimering het sy vinnig aangesit voor sy uit haar motor geklim het hier by die lughawe. Sy wil op haar beste lyk vir haar man.

Hy het ook skaars deur die deure van Doeane af uitgeloop of sy is in sy arms. Hy soen haar en hou haar dan 'n entjie weg.

"My pragtige prinses, ek het jou so gemis. Jy lyk so pragtig." Dan soen hy haar weer.

"My man, ek het jou net so gemis. Dit is te wonderlik om jou terug te hê. Kari gaan werklik so verras wees. Sy vermoed niks nie. Kom ons gaan huis toe dat ek jou kan gaan bederf."

"Dit is mos my vrou. Ek is werklik so gelukkig om jou te hê."

By die woonstel strompel hulle soos twee verliefde tieners in en die klere waai so ver soos hulle gaan na hul kamer. 'n Uur later lê Kendra rustig in haar man se arm, hul vlam van hartstog nou eers vir 'n tydjie versadig. *Ek is gelukkig om 'n man te hê wat my as vrou so waardeer en bemind laat voel. Hy is so wonderlik en beslis my sielemaat.*

"Hoe laat moet ons Kari kry," dring Werner se stem tot haar deur.

"Oor 'n halfuur. Ons sal moet stort en klaar maak."

"Gaan stort jy eerste, want as ons saam stort, gaan ons laat wees om vir Kari op te tel," lag Werner.

"Ja, ja, ja. Ek gaan, maar vanaand sal jy nie weer wegkom nie. Ek het nou lank genoeg alleen gestort."

Hulle kom ooreen dat Kendra sal bestuur en Werner op die agterste sitplek homself sal versteek. Sodra Kendra uitklim om haar in te wag, sal hy agter Kendra uitklim en as Kari op pad is na die motor agter haar uitkom.

Dit werk alles perfek uit. Sodra Kendra vir Sven en Kari sien aankom, klim sy uit en Werner klim agter haar uit en buk agter haar. Van 'n afstand af sien Kari haar en groet.

"Mamma ..." dan stol sy in haar spore vir sekondes en lyk dit asof haar voete vlerke kry. "Pappa, Pappa, wanneer het jy gekom," sy hardloop in sy arms in en Sven staan en kyk hoe die groot man vir Kari in sy arms vang.

"My pop, ek wou jou verras. Mamma het geweet ek kom vroeër terug. Stel jy my nie aan jou maatjie voor nie?"

"Sven, kom hier. Kom ontmoet my Pappa." Hy kom skaam nader.

"Middag seun, ek is Kari se pappa, oom Werner."

"Middag oom Werner, ek is Sven. Jammer ek sal moet gaan, daar is my pa ook nou."

"Reg so, ons gesels weer," groet Werner.

"Ek is so bly jy het 'n maatjie, my pop. Is dit lekker hier by die skool?"

"Ja, Pappa. Van die kinders is maar simpel, maar Sven sit hulle op hulle plek. Ek is so bly Pappa is weer by die huis."

"Glo my ek is net so bly my pop," beaam Kendra.

"Wie sal nou nie wil huis toe kom met twee sulke beeldskone dames wat vir jou wag en jou liefhet nie. My vrou, nou is ek rasend honger, ek hoop daar is van jou lekker kos by die huis."

"Daar is beslis. Ek het gister al hoenderpastei met groente vir ons gemaak. Ons kan dit nou net warm maak en dan eet. Kom ons gaan huis toe."

"Waar is die beste plek in die wêreld? By my twee meisies!" antwoord Werner gelukkig sy eie vraag.

Gelukkig om weer bymekaar te wees, met Kari wat aanhoudend babbel oor haar skool en meneer, ry hulle terug na die woonstel.

Hoofstuk 5

Kendra se vreugde oor haar man wat tuis is, is van korte duur. Minder as 'n week later kom Werner tuis en sy voel dadelik aan dat daar iets is wat hy huiwerig is om te deel. Sodra Kari in die bad is, vra sy hom daarna.

"Wat pla jou my man, ek kan sien daar is iets?"

"Kendra, ek is alweer op pad."

"Wanneer?"

"Ek vlieg Vrydagoggend uit, en hierdie keer is dit vir nog langer. Ek hoop jy verstaan en is nie vir my kwaad nie."

"Dit is nie vir my goeie nuus nie, maar ek verstaan. Ek dink die een wat dit die moeilikste gaan vat, is Kari. Sy mis jou geweldig as jy weg is."

"Gelukkig het sy vir jou, my vrou."

"Ja, sy het, maar ek is nie haar pappa nie. Jy bly haar superhero."

Soos Kendra voorspel het, neem Kari nie die nuus dat haar pappa skaars tuisgekom het en alweer op pad is goed nie.

"Nee, Pappa, jy kan nie alweer weggaan nie. Jy het dan skaars by die huis gekom. Ons het nog nie eers kans gehad om saam te gaan fietsry nie en jy gaan alweer weg," huil sy wanneer hy haar in die bed sit. Kendra het voorgestel dat hy haar self moet vertel.

"Ai, my liefie pop, dit is nie omdat ek wil weggaan van jou en mamma af nie, dit is net omdat dit my werk is. Ek mis julle ook verskriklik."

"Moet dan nie gaan nie!" hou sy aan.

"Ek moet, my pop. Oor 'n maand kom ek weer terug na julle en ons sal steeds gereeld op *video call* gesels," troos hy.

"Dit is nie dieselfde as om Pappa hier te hê nie."

"Kom ek lees vir jou 'n storie, dan slapies jy lekker. Kom ons geniet die tye wat ons saam kan wees." Hy lees vir haar 'n storie en dit neem 'n hele rukkie voor sy rustig raak en slaap.

"Dit breek my hart as Kari huil omdat ek moet weggaan."

"Dit is vir haar baie moeilik. Kom ons vergeet eers vir vanaand daarvan en geniet ons tyd saam my man. Sal ek vir ons 'n laaste koffie maak voor ons kamer toe gaan?"

"Dit sal lekker wees, ek sit sommer in die kombuis by jou." Hy hou haar dop soos sy beweeg om vir hulle die koffie te maak en ook vir hom 'n paar van haar konfyttertjies in 'n bordjie sit. Sy hart verteder omdat hy net weer besef watter juweel van 'n vrou hy het. Sy is 'n regte versorger, en gaan uit haar pad om hom altyd te bederf met een of ander lekkerny wat sy weet hy baie van hou.

"Wanneer het jy dit gebak, ek is so mal oor hierdie tertjies."

"Terwyl jy die laaste keer weg was, het Kari en ek dit die een naweek gedoen. Dit was 'n goeie manier om haar besig te hou en ook die blikke te vul met jou gunsteling."

'n Paar dae later is dit weereens 'n tranedal as Kari hom die aand moet groet. Hierdie keer kom een van sy kollegas hom optel en lughawe toe neem. Dit is ook beter so, want dit sal baie moeilik wees vir Kari om hom af te sien en dan te moet skool toe gaan.

"My man, pas jouself mooi op daar in die vreemde lande, wees veilig en skakel asseblief gereeld dat Kari ook met jou kan gesels. Ek is lief vir jou."

"Ek maak so my, liefste. Ek is ook baie lief vir julle twee." Dan is hy weg. Kendra gaan nie weer terug bed toe nie, sy gaan sit met haar koppie koffie en haar Bybel in die sitkamer.

Sy besef dat sy ekstra versterking nodig het vir hierdie dag. Sy moet haar dogter ondersteun, en nou is dit nog naweek ook en Werner is nie hier om saam met hulle dinge te doen nie. Dit maak haar verantwoordelikheid nog groter.

Die eerste kleure-atletiek vind 'n week later by Kari se skool plaas. Die blonde kop meisiekind van Suid-Afrika hardloop al die Duitse meisietjie lekker onder die stof. Sy is 'n uitstekende naelloop atleet en stap ook met die eerste plekke in die tagtig en honderd meter weg.

"Ek is so ontsaglik trots op jou, my pop!"

"Tannie, sy is sy vinnig soos die wind. Genugtig, sy het die ander meisies ver gewen," laat Sven trots hoor.

"Ag, ek is nie so goed nie, Sven," antwoord sy beskeie. Kendra merk dadelik dat daar meer agter haar woorde skuil, maar los dit vir nou.

"Natuurlik is jy goed en het jy pragtig gehardloop my pop. Hierdie is 'n baie groot skool en steeds het jy so goed gedoen. Ons is net dankbaar vir Jesus vir jou gawe waarmee Hy jou geseën het," probeer sy haar gemoed lig.

"Kari, kom, ek gaan vir ons 'n roomys koop, jy verdien dit beslis." Sven trek haar aan die hand en Kendra sien hoe hulle begin hardloop in die rigting van die roomyskarretjie. *Ai, Vader, U weet dat sy haar pa mis. Nog 'n groot gebeurtenis in haar lewe wat hy gemis het en dit sal sekerlik nie die laaste een wees nie. Hoe moet ek haar opbeur? Ek is nie ondankbaar vir 'n man wat vir ons liefhet en ons versorg nie, maar hierdie is moeilik.*

Die aand is Kari baie moeg en Kendra is dankbaar dat sy vroeg bad en gaan slaap. Sy weet reeds sodra sy met Werner praat, gaan sy weer van voor af ontsteld wees. Dit sal beter wees as hulle hom in die oggend skakel en sy dan met hom praat as sy uitgerus is. Sodra Kari slaap gaan sy ook stort en klim in die bed. Sy wag vir Werner om te bel, en raak later aan die slaap. Wanneer sy wakker skrik iewers in die nag sien sy dit is al na twaalf en besef haar man gaan nie meer bel nie. *Hy is seker maar met besigheidsmense besig of werk dalk.* Sy draai om en slaap verder.

Sondagoggend laat sy vir Kari laat slaap. Daar is genoeg tyd deur die dag om vir Werner te skakel, of miskien skakel hy nog. Sy maak vir Kari haar gunsteling, wat pannekoekies is met allerhande bessies in stroop en muesli met joghurt.

"Môre Mamma, wat maak, Mamma?" vra Kari agter haar.

"Môre my pop, jy is net betyds vir ontbyt. Gee my 'n drukkie en sit dan. Ek bring vir jou." Sy slaan haar arms om Kendra van agter en druk haar. Draai dan om en gaan sit by die tafel wat reeds gedek is.

Kendra volg haar met die bord en glas waarin sy reeds opgeskep het vir haar.

"Wow! Mamma bederf my vanoggend. Dit is my gunsteling ... sommer albei ... pannekoekies en joghurt met muesli. Dit gaan nou lekker wees."

"Ek het mos 'n kampioen hier in die huis, so ek moet haar goed voed. Sy bid dat Werner sal bel voor sy moet bel, want dan sal Kari weet dat hy van haar atletiek vergeet het. Vir nou word sy besig gehou met haar ontbyt.

"Gaan ons vandag fietsry in die woud, Mamma?"

"Ons kan dit doen. Dit sal heerlik wees om in die natuur te wees. Ek dink met die lekker weer buite, sal daar baie mense wees wat fietsry."

Hulle ruim na ontbyt saam die kombuis op en maak dan gereed om te gaan fietsry. Dit is reeds na tien en Kendra raak nou benoud dat Werner nie skakel nie. Terwyl Kari nog in haar kamer is stuur sy net 'n getikte boodskap deur.

"Kari het gister atletiek gehad, het jy vergeet? Ons gaan nou fietsry, maar daarna sal sy sekerlik weer onthou dat jy nie gister daar was nie en wonder hoekom jy nog nie gebel het nie."

Sy sit haar foon in haar rybroek se sak en dan is hulle op pad.

Net soos sy voorspel het, is daar baie mense in die woud wat stap en ook fietsry. Dit is heerlik en met die voëlgesang is daar soveel vrede hier. Hulle ry 'n redelike ent die woud in en draai dan om nadat hulle bietjie gerus het. Sy het haar foon voel vibreer, maar gaan nie nou kyk nie.

"Mamma, dit is regtig so lekker hier in die woud. Ek wens ons kon meer kom ry."

"Dit is lekker ... ja, in die week is dit moeilik, want jy het soveel bedrywighede en saans moet jy nog huiswerk ook doen. Ons sal naweke ry soos ons kan. In die aande kan ons net so 'n entjie in die park ry, dit sal ook jou bietjie laat rus van die skoolwerk. Kom ons gaan terug. Jy is sekerlik alweer honger, ons het ver gery."

"Ek is nogal bietjie honger. Wat gaan ons vir middagete eet?"

"Ek sal sien watter haas ek uit die hoed kan ruk. Miskien kry ek nog 'n blink idee."

Hulle ry rustig terug na die woonstel. Kari is glad nie moeg nie, maar Kendra se asem jaag lekker. *Ek sal van die ekstra gewig moet ontslae raak. Dit is sommer nonsens dat ek my so dooddra aan gewig.*

Terwyl Kari hulle fietse bêre, kyk sy vinnig na haar selfoon en sien dit is Werner.

"My vrou ek is so jammer, ons werk ons dood. Ek het werklik skoon vergeet. Dankie dat jy my herinner het. Ek bel net voor middagete."

Werklik, dit is die eerste maal in sy lewe wat hy vergeet van iets wat Kari gedoen het. Dan moet my arme man hom sowaar dooddwerk. Ek hoop net hy bel voor Kari vra wat hy gisteraand gesê het. Sover was sy nog te besig om te onthou, maar nou as ons rustiger raak, gaan sy beslis onthou. Ek moet haar besig hou.

"Kari, wat dink jy daarvan dat ons bietjie kuns doen. Ek wil so graag proteas verf op hierdie bord. Ek wil dit in die eetkamer hang as herinnering aan Suid-Afrika."

"Ek dink dit sal pret wees, Mamma. Ek hou ook so baie soos Mamma van kuns. Ek gaan gou vir my 'n ou hemp aantrek."

"Dit is 'n baie goeie idee. Ek sal sommer my voorskoot aansit, dit sal goed werk."

Kendra begin solank die verf en stuk hout waarop sy die proteas wil verf uithaal. Op die tafel gooi sy eers 'n swartsak en bo-op dit ou koerante. Die prent het sy lankal afgerol, en kan nou net begin om dit af te teken.

Minute later is hulle albei hard besig om te werk. Kendra teken die proteas af en Kari sit die kleure in volgorde soos hulle dit gaan gebruik.

"Mamma, dit gaan baie mooi lyk as dit klaar is," gesels Kari opgewonde.

"Ek dink ook so, dit is sulke mooi blomme. Amper so mooi soos my pop," sy knyp vir Kari speels aan haar wang.

Hulle begin verf. Kari werk op haar mamma se instruksies, en Kendra is verbaas oor hoe mooi sy dit reg kry. Hulle het al 'n hele end gevorder as haar telefoon lui. Kari is eerste by en gil van blydskap toe sy sien dit is haar pappa.

"Pappa! Hoe gaan dit met Pappa? Ek verlang my dood," antwoord sy die oproep.

"My pop, of nee, dit is mos die nuwe kampioen van die tagtig en honderd meter van die skool waarmee ek nou praat. Ek is verskriklik trots op jou my pop. Sjoe dit is goed gedoen. Baie geluk, ek kan nie wag om jou trofees te sien nie. Jammer ek kon nie vroeër skakel nie, maar ons het reg deur die nag gewerk."

"Baie dankie, Pappa," Kendra sien net hoe blom sy noudat haar pappa met haar praat.

"Hulle moet nie dat Pappa so hard werk nie. Mens kan mos nie deur die nag werk nie," gesels sy bekommerd.

"Dit is reg, ek kon darem lekker laat slaap vanoggend, want ons het die fout herstel vannag. Wat maak julle?"

"Ons verf. Ons het vroeër lekker ver in die woud gaan ry en nou verf ons proteas vir die eetkamer. Wil Pappa gou met Mamma praat?"

"Ek wil graag. Baie geluk weereens, my prinses. Jy moet mooi na mamma kyk. Voor jy weet is ek terug by die huis."

"Reg so, Pappa, ek sal. Ek is baie lief vir Pappa. Hier is Mamma."

"My man, hoe klink dit dan vir my of die mense jou daar mors? Ja, ons pop is 'n ware kampioen. Ons het jou vreeslik gemis gister, meer as ander dae."

"Ag, dit is alles deel van die werk, my liefste. Ek mis julle ook, veral as ek na so 'n uitputtende dag soos gister by daardie koue hotelkamer instap. Ek hoor julle verf?"

"Ja, ons dogter is nie net 'n kampioenatleet nie, sy is ook goed met die verfkwas. Ons geniet ons self baie. Enigiets om die verlange beter te maak. Hoe vorder die werk daar?"

"So, so, daar is so baie wat gedoen moet word en dan duik daar nog krisisse soos gisteraand op wat my reg deur die nag wakker hou. Ek sal beslis nie hierdie keer weer kan vroeër huis toe kom nie."

"Ek verstaan ... ons sal vir jou bid. Jy moet mooi na jouself kyk. Ons is baie lief vir jou."

"Ek is net so lief vir julle."

Kendra kan die verskil in haar kind sien noudat sy met haar pappa gepraat het. Dit is asof haar ogies nou sommer blink.

"Ons is amper klaar, sal ons gou iets eet, en dan daarna klaar maak?" vra Kendra.

"Ja, ek is juis nou so honger." Kendra het vroeër 'n lekker bak mengelslaai gemaak en daarby pak sy net kouevleis en vars broodjies uit. Hulle het behoorlik 'n fees.

Net na ete maak hulle twee die proteas klaar. Dit lyk werklik pragtig. Nou moet dit net droog word en dan sal sy 'n toutjie aansit en dit ophang.

"Sjoe, Mamma, dit is pragtig. Ons maak 'n gedugte span, nè?"

"Beslis! Het jy nog enige huiswerk wat jy moet doen?"

"Nee, ons het nie hierdie naweek huiswerk gekry nie. Ek gaan bietjie met my poppe speel en musiek luister. Mamma kan maar lees as Mamma wil."

"Dit is reg so, ons kan later in die park gaan stap as dit bietjie koeler is."

"Dit sal lekker wees." Kari verdwyn in haar kamer in en sommer gou hoor Kendra die klanke van die musiek van die sewentigs waarvoor haar dogter so lief is. Sy sing kliphard saam.

Hoofstuk 6

Binne die volgende ses maande raak dit vir Kendra baie duidelik dat sy en Kari alleen oor die weg moet kom. Werner is nooit daar nie. Sy werk stuur hom nou vir lang periodes weg met sulke kort tussen poses soos net twee of drie dae by die huis. Hulle het geleer om nie meer te huil as hy vertrek nie, en net bly te wees wanneer hulle hom wel sien. Hulle tyd saam is te kort om dit te mors op iets wat hulle nie kan verander nie.

Kendra se rol as vrou verander nou heel. Sy raak die een wat alleen verantwoordelik is vir hulle dogter, alles wat in die huis, of met die motor verkeerd gaan, asook om te sorg dat Werner gelukkig gehou word as hy die paar dae by die huis is.

Wanneer sy weet Werner is op pad huis toe, sorg sy dat daar genoeg bier is vir hom, dat sy voor die tyd al disse voorberei waarvan sy weet hy baie hou. Sy sorg dat daar vars blomme in die huis is en sy gunsteling peuselgoed soos biltong, droëwors en kaasvinger – wat sy alles self maak.

Hulle tyd is net te min en te kosbaar dat sy nog haarself kan besighou met kosmaak as hy daar is.

Die tyd staan nie stil nie en voor sy haar oë uitvee, gaan Kari al hoërskool toe. Sy is 'n pragtige langbeen tienermeisie, met die mooiste maniere en hart van goud.

Kendra se lewe draai om haar dogter en die tydjies wat Werner by die huis is. Om haar besig te hou en ook 'n inkomste te genereer, begin sy melkterte bak en ook boerewors en biltong maak wat die Duitsers so vinnig opraap as wat sy dit maak.

Werner is weer 'n slag op pad huis toe en Kendra en Kari is opgewonde.

"Mamma, kan ons die naweek saam na die karnaval gaan?" vra Kari opgewonde.

"Ons sal moet hoor wat pappa sê. Miskien is hy moeg en wil net saam met ons by die huis wees. Ons weet nie wanneer hy weer weggaan nie."

"Ek verstaan, dit sal ook lekker wees. Ons kan saam braai of speletjies speel. Dalk kan ek hom oorreed om saam met ons te gaan fietsry in die woud."

"Jy weet vir jou sal jou pappa alles doen." *Alles is nou gereed, binne die volgende uur kan ons ry om hom te gaan ontmoet by die lughawe. Dit gaan wonderlik wees om my man by die huis te hê. Kari het 'n langnaweek so alles is net mooi perfek.*

Op pad na die lughawe babbel Kari aanhoudend van pure blydskap oor haar pappa wat huis toe kom nadat hy 'n hele maand weer weg was.

"My pop jy moet net onthou dat pappa dalk ook kan baie moeg wees, en nie altyd sal wil doen wat ons wil doen nie."

"Ek sal dit in gedagte hou, Mamma."

Hulle wag 'n rukkie voor Werner uiteindelik by die doeane uit kom en merk dat daar nog 'n man saam met hom is. Kari hardloop hom te gemoed en val hom om die nek.

"Pappa, dit is so wonderlik om jou te sien. Ek het vreeslik na jou verlang." Hy druk haar vas en hou haar dan 'n entjie weg om na haar te kyk.

"Wanneer het my dogter 'n tienermeisie geword? Nou sal ek my haelgeweer moet reghou," terg hy.

"Ag, Pappa."

Kendra is ook nou by hulle, en hulle groet mekaar.

"My liefste, dit is wonderlik om julle te sien. Kari het so gerek, ek kan dit nie glo nie. Laat ek julle voorstel aan my kollega, Pieter, hy is eintlik van Suid-Afrika, maar gaan vir 'n tyd hier in Duitsland werk."

"Pieter, dit is my vrou Kendra en my dogter, Kari."

"Aangenaam om julle te ontmoet. Dit is so lekker om Afrikaans te hoor en te kan praat."

"Pieter was saam met my in Tanzanië, en daar is dit natuurlik net Engels," verduidelik Werner.

Hulle begin stap na die parkeerterrein, en Kendra merk dat Pieter saam met hulle stap. Sy neem aan dat hy dalk saam met hulle gaan ry tot waar ook al hy tuisgaan.

Sonder om te huiwer klim hy voor by Werner in die motor, en Kendra vind dit nogal vreemd. Sy het pas haar man vir die eerste maal in 'n maand gesien. *Ag wat ons is binnekort by die huis en dan is dit net ons drie.*

Groot is haar teleurstelling toe sy hoor hoe Pieter en Werner gesels.

"Man nou is ek darem al lus vir 'n bier en ordentlike kos. Die hotelkos is maar net nie die kos waaraan ons gewoond is nie," gesels Pieter.

"Toemaar, ons is nou by die huis, dan gaan ons 'n lekker bier drink en 'n vleisie op die vuur gooi. Kendra kan vir ons lekker mieliepap maak met sous daarby."

"Dit klink mos nou na besigheid, ou maat. Baie dankie dat jy my genooi het om die naweek by julle te bly. Ek sou my dood verveel het in die hotel met al die Duitsers."

Kari kyk met oë so groot soos pierings na Kendra. Sy het ook die gesprek gehoor en weet baie goed dat haar ma niks van die reëlings weet nie.

Kendra sluk swaar aan die knop in haar keel. Sy is baie ontsteld oor die nuus en sommer dadelik woedend. Vir haar dogter se onthalwe moet sy egter kalm bly. *Wat de hoeders het Werner gedink? Ons het hom so lank nie gesien nie en dan nooi hy die man vir die naweek. Buiten dat ek hom gemis het, het Kari so uitgesien om dinge saam met hom te doen. Het hy dan nie na ons verlang nie? Hoekom het hy my nie voor die tyd vertel dat hy die man genooi het nie, dan kan ek op die tyd die spaarkamer reggemaak het vir hom. Nou sal ek dit moet doen as ons tuis kom. Hierdie is net nie reg of regverdig teenoor Kari en my nie.*

Wanneer hulle tuis kom sit Werner sy tas in hulle kamer neer en wys vir Pieter waar hy syne kan neersit.

"Kendra sal nou-nou jou kamer vir jou reg kry. Ons gaan in elk geval nou eers 'n bier drink en die vuur aansteek vir die braai."

"Dankie ou Werner, jy is 'n ware vriend."

"Kendra, haal asseblief vleis uit om te braai en maak vir ons pap en van daardie lekker sous van jou."

"Wat wil jy braai, my man? Wil jy nie kom kyk wat jy wil braai nie, dan kan ek solank die kamer gaan gereed kry vir Pieter. As ek voor die tyd geweet het, was dit nou al gereed."

"Ek sal kom kyk ... daarna gaan ons op die balkon ontspan en solank die vuur aansteek."

Kari stap saam met haar ma na die spaarkamer om haar te gaan help. Sy het klaar agtergekom dat haar ma, net soos sy, baie teleurgestel is oor Pieter se teenwoordigheid. Gelukkig is Kendra 'n vrou wat nie goed laat rondlê nie en hoef hulle net die bed oor te trek, dan is die kamer gereed.

"Mamma, ek verstaan nou glad nie. Hoe kan Pappa so lank weg wees en nou nooi hy die oom vir die naweek? Hy het nie eers vir Mamma daarvan gesê nie! Het hy ons nie verlang nie en gemis nie? Ons gaan mos niks van hom hê as die oom die hele tyd hier is nie. Wanneer gaan hy weer weg?" vra sy ontsteld.

"My pop, ek verstaan dat jy ontsteld is, ek is ook, daaroor sal ek nie jok nie. Dit help egter nie dat ons onsself ongelukkig maak deur al die vrae te vra wat ons nou vir onsself vra nie. Miskien het pappa die oom jammer gekry dat hy in 'n vreemde land vir die hele naweek in 'n hotel moet bly waar hy niemand verstaan of met niemand kan gesels nie. Kom ons wees vriendelik met hom en laat hom tuis voel. As ons goed doen aan ander, sal ons Vader ons altyd beloon en al word ons nie beloon nie, moet ons steeds goed doen."

"Dit is reg so, Mamma. Kom ons maak klaar dat ek Mamma gaan help om die borde gereed te kry, terwyl Mamma besig is met die pap en sous."

"Dankie, my pop, ek waardeer jou baie."

Intussen het Werner en Pieter hulle tuisgemaak op die balkon. Werner het die vuur aangesteek en hulle ontspan elkeen met 'n lang bier.

Kendra haal biltong en droë wors uit. Sy sit dit in bakkies en neem dat na die manne toe om aan te peusel.

"Genade, dit is nou groot bederf. Werner, waar kry jy die vrou van jou wat 'n man so bederf?"

Werner sit sy arm om Kendra se lyf en druk haar vas.

"Dankie, my liefste. Pieter, dit is my vrou, sy bederf my dood as ek huis toe kom."

"Pieter, dit is vir my lekker om my mense waarvoor ek lief is te bederf. Ek kry so min die geleentheid om my man te bederf, so ek doen moeite as hy die slag hier is."

"Dit is wonderlik. Kom sit jy nie by ons nie?"

"Ek is nog besig in die kombuis, Kari help my. Sodra ons daar klaar is sal ons kom."

Sy verdwyn by die huis in, maar hoor tog Pieter se volgende vraag aan Werner.

"Drink jou vrou glad nie, Werner?"

"Sy drink 'n glasie wyn so as ons braai. O, genade, dit is goed jy vra, want ek het skoon vergeet om haar te vra en vir haar iets in te skink." Kendra het pas in die kombuis aangekom of Werner is ook daar. Hy sit sy arm om haar waar sy voor die stoof die pap roer.

"My liefste, kan ek vir jou iets ingooi om te drink?"

"Dit sal lekker wees. Daar is droë witwyn in die yskas. Gooi sommer vir jou dogter ook sap in asseblief, sy het jou so gemis."

"Ek maak so. Waar is sy nou?"

"Ek dink in haar kamer, sy was hier om die messegoed uit te haal, maar het nou verdwyn. Ek dink sy voel bietjie afgeskeep omdat Pieter hier is."

"Ek sal nou na haar gaan." Hy skink vir Kendra haar wyn en sit dit by haar neer, gee haar 'n soen op haar voorkop en verdwyn dan in die gang af na Kari se kamer. Kendra kyk hom agterna en weet dat haar dogter nie so rustig soos sy gaan wees oor die hele Pieter aangeleentheid nie.

"Kari, my pop, Pappa het vir jou sap gebring, wat maak jy?"

"Dankie, Pappa. Sit dit net daar neer. Ek luister net musiek," antwoord sy half kortaf.

"Is jy nie bly ek is by die huis nie?" sit Werner mooi sy voet presies in die moeilikheid.

"Ja, ek is en wat moet ek daaraan doen as Pappa met 'n vreemde man by die huis aankom en nou saam met hom braai? Blykbaar is Pappa die een wat nie vir my of Mamma gemis het nie. Wat kan ons daaraan doen? Niks, net mooi niks!" Sy is nou in trane.

"My pop ... jy moet verstaan ..." probeer hy haar troos.

"Pappa, die oom wag, gaan liewer na hom toe." Sy sit die oorfone op haar ore, 'n duidelike teken dat sy nie verder na hom gaan luister nie.

Werner draai om en loop terug balkon toe waar Pieter vir hom wag. Vir 'n oomblik is hy ontsteld, maar kuier dan net verder met sy vriend. Kendra het die uitbarsting gehoor en gaan na Kari toe.

"My pop, moenie jou so ontstel hieroor nie. Pappa is mos lief vir jou en dit weet jy tog. Moenie jouself wysmaak dat hy nie omgee nie. Hy wou maar net die oom help. Onthou wat ek vroeër vir jou gesê het." Sy druk haar vas en hou haar vir 'n rukkie so vas. *My kind is op 'n baie kwesbare stadium, sy stoei met haar identiteit en hormone, natuurlik sal dit vir haar moeilik wees om Werner se optrede te verstaan. Dit is dan vir my wat 'n volwasse vrou is moeilik. Vader, help ons albei om nie die leuens van die vyand te glo nie, maar vas te hou aan U waarheid.*

"Kom saam met my ons gaan sit by Pappa-hulle. Vertel vir hom van jou skoolwerk en jou sport. Laat hom voel jy betrek hom by jou lewe. Ons moet ons kant reg hou, onthou dit."

"Ek was net gou my gesig, dan kom ek. Gaan Mamma solank."

"Ah, my vrou, kom sit hier langs my, ek het so verlang. Waar is Kari?"

"Sy kom nou. Ons het ook baie verlang. Sy wil so graag môre Karnaval toe gaan."

"Ja, dit is mos Karnaval! Ou Pieter, ons moet gaan. Dit sal vir jou 'n ondervinding wees. Daar sal jy nou mooi Duitse vrouens en meisies sien jong ..." Wanneer hy dit klaar gesê het, weet hy dat hy 'n groot fout begaan het. Hy hou Kendra dop, sy reageer nie. Pieter is dadelik baie opgewonde by die vooruitsig.

"Sowaar, dit sal lekker wees. 'n Man kan mos nie op bier en braaivleis alleen leef nie ..." Kendra se volgende vraag vang hulle albei onkant.

"Pieter, is jy nie getroud nie?" Sy kyk na die goue ring aan sy linkerhand en ken reeds die antwoord, maar wag steeds vir die antwoord.

"Mm ... ja ek is, ek bedoel maar net dat ek nog nooit die voorreg gehad het om so 'n karnaval by te woon nie."

"Natuurlik. Jy sal dit baie geniet glo ek. Ek gaan gou kyk waar Kari is." Haar binneste kook soos 'n konfytpot wat op te hoë hitte is. *Ek wonder of die man dink ek is onnosel. Hoekom het Werner hom nie reg gehelp nie?*

"Kari, waar is jy?" roep sy in die gang af terwyl sy gou kyk of die pap nog aangaan.

"Ek kom, Mamma, ek kom." Sy loop na die balkon en gaan staan by Werner.

"My pop, ek het goeie nuus vir jou."

"Wat is dit, Pappa? Goeie nuus soos dat jy nie meer gaan wegwerk nie?"

"Nee, my pop, goeie nuus soos dat ons môre Karnaval toe gaan."

"Dit is goeie nuus ja, ek wil baie graag gaan. Baie van my klasmaats gaan ook daar wees, maar hulle moet maar sterk wees, want ek gaan liewer saam met my Pappa dit geniet."

"Voorwaar 'n meisiekind duisend die van jou, Werner. Die tieners wil mos niks met hul ouers te doen hê nie en spandeer eerder tyd met hulle vriende."

"Het oom ook kinders?" vra Kari.

"Ja, ek het. 'n Seun en dogter. Hulle is albei al in die hoërskool. My seun is in matriek en die dogter is in graad tien."

"Dan is hulle albei bietjie ouer as ek, ek is nou in graad nege. Hier in Duitsland werk dit egter anders as in Suid-Afrika, ek begin later vanjaar om by verskillende besighede te werk vir 'n tydperk. So kan ek dan vasstel wat ek graag wil doen. Daarna, skryf ek twee eksamens, en as ek dit deurkom kan ek verder gaan leer."

"Sjoe, so wanneer jy sestien is kan jy al gaan verder leer?"

"Ja, of gaan werk as ek wil."

"Genade, my kind, wil jy vir my vertel jy is byna klaar met skool?"

"Ja, Pappa, binne die volgende jaar en 'n half."

"Dit is hoe vinnig kinders groot word as mens nie oplet nie. Ek kan nie glo dat my dogter al 'n tienermeisie is nie en die grootmenslewe lê al vir haar en loer," val Kendra in as sy op die balkon op stap.

Gou verloor Werner egter belangstelling in Kari se geselskap en begin weer met Pieter gesels oor hulle werk.

Kari kom dit agter en gaan sit langs haar ma en gesels met die.

Dit raak later laat, en Werner kom nie tot braai nie omdat hy en Pieter wat reeds aangeklam is te lekker kuier. Kendra se nekhare staan lankal regop. Sy hou niks daarvan dat haar kind haar pa gedrink moet sien nie en dit nog op die eerste aand wanneer hy terug is na so 'n lang tyd. Sy sien dat Werner intussen by Pieter gaan sit en gesels het, so sy neem rustig die braai bak en begin braai. Hulle is reeds so ver heen dat hulle nie eers op merk nie.

Wanneer die vleis gaar is, skep sy vir Kari en haarself op. Sy vra of sy vir Werner en Pieter kan opskep, maar hulle drink nog te lekker. Nadat hulle klaar geëet het, neem Kendra en Kari hul borde na binne.

"Wonderlike braai wat ons vanaand met Pappa het, nè?" merk Kari op.

"My liefie, laat dit net gaan. Kom ons gaan stort en gaan rus. Jy gaan jou net onnodig ontstel."

Sonder om weer terug te gaan na die balkon, gaan doen hulle soos Kendra voorgestel het. Sy besef wanneer sy in haar bed klim dat haar kind baie ongelukkig is. Haar hart is ook seer, maar sy gaan net probeer om dit te ignoreer en te slaap.

Iewers in die nag word sy wakker van Werner wat die kamer binne val en langs haar op die bed land. Hy stink na drank en dit laat haar ril. Sy bid dat hy nie nou op sy huweliksregte sal aandring in hierdie toestand nie, want dit sal vir haar beslis nie 'n plesier wees nie. Dankbaar hoor sy hoe hy net so met klere en al aan die slaap geraak het. Sy wag 'n rukkie, staan dan op en trek sy skoene uit. Dan gaan klim sy weer in en slaap verder.

Die volgende oggend is alles in chaos op die balkon en in haar kombuis. Sy ruim vinnig op dat Kari nie moet sien hoe 'n gemors dit is nie. Sy pak die orige braaivleis weg in die vrieskas. Daarna maak sy ontbyt. Sy loop om eerste vir Werner wakker te maak met koffie.

"My man word wakker, hier is vir jou koffie." Sy gaan sit langs hom op die bed.

"Hoe laat is dit al?" vra hy deur die blare en duidelik baie babalaas.

"Dit is net na tien. Ek gaan nou-nou vir Kari ook wakker maak. Jy moet maar vir Pieter wakker maak."

"Hulle sal maar eers moet wag, want ek het nog nie eers my vrou behoorlik gegroet nie." Hy trek haar nader, maar sy keer hom.

"Wie se skuld is dit? Verder dink ek jy moet eers 'n stort neem, want nou ruik jy soos 'n sjebien. Daarna moet ons ontbyt eet, dit is reeds gereed en gaan ons mos Karnaval toe, onthou jy?"

"Ja, ek onthou ... ons kan mos later gaan."

"Nee, ons kan nie, want wil jy jou dogter aan 'n klomp dronk mans blootstel. Jy weet hoe later dit raak, hoe meer besope mens is daar. Sy is reeds ontsteld oor gisteraand."

"Wat van gisteraand?"

"Wat van gisteraand? Werklik my man, jy kom eers na 'n maand met 'n vreemde man hier aan, terwyl sy jou so gemis het. Daarna geen jy geen aandag aan haar nie en word julle albei smoordronk! As dit nie genoeg is nie, is daar fout met jou oordeel."

"Ek is jammer, ek is jammer, my vrou ... Julle moet verstaan dat ons baie hard werk. Ons het net ontspan."

"Werner, nou praat jy nonsens ... ja julle werk hard, maar baie naweke is julle af en wat doen julle dan? Dieselfde wat julle gisteraand gedoen het tien teen een, behalwe dat julle dit in 'n hotel doen. Jy sal vandag jou dogter se vertroue weer moet wen."

"Ek sal, ek belowe ek sal. So dit beteken ek moet wag tot vanaand om my vrou se sagte lyf te kan verken?"

"Dit is hoe dit is en net jou eie toedoen. Ons maak elkeen ons eie keuses, onthou dit net en daardie keuses het gevolge. Ek is baie lief vir jou, en ek het gister gevoel asof jy ons nie gemis het en glad nie vir ons omgee nie. Hoe dink jy het ons dogter gevoel wat nou 'n tiener is en met al daardie tienerdinge sukkel? As jy alleen huis toe gekom het en dan vandag vir Pieter genooi het, was dit heel 'n ander saak."

"*Okay*, ek verstaan jou punt en ek is jammer. Natuurlik is ek lief vir julle ook en het julle gemis. Ek het net probeer goed doen. Ek sien dit nou in dat dit die verkeerde besluit was om jou nie te laat weet of vir Pieter vir die hele naweek te nooi. Ek gaan gou stort, dan kan ons ontbyt eet."

"Reg so, my man. Hopelik kan jy opmaak vir gisteraand in die tyd wat jy by die huis is. Weet jy al wanneer jy weer gaan?"

"Nee, ek sal Maandag as ek by die kantoor kom hoor. Moet jou nie bekommer nie, ek sal opmaak, ek belowe."

Tot Kendra se ontsteltenis moes sy vinnig agterkom dat dit alles leë beloftes was. Wanneer hulle by die Karnaval aankom gaan Werner en Pieter dadelik na die biertent om iets te kry vir hulle babelaas. Dit is presies net daar waar hulle vashaak. Sy en Kari het nadat hulle 'n tweede koeldrank afgewurg het opgestaan en alleen deur die stalletjies begin beweeg.

Die namiddag na vier, moes sy hulle daar van die biertent af wegsleep na die motor. Kari was weereens baie teleurgesteld in haar pa wat geen aandag aan hulle gegee het nie en vir 'n tweede aand besope is.

By die woonstel het sy hulle sukkel-sukkel ingekry. Werner wil nog balkon toe gaan om verder te kuier, maar dit is waar sy haar voet neergesit het. Hulle was albei reeds vallende dronk.

Pieter het in sy kamer in gestrompel en op die bed geland, sy het net die kamerdeur toegetrek. Werner het sy op die bed gehelp en sy skoene uitgetrek, daarna hom net gelos. Sy was nog in die badkamer besig toe sy hoor hoe hy snork.

Nou het ek nodig om hier weg te kom en van my frustrasies ontslae te raak. Hierdie is werklik nie hoe ek my man ken nie. My arme kind. Ek dink ons gaan nou fietsry. Dit sal ons albei goed doen.

"Kari, my pop, trek jou aan dat ons gaan fietsry."

"Gaan ons werklik fietsry, Mamma?"

"Ja, ek glo ons moet bietjie vars lug skep na die dag en dit is nog lekker buite en lig."

Sonder om verder te gesels het Kari reggemaak en is hulle weg om te gaan fietsry. Albei besig om die gebeure vandag Werner geland het terug te speel en albei baie teleurgesteld.

Hoofstuk 7

Kari se veertiende verjaarsdag is om die draai. Kendra het besluit, maak of breek, Werner sal móét verlof neem hiervoor. Sy het van die geldjies wat sy met haar wors, melktert en biltong verdien het deur die jare weggesit vir hierdie geleentheid. Hulle gaan een van Kari se drome waar maak en dit is om in Parys te gaan kuier. Dit is immers minder as twee ure se vlieg na Rome. In die stilligheid het sy begin kyk na akkommodasie en wat om met haar te doen as hulle daar is. Nou is dit tyd om met Werner te praat om verlof te neem. Hy is nooit lank genoeg by die huis om met hom dit te bespreek nie. As hy wel hier is, is dit net die een partytjie op die ander met vriende wat hy nooi.

"Werner, dit is 'n droom van Kari om Parys toe te gaan. Ek het lankal dit begin beplan en daarvoor gespaar. Ek het nou nodig dat jy ook betrokke raak asseblief."

"My vrou, jy weet mos ek sal enigiets vir daardie dogter van ons doen."

"Wel, vir die afgelope jare was jy nie eintlik betrokke by haar lewe nie, want jy is meer weg as wat jy hier is. As jy wel hier is, dan is jy besig om jou vriende te onthaal en ons suig al vir baie lank aan die agterspeen. Jy sal moet verlof insit vir ten minste 'n week as dit kan bietjie langer. Verder sal hulp met die vliegtuigkaartjies baie waardeer word.

Ek het die akkommodasie en alle uitstappies reeds gedek. Verder moet dit 'n geheim bly, want dit moet vir haar 'n groot verrassing wees."

"My vrou het alweer alles perfek uitgewerk. Natuurlik sal ek die kaartjies betaal. Gebruik sommer my kaart wat by jou is om dit te doen. Ek sal dadelik hoor of ek verlof kan kry, stuur net vir my die datums deur asseblief." Hy ignoreer haar opmerking oor dat hy hulle so afskeep heeltemal asof sy dit glad nie genoem het nie.

"Dankie, ek stuur dit deur. Jy kan sommer vir jou baas vooraf waarsku, jou vrou sal nie hierdie keer enige verskonings aanvaar nie. Hy kan iemand anders daardie week stuur waarheen ook al hy wil."

"Moet jou nie bekommer nie, ek sal sorg dat ek verlof het."

"Goed, so. Ek moet alweer hardloop om vir Kari by die skool te gaan optel. Ek stuur gou vir jou die datums."

Wanneer Werner die datums kry raak hy dadelik benoud, want dit is die tyd wat hy reeds op sy kalender het om in Suid-Afrika te gaan werk. *Genade, ek sal 'n plan moet maak. Kendra gaan my doodmaak en alles is reeds gereël vir daardie trip na Parys. Ek kan nie weer vir haar en Kari teleurstel nie. Ek sal my kaarte mooi moet speel hier.*

Hy bel dadelik sy baas en dit neem soebat en smeek en verduidelik dat hy nie sy dogter se verjaardag hierdie jaar kan mis nie. Na 'n gesprek van 'n halfuur kry hy sy baas oortuig van die belangrikheid van hierdie verlof en staan die verlof baie traag toe.

"Werner, jy weet dat jou huweliksake niks met my te doen het nie. Dit is nie my werk om jou vrou gelukkig te hou nie. Ek stel voor dat jy wat jy ook al verkeerd doen, verander. Dit kan nie jou werk wees nie, want dit het sy geweet toe sy Duitsland toe gekom het. Maak dit reg!"

Werner antwoord nie en die oproep word beëindig. Hy is net baie bly dat hy wel verlof gekry het, verder brom hy net by homself. *Ek werk my vrek vir julle, wanneer moet ek myself geniet? Dit kan ek net doen as ek af is en daarmee het my vrou en kind blykbaar 'n probleem. Iewers moet ek aan myself dink.*

Hy stuur vir Kendra 'n WhatsApp om haar te laat weet dat hy verlof gekry het, met 'n groot gesukkel.

"Dit het nou soebat gekos om hierdie verlof te kry, my vrou."

"Ek is bly dat jy aangehou het en dit wel reggekry het. Dit beteken die wêreld vir my en so sal dit vir Kari ook wees. 'n Hele week waarin net ons drie ons kan geniet, dit klink byna te goed om waar te wees."

"Jy weet mos ek sal vir julle alles doen wat ek kan. Ek sien ook nou uit daarna om te gaan en daardie tyd met julle te spandeer. Dit sal wonderlik wees."

"Dit is goeie nuus, jy het beslis nie rus nodig. Wanneer laas het jy vakansie gehad. Ek is opgewonde en dankbaar, my man. Jy moet lekker slaap en ons is baie lief vir jou."

My arme man, miskien is dit net sy werk wat hom so moeg maak dat hy elke keer as hy tuis kom net wil uitbreek. Ek het werklik begin dink dat hy nie meer vir ons omgee nie. Die vakansie sal ons huwelik ook goed doen. Dankie Vader vir dit.

Die volgende dag betaal sy hul vliegtuigkaartjies van Hamburg lughawe na Charles de Gaulle in Parys. *Nou moet hierdie drie weke net vinnig verby gaan. Ek kan nie wag om te sien wat Kari se reaksie sal wees as sy dit hoor nie.*

Vir Kendra gaan die tyd baie stadig verby, al is sy ook hoe besig. Sy bak en brou en maak huis skoon en ry vir Kari rond.

'n Week voor die tyd en net voor Werner huis toe kom, besluit sy om vir Kari te neem vir haar hare en naels.

"Kari, my pop, ek het vir ons vir Saterdag afsprake gemaak vir ons hare en naels. Jy verjaar mos binnekort en dan moet jy spesiaal voel."

"Ah, Mamma, jy is so dierbaar. Dit sal baie lekker wees om so bederf te word. Sal Pappa ooit by die huis wees as ek verjaar?"

"Dit weet ons nog nie, ons kan net bid dat hy sal wees. Jy weet hy sal altyd probeer, maar die werk kom eerste. Dit is ons brood en botter."

"Ek weet dit, maar ek word veertien en vir die laaste drie jaar was hy nooit hier as ek verjaar het nie. Dit is glad nie vir my lekker nie. As hy met sy af tye hier is, deel hy sy tyd met vreemde mense en nie met ons nie. Gee hy dan nie meer vir ons om nie?"

"Nee, dit is nie so nie, hy werk baie hard en wil seker maar net ook ontspan as hy af is. Ons mag dit nie verstaan nie, maar ons moet probeer. Moenie dat dit nou jou opgewondenheid oor ons afsprake wegneem nie."

Saterdag is hulle vroeg uit en gaan eet eers ontbyt voor hulle vir die bederf gaan. Daarna geniet hulle albei die pamperlangsessie van hare knip en naels doen baie en lyk albei pragtig en vrolik toe hulle klaar is. Kendra het haar hare weer kort gesny en donkerder gekleur, sy is nou moeg van blond wees. Haar naels het sy in skakerings van pers laat doen. Kari het haar lang hare laat in lae knip en in 'n baie nuwe moderne styl, haar naels het sy in helder geel laat doen. Die meisie by die salon neem 'n foto van hulle. Sodra hulle in die motor is, stuur sy dit vir Werner.

"Magties, is dit my twee skoonhede die?"

"Dit is beslis, ons het onsself bietjie bederf."

"Julle lyk albei pragtig. Ek is net bekommerd dat ek so ver is en my vrou en dogter gesteel sal word deur daardie orige Duitsers voor ek weer huis toe kom."

"Dan het jy niks om jou oor te bekommer nie, my man. Ons wag net vir jou en hoop ons sien jou weer binnekort."

Wanneer het my dogter so 'n mooi jongmeisie geword? Genade, sy lyk soos 'n model met haar blonde hare in daardie pragtige styl gesny. Nou is ek eers bly ek het so gesoebat vir daardie verlof, die vorige kere wat ek verlof gehad het, weet Kendra nie eers van nie. Lyk my ek sal beter na my belange moet begin omsien. Sy is werklik beeldskoon met daardie kapsel en nuwe haarkleur.

Kendra se uitdaging begin die Maandag as sy moet begin pak vir hulle reis na Parys, maar sonder dat Kari dit agterkom. Sy sal ook vir Kari moet pak. Werner en sy het ooreengekom dat hulle eers wanneer hulle moet vertrek lughawe toe vir haar sal die kaartjie gee.

Kari is opgewonde oor haar verjaardag wat binnekort is en wil weet wat hulle gaan doen.

"Mamma, kan ek vir Sven vir my verjaardag nooi. Ons is al maats vandat ek uit Suid-Afrika gekom het en nog nooit het ek hom genooi nie."

"Ons kan hom nooi, maar kry jy net vir my sy pappa se telefoonnommer, want dit is die regte manier om dit te doen."

"Ek sal so maak. Ek is seker hy gaan ook nêrens vir die vakansie nie. Dit is nog net vier dae skool, jippee!"

Opgewondenheid bruis in Kendra op, want die dag nadat die skole gesluit het, gaan hulle vir Werner haal op die lughawe. Dit is haar eerste verrassing. Saterdagoggend vertrek hulle na Parys.

Kari kom die volgende dag met die nommer by die huis en sy kontak Sven se pa.

"Hartmunt, ons kinders is nou al vir vier jaar vriende, jammer dat ek nou eers kontak maak."

"Kendra, ek het al so baie by Sven van jou gehoor en natuurlik nog meer van Kari."

"Kari verjaar volgende week, ons gaan haar verras met 'n *trip* na Parys vir die week. Hierdie is 'n staatsgeheim asseblief."

"Ek is doodstil. Moet jou nie bekommer nie."

"Wanneer ons die Vrydag terugkom wil ek graag vir Sven nooi om die Saterdag na ons te kom vir Kari se verjaardag. Ek sal hulle uitneem om na die vermaaklikheidsentrum te gaan, maar sal by hulle wees."

"Sekerlik, dit is in orde so. Ek sal hom by julle kom aflaai, stuur net vir my die tyd en die adres asseblief."

"Baie dankie, Hartmunt. Verduidelik maar aan Sven wanneer ons eers weg is en hulle nie kan WhatsApp nie. Ek sal Vrydag net hoor of alles nog reg is vir Saterdag."

"Alles in orde, baie dankie vir die uitnodiging. Ek neem ook vir Sven vir die naweek weg, en miskien bly ons nog 'n paar dae. Ons sal terug wees voor Saterdag."

"Dankie, nou kan ek vir Kari noem dat julle die week van haar verjaardag nie hier is nie, maar hulle later kan gaan, dit is perfek."

Die volgende dag toe Kari van die skool kom vra sy dadelik na oor die uitnodiging aan Sven.

"Ek het met oom Hartmunt gepraat. Hulle gaan die naweek ook bietjie weg en sal nog 'n paar dae aanbly na die naweek. Dus sal hulle nie met jou verjaardag hier wees nie. Die Saterdag daarna, sal hulle terug wees en sal hy na ons toe kom."

"Mamma is die beste, baie dankie. Wat sal ons doen?"

"Ek dink ons gaan bietjie na die sentrum toe, daar kan julle allerhande dinge doen."

"Dit sal wonderlik wees, dankie Mamma! Weet ons nou al of Pappa sal kan afkry vir my verjaardag?"

"Nee, maar ons sal seker oor die naweek hoor."

Kendra vra by voorbaat verskoning omdat sy sulke wolhaar stories aan haar dogter moet opdis. *Gelukkig nog net twee slapies, dan gaan haal ons vir Werner.*

Kari hou haar self besig met kaartjies maak vir haar meneer en vriendinne om dankie te sê vir die jaar. Dit pas Kendra goed, sy pak dat sy klap in haar kamer. Vir Kari het sy reeds besluit gaan sy haar nuwe klere pak en as sy vra, sal sy net sê sy gaan dit eers was oor die naweek. 'n Boer moet 'n plan maak.

Donderdagoggend soek Kari een van haar nuwe denim-broeke wat sy wil aantrek vir die skoolsluiting.

"Mamma, waar is my nuwe *baggy* denim wat ons laas week gekoop het?"

"Jammer my pop, ek wil dit eers was. Ek gaan eers oor die naweek was. Nou is ek besig met kaste regpak in ons kamer."

"Dit is *okay*, ek sal iets anders aantrek."

Wanneer sy vir Kari by die skool gaan optel, gaan doen hulle kruideniers inkopies en drink saam 'n melkskommel. Verder verwyl Kendra tyd in die winkelsentrum deur net rond te dwaal en na die nuutste modes en dinge te kyk. Kari geniet dit baie en dit kry die tyd om.

Vrydagoggend breek aan en met hulle tasse klaar gepak en weggesteek, gaan hulle elfuur vir Werner ontmoet by die lughawe, maar Kari dink hulle gaan net na 'n kampplek so dertig kilometer buite Rahlstedt kyk. Hulle gaan wel nadat hulle vir Werner opgetel het daarna kyk. Sy het die advertensie gesien en die plek het twee karavane en 'n kombuisgedeelte met 'n braaiarea. Dit word jaarliks verhuur en kan 'n plekkie wees waar sy en Kari alleen kan gaan om te ontspan as Werner nie by die huis is nie. Dit is by die Elberivier wat 'n pragtige strand ook het.

Wanneer Kendra die afrit neem na die lughawe besef Kari dat daar 'n slang in die gras is.

"Mamma, waarheen ry jy? Dit is die lughawe se afrit."

"Dit is reg my pop – ons gaan jou pappa ontmoet!"

"Werklik! Kom hy werklik vir my verjaardag?"

"Ja, hy is byna hier. Oor 'n halfuur sal ons hom sien."

"Wow, ek het nie woorde nie. Ek is baie, baie bly. Ons het hom so lanklaas gesien." Daar is behoorlik trane in haar oë.

Kendra kry ook 'n knop in haar keel wat sy vinnig afsluk. *My arme kind, dit is wonderlik om haar vreugde te sien, maar hartseer om te hoor dat sy haar pappa so mis.*

Die herontmoeting tussen hulle drie is hierdie keer anders en Kendra voel dit dadelik. Dit is asof haar man werklik vir die eerste maal in jare terug gekom het.

"Dit is so wonderlik om julle twee te sien. Ek het my dood na julle verlang. Kyk net hoe pragtig is julle. Ek is die mees bevoorregte man in die hele Duitsland. Kom hier dat ek julle kan druk en vashou."

Na die emosionele groetsessie verby is, kry Kari eerste haar stem terug.

"Pappa, dit is die wonderlikste verjaardaggeskenk wat ek nog gekry het in my lewe. Jy gaan by ons wees ..."

"Glo my ek is baie dankbaar dat ek hier kan wees. Gaan ons nou na daardie kampplek kyk, my vrou?"

"Ja, ons gaan. Ek is nogal opgewonde daaroor. Dit lyk werklik mooi, met 'n grasperkie en heel privaat met heiningbos wat om dit geplant is. Dit is binne stapafstand van die rivier."

"Bestuur jy, ek het heel verleer. As dit alles so mooi is soos die foto's wys, huur ons dit dadelik. Dit sal 'n lekker wegbreek plekkie wees en is net dertig kilometer buite die stad."

Elbdeich Kamp Kollmar is goed uitgelê en daar is fasiliteite vir mense wat net met tente wil kamp, of hul kampvoertuig net daar wil trek, hul eie karavane bring of ook plekke wat reeds karavane op het. Die een waarna hulle gaan kyk het reeds karavane op, sy eie badkamer en toiletgeriewe asook 'n kombuis met 'n braaiarea. Verder is daar 'n grasperk.

"Dit is baie gerieflik en hier is alles wat ons nodig het. Genoeg slaapplek en 'n mens kan dit baie mooi maak my man."

"Ja, my liefste vrou die tuisteskepper. Ek kan dink jy sal dit heel hervorm. Ek dink ons moet dit huur. Die huur per maand is werklik nie groot nie en dit sal vir julle baie help. Ons kan dan ook langnaweke hierheen kom en selfs vakansies."

"Die is wonderlike nuus, Pappa. Dit is so mooi groen hier, mens sal nooit glo dit is net dertig kilometer van die stad nie."

"Dit is pragtig hier, my pop. Ek dink ons sal lekker hier kuier en ontspan. Ons kan blombakke hier sit en 'n dek bou. Ja, ons kan dit baie mooi maak hier."

"Ek kan hoor dat julle twee seker elke naweek in die somer hier sal wees, met al daardie planne. Dan kan jy die mense laat weet en die eerste huur betaal my vrou. Nou kan ons huis toe gaan, ek verlang ons huis."

Vir die eerste maal in 'n baie lang tyd het Kendra haar man vir haarself daardie Vrydagaand. Hulle eet rustig saam en die drie van hulle speel selfs kaart. Hulle kyk gereeld vir mekaar en die opgewondenheid is moeilik om weg te steek oor die verrassing wat hulle môre vir Kari het.

Wanneer hulle later kamer toe gaan, wonder Werner hoe sy alles gepak gekry het sonder dat Kari dit agtergekom het.

"My vrou, hoe het jy dit reggekry om te pak en waar is die tasse?"

"Maklik, ek het gepak as sy nie hier was nie, die tasse is in die stoorkamer en môreoggend kan ons net ons toiletware pak en insit."

"Kyk jy is 'n vrou met planne. Nou is dit tyd vir my vrou om my te bederf met haar aandag. Hierdie week gaan sekerlik vir ons voel soos ons tweede wittebrood. Jy was briljant om dit te beplan."

"Ek dink werklik ons het die baie nodig en dit sal vir ons albei goed wees. Jy weet ek het geen probleem om jou te bederf of aandag aan jou te gee nie, ek het net die laaste jare baie min die geleentheid gehad."

Vir die eerste maal in 'n baie lang tyd voel Kendra weer vrou, weer of haar man haar begeer en liefhet. Saterdagoggend is sy vroeg op en vol energie. Sy maak vir Werner wakker met koffie. Daarna gaan maak sy ontbyt en roep vir Kari om op te staan en klaar te maak.

"Môre Mamma, gaan ons iewers heen, hoekom roep jy my so vroeg?"

"Slaapkous, jou Pappa is hier en ons gaan nou saam ontbyt eet. Daarna sal ons sien wat die dag oplewer."

"*Okay*, ek is nou daar."

Gelukkig is Kari nie 'n meisie wat draai nie en is sy binne tien minute in die eetkamer waar hulle vir haar wag. Hulle geniet die heerlike ontbyt wat Kendra vir hulle met soveel liefde voorberei het.

"Ek gaan net gou die skottelgoed in die skottelgoedwasser pak en dit aansit, dan kan ons gaan," laat Kendra hoor.

"Waarheen gaan ons?" vra Kari.

"Pappa, ek dink dit is tyd dat jy vir haar wys waarheen ons gaan," vra Kendra. Almal is skielik op hulle voete en Kari kyk nuuskierig na haar pa. Werner steek sy hand in sy binnesak waar hy die vliegkaartjies hou en haal hare uit. Hy gee dit aan haar en hulle wag dat die besef moet deurdring na haar.

"Wat is dit? Is dit nie 'n vliegkaartjie nie? Parys, gaan ons Parys toe?" gil sy van vreugde en val hulle om die nek.

"Ons gaan Parys toe en jy jonge dame moet dadelik jou toiletware gaan pak dat ons kan ry lughawe toe," gesels Kendra.

"Vandag! Gaan ons vandag Parys toe?"

"Kyk op die kaartjie," laat Werner hoor.

"Sowaar, ons vlieg oor drie ure. Dit is die wonderlikste verrassing ooit. Moet ons nie nog pak nie?"

"Nee, jou moedertjie het onder jou neus reeds alles behalwe ons toiletware gepak. Roer jou my meisiekind, ons moet ry."

Sy druk hulle weer vas en hardloop dan na haar kamer. Werner en Kendra kyk vir mekaar en weet dat hulle dogter hierdie geskenk ongelooflik waardeer.

Vir die eerste deel van die vlug is Kari uit haar vel. Daarna raak sy rustiger en geniet net elke oomblik. Werner wat gewoond daaraan is om rond te vlieg, is vinnig aan die slaap. Kendra en Kari gesels oor die verrassing.

"Ek sou in my wildste drome nie kon droom dat Pappa en Mamma dit beplan nie. Wat gaan ons alles in Parys doen?"

"Dit is mos deel van die verrassing, so ek kan jou nie vertel nie."

"Dit maak eintlik nie saak wat ons gaan doen nie, ek gaan in Parys wees en dit is al wat tel."

Hulle gaan tuis in die Le Grey hotel wat naby aan al die aanbevole besienswaardighede soos die Moulin Rouge en die Basilika is. 'n Baie elegante hotel.

Op Kari se verjaardag besoek hulle die Eiffeltoring en geniet aandete by die Madam Brasserie Restaurant wat geleë is op die eerste verdieping. Dit is 'n onvergeetlike belewenis vir almal, maar Kari se mond hang meeste van die tyd oop.

Die volgende dag doen hulle 'n bootreis op die Seine en geniet die aand op die boot aandete. Van die rivier af sien hulle ook die Notre Dam Katedraal en Grand Paris.

In die dae wat volg doen hulle 'n staptoer deur die hele stad, en besoek die Arc de Triomphe, die Louvre en Moulin Rouge.

Die laaste twee dae van hulle verblyf in Parys gaan hulle bietjie uit die stad uit. Die eerste dag besoek hulle die Paleis van Versailles en die volgende dag die Louvre Vallei Kasteel.

Kari is die gelukkigste tienermeisie en kan nie genoeg vir Werner en Kendra bedank vir hierdie groot geskenk nie. Kendra voel ook of dit haar grootste geskenk is wat sy nog gekry het. In die week wat hulle in Parys was, het sy weer haar man terug-gekry en het dit gevoel asof hulle twee weer op wittebrood was.

Op die terugvlug is almal moeg van al die bedrywighede van die laaste dae, maar baie gelukkig en dankbaar dat hulle dit kon doen. Kari is binne 'n halfuur vandat hulle opgestyg het in droomland.

"Ah, sy is so gelukkig al is sy moeg. My liefste man, baie dankie ... dit was nie net vir Kari wonderlik nie, maar vir my ook. Dit was so wonderlik om saam met jou te wees en dinge te doen en te lag. Natuurlik was dit wonderlik om elke aand jou langs my in die bed te hê."

"My vrou, jy het dit alles so wonderlik beplan. Ons het soveel gesien en gedoen. Dit was vir my ook fantasties om saam met julle te wees. Ek is baie bly dat ek so aangehou het oor die verlof."

"Ek wil nie daaroor praat nie, maar moet vra: weet jy al wanneer jy weer vlieg en waarheen?"

"Ek weet nie wanneer nie, maar ek glo dit is Suid-Afrika toe vir drie weke," vertel hy aan haar 'n halwe waarheid. Hy sus sy gewete dat hy haar nie nou al wil ontstel nie.

"Ja, natuurlik. Sjoe, dit sal darem goed gewees het as Kari en ek kon saamgaan om vir my ma te gaan kuier."

"Dit sou, maar ongelukkig is dit nie moontlik nie. Ons sal wel 'n plan maak iewers dat julle vir haar kan gaan kuier. Ek gaan hierdie keer net in Pretoria werk."

"Ek hoop werklik nie jy moet alweer dadelik gaan nie." Sy sluit haar oë om haar hartseer weg te steek en raak bietjie weg.

Hoofstuk 8

Hulle het pas by die woonstel in gestap as Werner se selfoon lui. Hy antwoord dit dadelik.

"Werner, is jy reg om môre Suid-Afrika toe te vlieg? Dit is mos ons ooreenkoms."

"Ja, ek sal sorg dat ek reg is," omdat hulle pas ingestap het kon hy nie wegstap om te praat nie en moet toe maar so normaal soos moontlik klink.

"Wie was dit en waarvoor moet jy reg wees?"

"Ek is jammer my vrou, dit was my baas. Ek vlieg môre Suid-Afrika toe. Ongelukkig sal jy vandag nog my goed moet regkry."

"Wat! Môre … hy kan dit tog nie van jou verwag nie," reageer sy ontsteld. Kari wat alles gehoor het, verdwyn na haar kamer. *Ek moes seker geweet het dat dit alles te goed is om waar te wees. Ons het nog skaars by die huis gekom en daar is Pappa alweer op pad.*

"Kendra, hy is my baas en jy weet reeds dat hy my nie wou verlof gee nie. So daar is geen manier wat ek kan weier nie."

"Was dit die voorwaarde waarop jy die verlof gekry het, Werner?"

"Ah … ek het gedink hulle sou iemand anders stuur, want die werk in Suid-Afrika is baie belangrik," probeer hy homself uitdraai.

"Weet jy wat, kom ons los dit net, ek is besig om kosbare tyd te mors. Laat ek begin om ons tas uit te pak en jou klere te was. Dit is reeds twaalfuur in die middag." Kendra is woedend, want sy het dadelik agtergekom dat Werner geweet

61

het dit is die voorwaarde, maar net weier om te erken dat hy dit al van voor hul week na Parys geweet het.

"Nou maak jy asof dit my skuld is, my vrou. Dit is nie, hoe kan ek dit nou verhelp as hulle my dadelik weer wegstuur? Dit is ook nie vir my lekker om van julle af weg te gaan nie, maar iemand moet die kos op die tafel sit."

"Werner, miskien moet jy liewer nie verder praat nie ... ek het baie om te doen, laat ek dit liewer begin doen." Sy draai om en loop met hul tas na die kamer.

Werner loop na die yskas en haal 'n bier uit. Daarna sluit hy die deur na die balkon oop en neem dan daar op sy gemakstoel plaas.

Die res van die dag skarrel Kendra om al Werner se klere betyds skoon, droog en gestryk te kry voor sy dit inpak. Hy gaan vir lank weg wat beteken sy moet genoeg klere pak dat hy nie aanmekaar hoef te laat was nie.

Wanneer sy uiteindelik klaar is, is dit reeds laat. Sy gaan stort, want Werner is reeds in die bed. Uitgeput gaan sit sy op die kant van die bed om vinnig haar voete room te smeer.

"Nou kan my vrou my kom bederf voor ek môre alweer moet weggaan." Sy kners op haar tande, heeltemal in ongeloof dat haar man dit van haar kan verwag nadat sy vandat hulle hier ingestap het vanoggend soos 'n afkophoender gehardloop het om alles vir hom reg te kry. Hy het heerlik op die balkon ontspan met sy bier. Daar moes sy hom nog bedien met middagete ook. *Vader, hoekom voel dit of dit ek is wat die bederf vanaand nodig het? Is ek werklik net vir hom hier om na sy behoeftes om te sien? Ek is so gedaan, dat dit nie eers voel asof ons 'n week weg was nie. Gee my net genoeg energie om te doen wat van my verwag word, want vanaand gaan dit beslis nie 'n plesier vir my wees nie. Daarvoor voel dit te veel vir my asof Werner net baie selfsugtig is.*

Net voor Werner die lig afskakel, onthou sy om te vra hoe laat hy die volgende oggend op die lughawe moet wees.

"Hoe laat moet ons jou lughawe toe neem, my man?"

"Jy hoef my nie te neem nie, ek het vergeet om jou te sê. Een van my kollegas gaan saam, en hy sal my kom optel so teen vyf uur se kant."

"Reg," is al wat Kendra uitkry. Sy is dankbaar dat Werner intussen die lig afgeskakel het, want sy kry nie die trane wat onwillekeurig oor haar wange rol gekeer nie. Sy sluk swaar aan die knop in haar keel. Hy het reeds omgedraai om te slaap.

Wanneer sy hoor dat hy rustig asemhaal, staan sy in die donker op en loop badkamer toe. Bang dat hy haar sal hoor, loop sy met die gang af na die balkon. Daar neem sy plaas in 'n stoel en slaan haar arms om haar bene. Sy begin wieg vorentoe en agtertoe terwyl die trane van magteloosheid en teleurstelling oor haar wange bly rol. *Vader, nou is hy weer in werkmode en gee hy weer niks vir ons om nie. Dit lyk of hy so maklik hom afsny van ons af of is ek net oorgevoelig omdat hy so gou en so sonder om kapsie te maak alweer op pad is.*

Daar sit sy totdat sy rustig is en kruip dan weer langs hom in. Hy draai in sy slaap om en sit sy arm om haar lyf. Dit moet die momentele oomblik van geborgenheid wees wat haar dadelik aan die slaap laat raak.

Kendra is vier uur al op om vir Werner ontbyt te maak voor hy vertrek. Hierdie laaste uur saam met hom is waaruit sy haar krag gaan put vir die volgende drie weke.

Sy drink koffie terwyl hy ontbyt geniet en kyk intens na hom.

"As jy so na my kyk my vrou?"

"Ons gaan jou vir drie weke nie sien nie. Het jy gisteraand vir Kari gegroet?"

"Nee, ek het skoon vergeet dat julle my nie gaan neem nie. Dit is nou sleg. Ek sal 'n soen op haar voorkop plaas voor ek gaan. Jy moet net vir haar sê dat ek haar baie lief het en haar baie gaan mis."

"Jy weet dit gaan nie dieselfde wees as wanneer jy haar persoonlik groet nie. Ek dink nie jy besef hoe swaar dit vir ons is as jy so weg is nie."

"Dit is vir my ook swaar ..."

Sy staan op om haar beker in die wasbak te plaas omdat sy weet dit sal beter wees om nie op daardie stelling van Werner te antwoord nie. Dit sal in elk geval geen verskil maak nie.

Net voor vyf gaan hy na Kari se kamer en soen haar op haar voorkop. Sy slaap vas en is glad nie bewus daarvan nie. As sy wakker word gaan haar Pappa net nie daar wees nie soos so baie kere vantevore die afgelope jare.

Werner groet haar as daar 'n klop aan die voordeur is, en verdwyn dan by die deur uit.

Ek voel so leeg ... hoekom voel ek so? Mens sal dink ek moet nou al gewoond daaraan wees om alleen saam met my kind te moet agterbly. Is dit omdat hy Suid-Afrika toe gaan en ek so bitter graag ook wil gaan om my moeder te sien? Ek het haar vier jaar gelede laas gesien. Dit moet dit wees. Dit voel asof hy nie weer gaan terugkom nie ... hoekom voel dit so?

Sy is nog moeg, maar slaap sal sy nie nou weer nie. Dus gaan sy net aan met haar werk in die huis. Sy begin haar en Kari se klere was en huis skoonmaak. Net na nege kom Kari uit haar kamer op soek na koffie.

"Mamma, wanneer neem ons vir Pappa weg lughawe toe? Waar is hy?"

"Môre, my pop. Kom ek skink vir jou koffie en hier is vars plaatkoekies vir ontbyt. Pappa is al vyfuur vanoggend weg. Een van sy kollegas het hom kom optel. Hy het jou op jou voorkop gesoen voor hy weg is en gevra ek moet vir jou sê hy is baie lief vir jou."

"Is hy weg? Hoekom het hy my dan nie gisteraand voor ek gaan slaap het gegroet nie? Is dit hoe baie hy omgee, dat hy vir my 'n boodskap stuur ... wat beteken dit? Niks!"

"My pop, moenie jouself so ontstel nie. Pappa is lief vir jou en jy weet dit tog. Hy sal sekerlik vanaand bel."

"Mamma, dit is nie dieselfde nie. As iemand vir jou belangrik is, dan wys jy dit en vergeet jy nie om hulle te groet nie. Dit is net soos hy wat nie vir Mamma vertel het dat hy alweer dadelik moet weggaan as ons terug is nie. Mamma weet net so goed soos ek dat hy dit al voor ons gegaan het geweet het, maar gekies het om niks te sê daarvan nie."

"My liefie, dit is sy werk, en daaraan kan ons niks verander nie. Ons moet hom ondersteun."

"Ek verstaan dit nie dat Mamma so rustig hieroor kan wees nie, hy doen dit nie net met my nie, maar ook met Mamma. Hy weerhou inligting van Mamma, en dan moet jy soos gister jou bene af hardloop om alles in 'n rekord tyd gereed te kry."

"Dit is die werk van 'n vrou om altyd daar te wees vir haar man."

Kari gaan trek aan en bied aan om die wasgoed vir haar te gaan ophang. Net na twaalf is sy klaar met al haar werk en stokflou.

"Ai, Mamma, kyk nou net hoe moeg is jy. Nou gaan jy sit en ek sal vir ons kosmaak vir middagete."

"Jy is dierbaar my meisiekind. Ek gaan net hier sit en met jou gesels."

Hulle geniet hulle middagete wat 'n heerlike vars mengelslaai is op die balkon. Daarna gaan rus Kendra 'n bietjie. Sy voel sy het vars lug nodig en oefening sal ook haar gemoed lig.

"My pop, sal ons bietjie gaan fietsry, ek dink ons kan doen met die oefening na al die lekker eet in Parys."

"Dit sal lekker wees. Die oefening sal beslis goed wees, as die skool begin is dit weer atletiek."

Die eerste paar aande skakel Werner en gesels met hulle albei. Daarna raak hy stil. As Kendra hom WhatsApp, antwoord hy eers later. Hy het die verskoning dat hulle hard besig is met die sisteem in die fabriek en byna dag en nag werk om dit so gou moontlik aan die gang te kry weer.

Sy neem alleen vir Sven en Kari na die sentrum om haar verjaardag te gaan vier soos hulle gereël het. Twee weke later begin die skool en Kari se program is baie druk. In die middae het sy atletiekoefening en kom eers teen ses uur by die huis, dan is dit huiswerk. Kendra kry haar so jammer. As sy saans teen tien uur haar nagsê is sy altyd gedaan.

Die Maandag na die tweede naweek wat Werner weg is, is Kendra besig met wors maak as sy haar foon hoor 'n boodskap ontvang. Sy gaan eers aan, want haar hande is vol vleis en bloed. Eers wanneer sy klaar die wors in die polistireen bakkies verpak het en veilig in die vrieskas het, onthou sy weer van die boodskap.

"Dit is van Zelda. Nogal 'n stemnota. Ek het lanklaas van haar gehoor. Vandag ons uit Suid-Afrika af weg is, was sy maar redelik stil die laaste jaar. Laat ek sien hoekom sy nou ewe skielik met my wil gesels."

"Jy is seker verbaas om van my te hoor, Kendra. Wel, ek het iets op my hart wat ek net moet afkry ... so jy gaan hou lekker vakansie in Parys vir 'n hele week, en mors Werner se geld terwyl jy nie eers hom kan in die bed gelukkig hou nie. Ek is baie seker hy sou baie eerder wou hê ek moes saam met hom Parys toe gaan. Ek is nou moeg van tweede viool speel, terwyl ek die een is wat hy eintlik lief het en homself mee kan wees. Ek het gedink jy moet weet, jy is hom nie werd nie, want as jy was, sou hy nie rondgeloop het nie."

Kendra is lam, so lam dat sy nie kan beweeg nie. Sy sak net daar waar sy staan in die kombuis inmekaar en meteens skeur die rou snikke deur haar bors en keel. Sy huil nie, nee, sy weeklaag soos 'n gewonde wat baie pyn verduur. Sy verander na 'n ruk van posisie en gaan lê op die koue vloer in die fetus posisie, maar die rou snikke bly skeur deur haar liggaam. Hierdie stemnota het pas haar hele lewe in duie laat stort.

Vader, kan dit waar wees? Wil hierdie vrou net moeilikheid maak tussen my en my man? Hy sal tog nooit so iets doen nie ... ons het dan die wonderlikste tyd gehad in Parys. Is hy werklik so ongevoelig dat hy dit aan my, aan ons sal doen? Nee, dit kan nie waar wees nie ... maar hoe weet sy dan van Parys, ons het meer as 'n jaar laas met mekaar gesels en ons het geen foto's op sosiale media gepos nie. Dit mag nie waar wees nie, dit mag nie! Ek is ontsettend lief vir hom, al het hy ons die laaste jare so erg afgeskeep, steeds het ek hom keer op keer vergewe daarvoor. Maar hierdie, wat moet ek nou doen?

Sy besef skielik dat sy nog vir Kari by die skool moet gaan haal. Haar hele liggaam is lam en waar haar hart moet wees voel sy net 'n rou wond wat voel of dit nie wil ophou bloei nie.

Kendra, ruk jouself reg, staan op, en gaan sorg dat jou gesig geen tekens wys van hierdie nuus wat jy so pas ontvang het nie. Kari mag nie weet nie ... onder geen omstandighede mag sy hiervan weet nie.

Sy klim sommer onder die stort in, was haar hare, en laat die warm water oor haar liggaam loop. Die trane begin weer loop en sy staan vir 'n lang ruk net onder die stort. Dan dwing sy haarself om uit te klim en aan te trek. Daar is nie nou tyd om aan hierdie krisis aandag te gee nie, sy moet eers vir Kari gaan haal. Verder sal sy totdat Kari gaan slaap moet probeer om normaal op te tree, asof niks in die hele wêreld verkeerd is nie. Sy onthou meteens van die ligte kalmeerpille wat sy gekry het toe hulle net in Duitsland gekom het en Werner begin weggaan het vir werk. Sy kon nie slaap nie, en het dit by 'n apteek gekry om haar net rustiger te maak. Vinnig sluk sy een af en is dan op pad.

Dankbaar dat sy agter haar sonbril kan wegkruip totdat die pil uiteindelik inskop.

Terwyl sy vir Kari wag, sien sy Hartmunt aangestap kom na haar motor. Sy plak 'n glimlag op haar gesig.

"Middag Kendra, hoe gaan dit met jou?"

"Baie goed, Hartmunt en met jou?"

"Ook goed. Ek wil net baie dankie sê vir die uitnodiging aan Sven, hy het dit vreeslik geniet. Dit klink of julle 'n wonderlike tyd in Parys gehad het, Kari was sekerlik baie verras."

"Dit is net 'n plesier, die kinders is sulke goeie maats. Ja, sy was werklik oorstelp en ons het die tyd van ons lewe gehad in Parys. Daar is soveel om te sien en te doen. Verder is die kos iets uit 'n ander wêreld. Kari wil graag eendag modeontwerp gaan studeer en haar droom is om dit in Parys te doen."

"Sven het my vertel dat haar belangstelling in daardie rigting is. Sy is werklik 'n oulike meisie en baie toegewyd aan alles wat sy doen."

"Ja, ons is gelukkig. Ek dink Sven is net ook so 'n toegewyde kind. Hier kom die twee juis aan. Die naweek is dit atletiek, ons sien mekaar sekerlik daar."

"Baie beslis. Mooi week verder Kendra."

"Middag oom Hartmunt en Mamma. Sven, ek praat later met jou oor die projek. Ek wil eers net my ander skoolwerk afhandel."

"Dit is reg so. Middag tannie Kendra en Pappa."

"Middag Sven, klink my julle het baie werk, laat ons gaan, Kari. Mooi middag verder julle."

Hulle vertrek dadelik. Kari kyk na Kendra.

"Was Mamma dorp toe vanoggend?"

"Nee."

"Mamma het grimering aan en lyk of Mamma moeite gedoen het met Mamma se klere."

"Ek het wors gemaak en was vol bloed, vleis en speserye. Toe het ek gou gestort en sommer besluit om my mooi te maak vir my dogter."

"Ag, Mamma is so oulik, ek is lief vir Mamma."

"Watse projek het julle nou alweer?"

"Ons moet oor tegnologie 'n taak doen. Dit behoort nie te vreeslik moeilik te wees nie. Alles is mos deesdae op die Internet beskikbaar."

Kendra dwing haarself om na haar dogter te luister al wil haar gedagtes net teruggaan na die stemnota wat sy vroeër ontvang het. Sy het dadelik nadat sy klaar gestort het haar telefoon se klank afgesit. Vir die res van hierdie dag wil sy nie hoor as daar oproepe of SMS's of WhatsApp's inkom nie. Haar grootste taak is om kalm te bly totdat Kari gaan slaap. Om nie die seer wat sy deur haar hele wese voel skeur elke sekonde te laat wys op haar gesig nie.

Sy is baie dankbaar dat Kari vandag baie huiswerk het wat haar gaan besig hou. Vir nou moet sy deur die namiddag kom om later vanaand die moed bymekaar te skraap om Werner te konfronteer oor hierdie boodskap. Dit is nog 'n hele week voor hy huis toe kom. Sy sal van haar kop af gaan as sy nie met hom daaroor praat nie.

As sy haar kom kry is sy voor haar rekenaar, en begin die woorde net op die witblad van die dokument te vloei. Verbaas oor die woorde wat net vloei en haar hande wat net gehoorsaam, gaan sy net aan. Uiting moet sy nou gee aan hierdie vreeslike seer gevoel. Wanneer sy klaar is, lees sy dit deur en is verstom dat sy sowaar 'n gedig geskryf het. Nog nooit in haar hele lewe het sy 'n gedig geskryf nie. Die seer is nie weg nie, tog voel sy bietjie ligter noudat sy uiting gegee het aan die gevoel.

Sy voel sy wil dit deel, maar op haar persoonlike Facebook-blad sal mense dalk begin gis al moet mens ook tussen die lyne lees om die ware gevoelens raak te lees. Sy maak vir haar 'n alternatiewe blad oop met die naam Kendra se krabbels en plaas dit dan daar.

Dit is uiteindelik tyd vir aandete en daarna gaan stort Kari en klim in die bed.

"Sjoe, Mamma, ek is doodmoeg. Ek is net bly ek het klaar gekry. Sven en ek het ook al die raamwerk van ons taak bespreek, en sal môre begin navorsing doen."

"Rus jy nou lekker, my pop. Die naweek is dit atletiek en jy gaan seker nog 'n paar maal oefen voor dan. Slaap is nou die beste vir jou liggaam en brein. Ek is lief vir jou, lekker slaap my pop." Sy soen haar op haar voorkop en verdwyn dan by die kamer uit. In die kombuis laat sy 'n lang sug uit, want nou hoef sy nie meer voor te gee alles is *okay* nie. Alles sal seker nooit weer okay wees in haar lewe nie.

Nadat sy die kombuis opgeruim het, gaan sy stort en klim dan in haar bed. Dit is tyd om met Werner te gesels. Kari se deur het sy toegemaak en ook hulle kamerdeur. Sy WhatsApp call vir Werner. Dit lui en lui en lui net. Dan stuur sy 'n WhatsApp boodskap.

"Werk jy?"

Doodse stilte volg. Haar gedagtes begin hulle eie paaie loop, nie goeie paaie nie, maar keer kry sy hulle nie gekeer nie.

Hy is sekerlik by daardie vroumens, dit is die dat hy nie kan antwoord nie. *Dit is seker ook hoekom hy nie al die ander kere geantwoord het wat ek hom gebel het die afgelope weke nie. Wel, kom ek kyk of ek enige reaksie kry as ek vir hom daardie stemnota aanstuur.*

Sy stuur die stemnota vir Werner aan, en daarna sit sy haar foon se klank af. Vyf minute later sien sy hy probeer haar skakel, maar sy antwoord dit nie. Daar kom vyf WhatsApp *calls* deur, maar elke keer antwoord sy nie. Dan volg daar 'n boodskap.

"Die vroumens is mal ... ek weet nie waarvan sy praat nie. Sy is net jaloers op jou omdat ons Parys toe was. Dit is alles snert! Vertrou jy my dan nie, my vrou?"

Sy antwoord nie, maar wag 'n rukkie voor sy besluit sy sal nou-nou uitvind waar hy is. Sy kassie is hopelik nou so geskud dat hy vinnig 'n fout sal begaan.

Kendra skakel hom weer op WhatsApp. Hy antwoord op die eerste lui. Duidelik het hy nie rekening gehou daarmee dat sy vriendin nog besig is om tekere te gaan omdat hy hul verhouding ontken. Wanneer hy antwoord hoor Kendra duidelik hoe Zelda tekere gaan, dit klink of sy langs Werner staan.

"Werner, ek het klaar gehoor wat ek wou weet ... moet asseblief nie dat ek jou *girlfriend* nog meer ontstel en julle tydjie saam verder ontwrig nie." Voor Werner kan reageer, druk sy dood en sit haar telefoon heeltemal af. Nou weet sy dat dit alles waar is, sy het self Zelda se stem gehoor.

Die damwal breek weer en rou snikke skeur deur haar liggaam. Sy smoor die snikke in haar kussing. Die trane wil nie ophou nie en die seer raak net erger. Sy probeer beheer oor haar emosies kry, maar dit is soos 'n wegholtrein, daar is net geen keer aan haar hartseer nie. Vir baie lank huil sy ... van skone uitputting sluimer sy in net om te droom hoe Werner en Zelda haar uitlag en koggel. In haar slaap begin sy weer huil en huil haarself wakker. Bang dat sy Kari sal wakker maak, druk sy weer die kussing oor haar mond.

Here, hoe gaan ek deur hierdie gemors kom? Hoe gaan ek dit oorleef? Hoe lank hou dit al aan? Is sy die eerste vrou waarmee hy my verneuk? Hoekom! Hoekom! Hoekom!

Sy slaap nie weer nie, oor en oor hoor sy Zelda se stem wat haar vertel sy is 'n slegte vrou wat nie haar man kan gelukkig hou nie. Dan weer Werner se stem waar hy dit ontken, met Zelda se stem in die agtergrond wat tekere gaan omdat hy hul verhouding ontken.

Ek sal mal raak, kom ek staan liewer op. Ek moet besig bly. Bak, ek moet gaan bak – ek sal botterbroodjies vir Kari en Sven bak vir skool.

Wanneer Kari net na ses wakker word, ruik sy die heerlik geur van vars botterbroodjies. Sy is dadelik uit die bed en draf na die kombuis.

"Môre Mamma, sjoe maar dit ruik heerlik. Wanneer het Mamma dan opgestaan?"

"Môre my pop, nie te vroeg nie. Ek het besluit my dogter werk so hard sy het 'n vars bederf nodig vir haar skoolkosblik. Ek het sommer vir Sven ook ingepak."

"Mamma, jy is sekerlik die beste Mamma in die hele wêreld. Sven gaan baie bly wees hieroor. Ek glo nie hulle huishoudster bak nie."

"Dit is mos lekker om die mense te bederf waarvoor ek lief is. Oefen julle atletiek na skool?"

"Ja, ons doen. Mamma kan my eers na vier kom haal asseblief. Ek gaan gou klaarmaak en dan een van daardie warm botterbroodjies kom eet vir ontbyt. Dit gaan darem nou lekker wees, baie dankie Mamma." Sy gooi haar arms om Kendra se nek en soen haar.

"Dit is net my plesier, my liefste pop. Gaan maak gou klaar, sodat ons nie laat is nie." Sy moet Kari wegkry, want sy het alweer daardie knop in haar keel wat nie wil afgesluk word nie. *Dankie Vader dat ek nog iemand het wat my onvoorwaardelik liefhet en my nooit soos Werner sal teleurstel nie.* Skielik voel sy dat die trane haar gaan oorval en vlug badkamer toe.

"Vader, hoe is dit moontlik, hoe kan dit wees? Ek het hom met my lewe vertrou! Ek het hom oneindig lief ..." Kendra se bene gee onder haar in en sy sak in 'n patetiese bondel inmekaar op die badkamervloer. Die trane stoom oor haar gesig. Die snikke wat deur haar liggaam skeur, probeer sy demp in die handdoek wat sy haar gesig in druk. Sy wil en mag nie dat Kari haar hoor huil nie. Dit sal haar net ontstel. Sy is juis nou op so 'n vatbare ouderdom waar meisies emosioneel sukkel.

"Mamma, mamma! Waar is jy?" hoor sy Kari roep uit haar kamer.

"Ek is in die badkamer, my pop … ek kom nou," probeer sy so normaal moontlik antwoord. Sy staan op en sluk haar trane. Daar is nie nou tyd vir trane nie. Haar kind is die belangrikste persoon in haar lewe nou. Sy mag nie agterkom dat daar iets skort nie. Sy was haar gesig, plak 'n glimlag op haar bakkies en stap vasberade by die deur uit.

Vader, wys my die pad, ek het gee idee hoe ek moet aangaan na daardie oproep nie, gee idee nie!

"Mamma het so vinnig uit die kombuis verdwyn, is daar iets fout?"

"Nee, daar is niks fout nie, ek het net 'n baie vol blaas gehad. Jy weet hoe dit is as ek aan die bak raak, dan stel ek dit gedurig uit. Is jy gereed my pop, kan ons gaan?"

"Ek is dankie, Mamma."

Kendra neem vir Kari skool toe, daarna besluit sy om by die koffiewinkel wat sy vier jaar gelede vir die eerste maal by ingestap het te gaan koffie drink. Sy sien nie kans vir haar huis nie, haar foon is steeds af. Sy wil nie sien hoeveel boodskappe daar is of dit lees nie.

'n Paar minute later stap sy by Bäckerei Braaker Mill in. Sigi, die jongman wat haar daardie eerste oggend bedien het, groet haar vriendelik en wys haar na haar tafel waarby sy gereeld sit.

"Die gewone, of wil mevrou vanoggend iets ander bestel?"

"Sigi, koffie soos altyd, maar ek dink ek verdien 'n bederf, so ek soek asseblief 'n stuk van daardie lekker klam, ryk sjokoladekoek van julle asseblief."

"Sekerlik, sjokoladekoek vir ontbyt klink vir my heeltemal reg, ek bring dadelik." Hy is verbaas oor haar keuse. Oor die laaste vier jaar het hy haar goed leer ken, en sy bestel altyd een van hulle quiches. Net wanneer sy en haar dogter soms oor 'n naweek hier kom koffie drink sal sy iets soet bestel. Terwyl hy vir die bestelling wag, hou hy haar dop en merk dat sy vanoggend net voor haar sit en uitstaar. Gewoonlik is sy besig op haar foon.

Daar is beslis iets anders aan haar houding vanoggend. Dit is asof haar liggaam hier is, maar haar gees iewers anders.

"Mevrou, hier is u koffie en koek. Ek het 'n bietjie roomys bygesit, ek weet u hou baie daarvan. Geniet dit."

"Sigi, baie dankie. Jy is voorwaar die beste kelner wat ek ken. Ek sal dit beslis geniet." Terwyl Kari reggemaak het vir skool het sy weer 'n kalmeerpil gesluk. Die het nou begin werk, en sy eet haar koek rustig. Die seer is nog daar, maar sy kry makliker die trane en woede beheer. Die een oomblik huil sy en die volgende oomblik wil sy vir Werner en Zelda vermoor omdat hulle haar lewe so uitmekaar geskeur het met 'n enkele stemnota en hulle doen en later vir wie weet hoe lank al. Sy voel soos 'n gek.

Terug by die woonstel kyk sy vir die eerste maal na haar foon en sien daar is 'n hele klomp WhatsApp's van Werner. Sy weier om daarna te luister of dit oop te maak. Op 'n manier moet sy haarself beskerm om sterker te raak vir die groot oorlog wat voorlê as hy terugkom.

Vader, wys my die pad. Gee my elke dag die krag om in U geanker te bly. Help my om nie na die leuens van die vyand te luister nie. U weet dat ek nog ons hele huwelik deur hom ondersteun, vir hom lief is en alles in my vermoë doen om 'n goeie vrou vir hom te wees. In ons huishouding het ek die rolle van pa en ma aangeneem omdat hy nie hier is nie. Al is dit hoe moeilik het ek steeds dit aanvaar dat hy weg van ons moet wees om 'n inkomste te genereer. Was die skrif lankal aan die muur dat ek dit net nie wou sien nie. Was sy gekuier met almal as hy net teruggekeer het deel van dit? Is hierdie vrou die eerste een waarmee hy ons huwelik mee besmet het? Gee my asseblief die antwoorde en die woorde as ek hom konfronteer. Gee my wysheid en insig.

Sy merk dat 'n hele klomp mense reageer het op haar gedig wat sy in haar oomblik van pyn geskryf het. Baie verbaas lees sy die terugvoer op die vers en kan nie glo hoe baie almal daarvan hou nie. Die een vrou is van Namibië en se kommentaar lees: 'Kendra, ek het gee idee hoekom ek nog nooit voorheen van jou verse raakgelees het nie, maar hierdie is met soveel emosie en passie geskryf. Dit is werklik hartverskeurend mooi. Ek hoop om jou woorde vinnig weer raak te lees. Fia Dreyer'

Vader, kan dit wees? Ek weet niks van dig af nie. Dit is net U wat my hierdie uitlaatklep gegee het. Is dit wat ek moet doen? My gevoelens op papier sit dat dit dalk ander kan help?

Net daar skryf sy 'n gedig oor haar ondervinding in die koffiewinkel, sy noem dit soete vertroosting. Dit laat haar op 'n manier ligter voel en ook dat haar Vader haar 'n spesiale gawe gegee het.

Ek sal solank begin om vir Kari en my kos te maak vir die naweek by die kamp. Lekker hoenderpasteie wat ek kan vries, beslis koeksisters vir nagereg. Ystervarkies is haar gunsteling, dit is ook op die lys. Vrydag na haar atletiek kan ons sommer direk van die skool kamp toe ry. Ek gee regtig nie om wanneer Werner kom en hoe hy by die huis kom nie. Sy kollega kan hom maar bring, hy het mos sy eie sleutel.

In hierdie krisistyd van haar lewe is dit haar uitkoms, om te bak en te brou en skoon te maak en besig te bly. Daar moet nie tyd wees vir dink nie.

Saans as sy tot stilstand kom is die tyd wat haar keel wil toetrek, dan word sy gedwing om die waarheid in die gesig te staar. Die waarheid dat haar man ontrou aan haar is en die vraag hoe lank en met hoeveel vroue, haar begin teister.

Werner is soos 'n dier in 'n hok, hy wil huis toe gaan. Hy wil met Kendra gaan praat, haar oortuig dat dit alles net nonsens is. Hy sien nie kans om haar te verloor nie, al is hy al jare met sy siek speletjies besig. Tot nou toe was sy lewe 'n lied. Sy is sy ruggraat, die een wat hom regop hou. Hierdie keer is alles teen hom. Sy baas weier volstrek dat hy vroeër kan terugvlieg. Hulle gaan nie die onnodige kostes betaal om sy kaartjie te verander nie en dit net vir 'n dag of twee nie. Wat sy probleem ook al is, is sy probleem. Nou moet hy maar wag vir die vlug wat eers Vrydagaand in Hamburg gaan land. Sy kollega sal hom weer by die huis aflaai, ander sou hy sekerlik 'n huurmotor moes neem omdat Kendra niks van sy boodskappe luister of lees nie.

Vrydag is Kendra en Kari vroeg al by die skool. Hulle goed is gepak vir die kamp, alle kos is tussen ys gepak dat dit nie sal bederf deur die dag nie. Hartmunt sien vir Kendra en nooi haar om by hom te kom sit op die paviljoen.

"Is Werner weer weg met werk?"

"Ja, hy is. Ek is al so gewoond om grasweduwee te wees, ek kom dit nie eers meer agter nie."

"Dit was vir my aan die begin baie sleg. Almut is die een wat altyd gesorg het dat alles gereël word en ons daar is om Sven te ondersteun. As mens nie 'n keuse gelaat word nie, leer jy vinnig."

Met al die opwinding van die kinders en Kari en Sven wat albei pragtig presteer in hulle onderskeie nommers, vlieg die dag verby. Hulle maak net na vyf klaar.

76

"Hartmunt baie dankie vir die geselskap vir die dag. Julle moet 'n mooi naweek hê. Ons gaan bietjie kamp toe dat Kari kan rus daar in die natuur. Volgende week is dit weer skouer aan die wiel."

"Dit is 'n plesier. Julle moet veilig ry. Sien weer."

Net na ses kom hulle by die kamp aan. Hier kan jy al duidelik Kendra se hand sien. Die tuin is netjies, en daar is groot blombakke vol blommetjies wat mens verwelkom. Selfs die karavane het sy mooi opgeknap. Haar volgende projek is die dek voor die kombuis wat hulle ontspanningsarea sal wees.

"Kyk net hoe mooi blom Mamma se blommetjies! Dit lyk so vrolik."

"Ek is baie bly dat hulle so mooi lyk. Dit is mos lekker om so verwelkom te word. Wil jy 'n entjie op die strand gaan stap nadat ons afgepak het, of sal ons dit môre doen?"

"Ek dink môre sal beter wees, ek is werklik gedaan van die atletiek. Ek dink 'n lekker stort en van Mamma se lekker kos is al wat ek vandag nodig het voor ek gaan rus."

"Dit is reg so my pop, ek gaan dadelik vir ons van daardie hoenderpasteie in die oond sit."

"Mamma, Pappa is mos nou al drie weke weg, wanneer kom hy dan terug?"

"Ja, jy is reg, ek dink miskien na die naweek," antwoord sy vaag.

"Hy sal seker weer saam met die oom van die lughawe kom wat hom geneem het, dit is die dat Mamma nie seker is nie. Het ek my verbeel of was hy hierdie keer baie stil?"

"Hy was, hy was seker maar net baie besig. Hulle het hulle dood gesukkel om die masjiene aan die gang te kry. Bekommer jy jou nie oor die dinge nie, my pop. Gaan stort jy solank, dan sal jy ook al beter voel."

Vader, ek wil nie vir haar jok nie, maar die waarheid kan ek haar ook nie vertel nie, dit sal vir haar heeltemal te

traumaties wees. Sy is op so 'n sensitiewe ouderdom. Dit sal
haar verpletter as sy moet weet haar pa het met 'n ander vrou
'n verhouding. Sy voel reeds al minderwaardig omdat hy nooit
hier is om haar belangrike mylpale in haar lewe saam met
haar te beleef nie.

Kendra maak vir hulle 'n heerlike Griekse slaai om saam met die pasteie te geniet. Vir nagereg is daar koeksisters of ystervarkies om aan te peusel. Na 'n rukkie kom Kari by die kombuis in en trek haar asem diep in.

"Mmmm, dit ruik so lekker. Ek is nou so honger ek kan 'n bees op eet. Wat is daar vir nagereg, Mamma?"

"Kyk daar in die yskas ..."

"Wat! Koeksisters en ystervarkies ... wanneer het Mamma dit alles gemaak dat ek nie daarvan weet nie?"

"Jy is mos heeldag by die skool, ek het baie tyd my kind. Het jy iets aan gesmeer vir die sonbrand?"

"Ja, ek het. Ek dink die dag wat ons atletiek hou, is altyd die warmste dag in die somer."

Kort daarna nuttig hulle aandete en Kendra verkyk haar aan haar dogter wat die kos so geniet. Na ete, gaan drink hulle saam koffie op die stoep en geniet elkeen 'n ystervarkie.

"Dit moet voorwaar die lekkerste koek in die hele wêreld wees. Mamma s'n is die beste."

"Dankie my pop. Ek dink nou gaan ek ook stort en dan kan ons gaan rus, dit was 'n lang en bedrywige dag vir jou. Môre kan jy laat slaap en daarna sal ons besluit wat ons wil doen."

"Dit is reg so, Mamma."

'n Uur later is albei se ligte af en oorval die slaap genadiglik vir Kendra voor sy nog verder kan top oor die gemors waarin haar huwelik is.

Dit is net na ses in Rahlstedt as Werner se kollega hom voor hulle woonstel aflaai.

"Jammer, ou maat, ek gaan jou nie vanaand innooi nie, ek het my vrou en kind te veel gemis. Ons gesels weer Maandag," maak Werner verskoning.

"Alles reg, ek verstaan dit." Eintlik verstaan die man dit glad nie, want hy weet van die ander vrou in Suid-Afrika. *Miskien is dit skuldgevoel.*

Werner gaan met die hyser op. Wanneer hy voor die woonstel se deur staan, val dit hom op dat dit baie stil is binne. *Sy sal tog nie dit doen nie!*

Hy sluit vinnig oop en word met net nog meer stilte begroet. Voor hy nog binne stap weet hy reeds dat Kendra en Kari nie daar is nie. Sy hart ruk benoud in sy binneste.

"Miskien het hulle twee net gou winkel toe gegaan. Hulle weet mos nie wanneer ek kom nie. Dit sal vir hulle 'n lekker verrassing wees as hulle terugkom," probeer hy sy eie gewete sus. Hy kyk om hom rond en dit val hom op hoe netjies hulle huis is. Alles op sy plek, geen stof of vuil skottelgoed nie. Hy stap in die gang af na hulle kamer, en daar is dit net so netjies en meer stilte begroet hom. Wanneer hy terug in die kombuis kom, tref dit hom dat daar geen kos op die stoof is nie. Hy maak die yskas oop en daar is geen bier wat vir hom wag nie. Vir sekondes besef hy dat hierdie alles net as gevolg van sy eie verkeerde keuses is. Die oomblik hou egter glad nie lank nie.

"As Zelda net nie staan en jaloers trek het nie. Plaas ek het net my mond gehou oor ons tyd in Parys. Dit was eintlik Kendra se idee en sy het ook byna vir alles betaal. Dit het ek nou wel nie vir Zelda vertel nie. Hoekom moes sy nou ons brûe so verbrand het? Dink sy sowaar ek sal vir Kendra los ... of was haar plan met die boodskap dat Kendra my moet los? Het sy dalk in haar doel geslaag? Nee, dit kan nie wees nie, want alles van hulle albei is nog hier. Waar kan hulle wees? Ag, hulle sal nou-nou tuis wees." Hy haal 'n bottel wyn uit die wynrak en gooi vir hom 'n glas. Dan gaan sit hy op die balkon om te ontspan en vir hulle te wag.

Wanneer hy sy derde glas gaan inskink, dring die besef tot hom deur dat sy vrou en dogter nie huis toe kom vanaand nie.

"Hoe kan sy dit aan my doen? Ek was vir drie weke weg wat ek nie my kind gesien het nie … Geen kos wat vir my wag nie en ook nie eers bier in die yskas nie! Daar sal beslis kos in die vrieskas wees wat ek net kan warm maak, dit is net hoe Kendra is. Ek sal dit seker maar moet doen as ek wil eet vanaand. Waarheen sal hulle wees … kom ek gaan kyk of die karavane se sleutels op die sleutelrak hang."

Sy vermoede word bevestig en dit laat hom skrik. Kendra het nog nooit voorheen net verdwyn sonder om hom te ken in haar planne nie. Dit terwyl sy min of meer geweet het hy kom huis toe vandag of oor die naweek. Dit maak hom paniekerig, want dit wys hom die omvang van die skade wat aangerig is in hulle huwelik. Een wat hy nie eer nie, maar ook nie wil laat gaan nie, want waar sal hy nog iemand kry wat hom so liefhet en met sy nonsens opsit.

Magteloos, sonder vervoer van sy eie, het hy geen keuse as om iets in die vrieskas te soek om in die oond te druk vir aandete nie. Daarna gaan slaap hy woedend vir albei vroumense, Zelda en Kendra. Dit is immers hulle skuld dat sy lewe nou so deurmekaar is. Al keuse wat hom gelaat is, is om te wag en te kyk of hulle Sondagaand huis toe kom. Sy antwoord al die hele week nie haar foon nie, hy het geen manier om haar te kontak nie.

Dit gee hom baie tyd om te dink en 'n nuwe plan te maak om sy lewe weer terug te kry na soos hy daarvan hou. *Ek sal met 'n slim plan moet werk, Kendra is 'n baie intelligente vrou. Ek sal my kaarte baie mooi moet speel. Haar liefde vir my is my troefkaart en dit sal ek moet teen haar speel om my sin te kry.*

Hoofstuk 9

Net voor hulle Sondag van die kamp af ry na 'n wonderlike rustige naweek kommunikeer sy vir die eerste maal in byna 'n week met Werner.

"As jy dalk al by die huis is, beter jy jou beste toneelspel uitruk as ons daar aankom. Jy gaan nie my kind se lewe ook verwoes soos jy myne verwoes het nie, verstaan ons mekaar mooi, *Lover Boy*?"

Daarna sit sy weer haar foon af. Sy het nie lus om met hom te redeneer nie. Vir dit wat voorlê moet sy haar heel beste toneelspel uitruk, en net die Vader sal haar daarmee kan help. *Hoe maak jy of alles reg is, as jy voor die man staan wat jou hart uit jou bors geruk, en daarop gedans het? Jou verraai het, jou vir die gek gehou het vir wie weet hoe lank? Die geveg moet maar oorstaan vir wanneer Kari môre skool toe gaan.*

Wanneer hulle al halfpad huis toe is, praat Kari skielik langs haar.

"Mamma, dit sal darem lekker wees as Pappa al by die huis is as ons daar aankom."

"Dit sal my pop. Kom ons kyk maar, miskien kom hy eers môre. Jy weet mos met sy werk weet ons nooit." Sy probeer Kari van teleurstelling beskerm, maar weet dit sal ook nie altyd moontlik wees nie. Wat nou tussen Werner en haar gaan gebeur weet niemand nie en die tyd sal moet leer. Elke kilometer wat sy nader aan die huis kom en weet sy gaan tien teen een vir Werner sien, bid sy harder vir krag en insig en kalmte.

Nooit in haar hele lewe het sy gedink sy sal ooit voor so iets in haar huwelik te staan kom nie. Veral nie na die wonderlike tyd wat hulle saam in Parys gehad het nie. Dit was alles net voorgee, net 'n bedrogspul van Werner se kant.

Hoe meer sy haarself toelaat om daaraan te dink hoe meer woedend word sy. Al die kere wat hy teruggekom het en dadelik mense genooi of met hulle vriende deurgebring het. Dit is alles deel daarvan dat hy nie verantwoordelikheid vir haar en Kari neem nie. Hy tree al lankal soos 'n jongman op wat net kies wanneer dit hom pas om getroud te wees en voor te gee hy gee om.

Hou op jouself so opwerk, dit maak my net al hoe meer verbitterd en dit is verkeerd. Vader, help my net. Ons is in minder as tien minute by die huis. Wat moet ek dan doen?

Kari is so 'n opgewekte kind en sing die hele pad saam met die musiek. Dit is hoekom sy ook nie agterkom dat haar mamma baie stiller as gewoonlik is vandag nie. Kendra parkeer voor die motorhuis.

"My pop, gaan kyk jy solank of Pappa by die huis is, ek sal begin om ons goed uit te haal. Dan kan jy weer afkom en my kom help." Dit sal haar kans gee om haarself bymekaar te kry voor sy Werner sien.

"Dankie Mamma!" Soos 'n warrelwind is sy uit en hardloop sy na die hyser. Kendra begin hul bagasie en die koelhouers met die kos uithaal. Daarna parkeer sy die motor in die motorhuis. Wanneer sy uitklim hoor sy Werner en Kari se stemme aankom.

"Dit is 'n wonderlike verrassing, Pappa. Ons het jou so gemis. Mamma sal baie bly wees om jou te sien."

"Ja, my pop, ek het my ook dood verlang na julle twee. Ek wou so graag al laas week huis toe gekom het, maar die baas wou net niks weet daarvan nie. Al wat tel is dat ek nou hier is. Kom ons gaan help daardie flukse vrou van my."

Kendra voel of sy enige oomblik gaan opgooi van sy leuens. *Sterk wees, nou moet jy vir jou kind se onthalwe baie, baie sterk wees.*

82

"Waar is my vrou? Ek het haar so gemis. Kari, neem jy solank julle sakke op vir ons. Ek sal die res bring." Kendra is dankbaar dat hy darem nog 'n paar breinselle oor het om vir Kari weg te stuur voor hulle mekaar in die oë moet kyk.

"Ek maak so Pappa." Sy neem die twee sakke en beweeg na die hyser toe.

Kendra klim uit die motor, maar bly in die motorhuis staan. Hy loop in om haar te gaan groet.

"My vrou, ek het julle so verlang. Ek het gedink julle is vergoed weg toe ek julle nie hier vind Vrydag nie." Hy wil haar in sy arms neem, maar sy stop hom dood in sy spore.

"Werner, hou jou leuens vir daardie flerrie van jou ... ek glo niks wat uit jou mond uitkom nie. As dit nie vir Kari was nie, het jy my beslis nie meer hier gevind nie. Ek gee vir haar om en vir haar onthalwe is ek nog hier. Vir hoe lank weet ek nie ... Daar is nie nou tyd om daaroor te praat nie. Trap jy net in jou spore en maak seker dat Kari nie agterkom nie, want dit sal haar verpletter om te weet haar pa gee niks vir ons om nie. So min dat hy vir hom 'n flerrie in Suid-Afrika en seker op elke ander plek gekry het waar hy so gereeld gaan werk. Gerieflik, baie gerieflik, nè?"

"Kendra ... dit is nie soos jy dink nie ..." probeer hy.

"Beslis is dit nie so nie, want ek het gedink my man is lief vir ons en mis ons en is getrou! Loop nou net, ons kan môre as Kari by die skool is praat. Jy beter sorg dat jy hier is om met my te praat, dit is nou as dit belangrik genoeg vir jou is." Sy draai om en loop na die hyser. Sy wil nie in sy teenwoordigheid wees nie, dit herinner haar net aan hoe naïef sy was om hom te vertrou met haar hele lewe.

Hoe de hel gaan ek hierdie reg maak? Sy wil nie eers na my kyk nie. Die liefde en vertroue wat altyd in haar mooi oë was is weg ... hulle is net twee blou koue poele. Daardie Zelda vroumens het net alles opgeneuk. Sy sal wel daarvoor boet, want nou is ek ook klaar met haar. Daar is mos baie visse in die see waarmee ek kan speel. Ek sal seker maak dat nie een van hulle ooit weer van Kendra weet nie ... dit is net moeilikheid soek. Speel is een ding, maar as jy met my veilige plek begin rondmors, is daar moeilikheid. Hoe de hel gaan ek nou tot Kendra deurdring, haar kry om na my te luister en my nog 'n kans te gee? Dalk is sy ook lankal soos ek vermoed met iemand anders besig, ek sal gou sien ... sy weet dit net nie. Gelukkig is ek haar een voor.

Kendra het gee idee hoe sy deur die aand gekom het tot Kari gaan slaap het nie. Haar gesig is seer van 'n vals glimlag wat sy daarop geplak het om haar kind die hartseer waarheid te spaar. Eers nadat sy haar kombuis opgeruim het gaan sy kamer toe, eintlik wil sy in die spaarkamer gaan slaap, maar dit sal nie deug nie.

Werner kom uit die stort met net die handdoek om sy lyf. Sy gryp haar slaapklere en japon en skuur by hom verby.

"Trek asseblief vir jou klere aan voor ek klaar gestort het," beveel sy voor sy in die badkamer in verdwyn en die deur sluit.

Hier in hulle privaatspasie begin haar gedagtes nog erger weghardloop met haar.

Hoeveel kere het hy nie al opgestaan uit 'n ander vrou se bed en dan na my toe gekom met sy leuens en met my kamma liefde gemaak nie? Hy kry hy dit reg om my so te verraai en ons huwelik so te besmet? Is dit dan nie vir hom ook heilig nie?

Wanneer sy begin uittrek om te gaan stort, lê en kyk Werner in die kamer op sy selfoon na die kamera wat in die badkamer is. Hy kan dadelik sien dat sy die laaste week baie gewig verloor het. Hy weet ook as sy moet uitvind hy het hierdie naweek sy kans gevat en kameras oor die hele huis installeer sal sy hom sekerlik vermoor.

Hy hou haar dop hoe sy stort en sodra sy klaar is, sit hy sy selfoon neer. Wanneer sy die kamer binnekom, lê hy dood rustig teen sy kussings.

"My vrou, gaan jy werklik nie na my luister nie?"

"Werner, ons kan môre praat. Ek gaan nie die kans neem dat Kari ons kan hoor nie. Sy is vir my te belangrik, iets wat jy nie sal verstaan nie. Verder, hoe is dit dat jy nou onthou ek is jou vrou? Draai om en slaap. Dit is net omdat ek haar in ag neem dat ek nog in hierdie kamer is." Sy skakel dadelik haar lig af en daarmee is die gesprek en die dag vir haar klaar.

Kendra sukkel om aan die slaap te raak, sy sal sekerlik beter op die vloer voor die bed gedoen het as hier waar sy moontlik aan Werner kan raak. Wanneer sy hoor hy haal rustig asem, besluit sy so kan sy nie slaap nie. Saggies staan sy op en gaan na die spaarkamer. Daar lê sy sommer bo-op die duvet en gooi haar net met 'n ligte kombersie toe wat op die bed se voetenent was. Sy stel haar selfoon se wekker vir nog vroeër dat sy kan na haar kamer gaan om te gaan aantrek voor sy gaan ontbyt maak vir Kari en Werner.

Haar kop het skaars die kussing geraak, of sy slaap. Emosioneel en geestelik uitgeput. Die volgende oggend gaan maak sy saggies klaar in hulle badkamer, trek aan en sien dat Werner nog slaap. Dankbaar daarvoor gaan sy kombuis toe. Hoe minder sy van hom sien, hoe beter vir haar gemoed op hierdie stadium.

Net voor sy Kari met haar koffie gaan wakker maak, gaan roep sy vir Werner.

"Wakker word Werner, ek gaan nou vir Kari roep."

"Waar is my koffie?"

"In die kombuis ..." Sy draai om en loop na Kari se kamer. Werner besef nou meer as ooit die nagevolge wat hierdie hele gemors op sy lewe nou het. Sy vrou wat hom altyd op die hande gedra het, vind dit nie eers in haar hart om vir hom 'n koppie koffie aan te dra nie. Hy sal hierdie vandag nog moet reg maak. Sy lewe was altyd perfek, nou is dit chaos.

Hy is dadelik uit die bed en maak gereed. Kari is net voor hom in die eetkamer.

"Wat ruik so lekker?"

"Ek het vir jou pannekoekies gemaak. Pappa hou ook mos daarvan."

"Wat skinder my twee skoonhede oor my?" vra hy as hy binnekom en Kari 'n drukkie gee.

"Mamma het vir ons pannekoekies gemaak. Pappa is sy nie net die beste vrou en Mamma wat jy ken nie?"

"Sy is baie beslis, my pop, sy is!"

Kendra reageer glad nie en skep net hulle ontbyt op. Daarna gaan haal sy die koffie, voor sy langs Kari plaasneem om haar koffie te drink.

"My pop het jy die naweek by die rivier so gebrand?" vra Werner en onbewustelik trap hy reg in 'n slagyster. Een wat net weer vir Kari en Kendra wys hoe min hy werklik belangstel in hulle.

"Nee, Pappa, ons het mos Vrydag atletiek gehad. Ek het Pappa daarvan vertel."

"Natuurlik, ek het beslis aan jou gedink. Dit moes my ontgaan het omdat ek gevlieg het. Hoe het dit gegaan?"

"Baie goed. Ek is deur na die Nasionale byeenkoms in al my nommers. Ek hoop werklik dat Pappa dan hier sal wees, dit word in Frankfurt gehou."

"Wanneer is dit?"

"Oor drie weke, die Vrydag en Saterdag. Die kinders gaan met die trein, dit is die vinnigste. Hulle ouers kan saamgaan as hulle wil. Pappa sal dus verlof moet insit as Pappa kan, want ons gaan daar oorslaap een aand. Die volgende aand kom ons terug na die atletiek."

"Ek sal gaan kyk wat op die beplanning is en jou sê. Ek sal baie graag daar wil wees, maar die baas het mos altyd die laaste sê weet jy ook al my kind."

"Pappa, net hierdie een keer, asseblief!" soebat sy.

"Ek belowe jou ek sal my bes doen om af te kry my pop."

Kendra sy rug is stokstyf, want weereens gee hy haar hoop vir iets wat sy al weet nie gaan gebeur nie. Of hy ooit vandag sal gaan verlof vra om met haar te praat, sal sy maar moet sien.

Werner is so oorgretig dat hy aanbied om vir Kari skool toe te neem. Sy groet haar dogter en bedank hom vriendelik.

"Dit is gaaf van jou, my man. Moet ek jou daarna kantoor toe neem?"

"Ja, dit sal gaaf wees, my liefste." Hy soen haar op haar voorkop en sy wil skree.

Hy moet my nie soen nie, nie aan my raak nie, ek wil hom nie voor my oë sien nie. Dit herinner my net aan die gat wat is waar my hart net so kort gelede soos 'n week terug was. Vader wees my genadig, help my vir my kind se onthalwe om uit te vind hoe ek hierdie gaan oorleef en deurleef sonder om haar skade te doen.

Wanneer Werner 'n halfuur later terug kom, neem sy net stil haar handsak en loop af na die motor. Sy klim agter die stuur in en wag vir hom om in te klim. Dan vertrek sy soos 'n outomaat wat programmeer is. By sy kantoor parkeer sy voor die gebou.

"Wag vir my, ek gaan net in om 'n dag verlof in te sit. Hy mag my nie weier nie ek het baie oortyd gewerk hierdie drie weke."

Sy reageer nie, en wag net stil vir hom. As haar gedagtes maar so stil kon wees as wat haar liggaamshouding is. Die hardloop soos elektriese speelgoedkarretjies op 'n baan, en ontspoor meer as wat hulle op die baan is. Dit is algehele chaos in haar brein in teenstelling met haar liggaam wat voel asof dit verlam gelaat is deur daardie stemnota.

Na minder as vyftien minute is Werner terug in die motor. Sy is verbaas dat hy nou so vinnig kan verlof kry. Onwillekeurig wonder sy of hy ook so maklik gaan verlof kry om sy belofte aan Kari gestand te doen oor die atletiek. By die woonstel klim sy uit, en loop na die hyser. Hy volg haar tot in die woonstel.

"Kendra sê om hemelsnaam net iets! Ek kan dit nie hanteer as jy my so ignoreer nie ..."

"Wil jy koffie hê?" vra sy oënskynlik kalm. Binne in haar kook dit egter erger as in 'n vuurspuwende berg.

"Ja, dankie. Kan ons nou praat?"

"Wag vir my in die sitkamer. Ek kom nou."

Sy laat hom nie 'n keuse anders as om na die sitkamer te loop en daar te wag. Na 'n rukkie kom sy in en sit sy koffie langs hom neer. Sy neem oorkant hom plaas.

"Praat Werner, wat is dit wat jy wil sê? Ek dink dit is baie duidelik dat daar niks is om te sê nie." Sy probeer kalm bly.

"Zelda het net 'n klomp nonsens gepraat omdat sy jaloers is. Jy weet tog dat ons al jare vriende is. Julle was beste vriendinne toe ons nog in Suid-Afrika gewoon het." Heeltemal die verkeerde manier om vir Kendra te benader ...

"Werner, werklik, jou huwelik is op die spel en dit is die beste leuen waarmee jy kan opkom? Dit is maar baie flou en wys my net hoe min jy van my as persoon dink. Dink jy werklik ek is so onnosel? Wat van die WhatsApp oproep wat jy gemaak het sonder om eers jou *girlfriend* stil te maak voor jy begin praat het. Ek het haar duidelik hoor aangaan oor hoe jy dit kan waag om julle verhouding so te misken. Hoekom jy nie net my kan wegjaag dat sy hierheen kan kom om saam met jou te wees nie. Moet ek aangaan?"

"Erken dit net, julle het al wie weet hoe lank 'n verhouding. Dit is hoekom ek nooit saam kan gaan Suid-Afrika toe nie. Ek het my moeder vier jaar laas gesien, maar *lover boy* gaan kuier vir sy *girlfriend* onder die voorwendsel dat hy gaan werk ... gerieflik. Sy onnosel, goedgelowige vrou glo dit, want sy is mos lief vir hom en hy werk tog so hard! Dit is alles leuens ... die waarheid is jy gee niks vir Kari en my om nie. Jy geniet net die gerief wat ons jou bied, hier is altyd kos as jy terugkom, bier in die yskas en ons dans net na jou pype. Die laaste jare, klim jy van daardie vliegtuig af na 'n maand weg en jy bring sommer jou vriende saam huis toe om te kom kuier. Niks van tyd met Kari en my nie … net jou behoeftes tel. Want jy het mos reeds jouself by een of ander vrou bevredig en ons is net hier om aan te dra, en te sien dat jy en jou vriende tevrede is. Ons is net jou slawe wat jou moet laat goed lyk en voel!"

"Dit is nie waar nie Kendra, ek is lief vir julle! Ek kan julle nie verloor nie en wil ook nie. Kari is my lewe, dit weet jy tog."

"Werklik, jou lewe? Ek wil sommer lag. Jy het alweer vanoggend 'n belofte gemaak wat jy weer nie gaan kan nakom nie. Jou dogter is op pad om klaar te maak met skool. By hoeveel van haar bedrywighede was jy die laaste vier jaar? Nie een nie. Nie een enkele een nie. Wanneer sy opgewonde vir jou wag, moet sy vind dat jy haar groet, dan dadelik huis toe kom en begin partytjie hou met jou vriende. Terwyl sy haar hart gaan uithuil in haar kamer dat haar pappa waarvoor sy so gewag het, haar nie belangrik genoeg ag om tyd met haar te spandeer nie. Miskien het jy nog nie opgelet nie, Kari is op pad na vyftien, en 'n grootmens. Jy kan haar nie meer tevrede hou met jou voorgee omgee nie. Selfs ek kan haar nie meer troos met die feit dat jy werk om ons te versorg nie. Noudat ek weet dat jy miskien die hele tyd net nog besig was om jou eie lewe met ander vroue te geniet, en glad nie so hard werk soos jy voorgee nie, wil ek haar ook nie meer oortuig nie."

"Kendra ek moet werk om ons aan die lewe te hou. Jy werk nie, hierdie huis, die motor, Kari se skool, alles kos geld. Ek moet werk om julle te versorg."

"Wie het daaroor iets gesê? Of beteken dit vir jou as jy werk mag jy ook jou vrou verneuk op elke plek waar jy gaan werk en jou dogter afskeep haar hele lewe lank. Dink jy ons is hartseer omdat jy werk, of hartseer omdat jy nie eers vir ons tyd het as jy weg was en terugkom nie. Vertel my hoe het dit gevoel toe jy Vrydag hier instap en daar was nie kos wat vir jou wag, of koue bier in die yskas of twee mense wat jou laat glo dat jy die beste ding in hulle lewe is en hulle jou liefhet en oneindig gemis het?"

"Wel, dit is hoe dit altyd vir ons voel, nie net noudat ek vir 'n feit weet jy gee niks vir ons om nie. Net 'n regstelling, al werk ek nie in 'n kantoor nie, bring ek my kant deur my wors, biltong, melktert en koeksisters wat ek verkoop. Dit is dalk min, maar ek probeer. Dit is ook nie geld wat ons soek nie, ons soek al vir jare net jou liefde en aandag. Maar dit is te veel gevra, dit gee jy liewer vir daardie vroue wat niks vir jou in ruil kan gee behalwe seks nie. Wat het van jou waardes geword, wanneer het jy so verander dat jy so gevoelloos en gewetenloos is om my hart so te vermorsel?"

"Kendra, ek is jammer, ek sal dit nooit weer doen nie. Ek belowe jou, en vra dat jy my vergewe. Ek is werklik jammer. Jy en Kari is my lewe, of jy dit wil glo of nie, dit is so. Jy is die ruggraat wat my regop hou, my ondersteun, altyd daar is vir my. Asseblief, vergewe my en sê ons kan weer probeer."

"Werner, daar is net een persoon waarvoor ek jou nog 'n kans sal gee, en dit is vir Kari. Al behandel jy haar so sleg, en al smeer jy gedurig heuning om haar mond met 'n klomp leuens, sy bly lief vir jou. Dit sal ook moet verander, my kind is niemand se speelding nie, nie eers joune wat haar pa is nie. Jy sal van voor af my vertroue moet wen, want op die oomblik wil ek jou nie eers sien nie. Ek weet nie hoe jy beplan om dit te doen nie, maar onthou, ek sal nie weer vir 'n idioot gehou word deur jou nie."

"Ek belowe ek sal alles reg maak, werklik ek sal. Ek kan nie sonder julle liefde leef nie. Ek kan net nie."

"Dan moet ons dit maar dag vir dag vat. Gaan jy terug werk toe?"

"Net as dit met jou reg is. Ek dink maar net as ek wil binnekort verlof vra vir Kari se atletiek sal dit beter wees as ek teruggaan."

"Dit is reg, ek sal jou gaan aflaai."

"My vrou, kan ek nie net 'n drukkie kry nie. Ek het jou werklik so gemis."

"Vir nou nee. Ek moet eers die beeld van jou saam met my beste vriendin in die bed uit my geheue kry. Of sou jy as die rolle omgeruil was so maklik daardie beeld kon verban en net aangaan of niks verkeerd is nie?"

"Nee, beslis nie. Ek sal daardie man doodmaak. Jy is my vrou en net my vrou."

"Reg, dan verstaan jy hoe ek voel. Kom ons gaan, ek het baie werk wat ek moet kom afhandel."

Hoofstuk 10

Kendra se stryd om te vergewe begin nadat Werner terug is werk toe. Sy probeer besig bly, want werk het sy altyd genoeg, tog bly haar gedagtes terug gaan na hulle gesprek van vroeër.

Vader, ek weet ek moet vergewe. Tog weet U ook hoe moeilik dit is. Dit was so maklik vir hom om die een oomblik nog te ontken dat hy 'n verhouding met die vrou gehad het en die volgende sy storie om te draai en te sê hy is jammer. Een oomblik het hy volgehou met die leuen en die volgende vra hy vir vergifnis... Hoekom is dit dan nie so maklik om hierdie seer, hierdie gebrokenheid, die gevoel van verraad en verwerping uit my hart weg te vee nie? Verstaan hy werklik wat hy aan my en Kari gedoen het? Is hy werklik jammer en is sy belofte om dit nie weer te doen nie opreg? Of wil hy maar net my troos om weer al die voordele te trek uit ons liefde en omgee?

My kind, jy moet hom vergewe, soos ek jou vergewe – sonder voorbehoud.

Ek weet, ek weet dit Vader! Wys my dan hoe ek hierdie beelde van hom en daardie vrou saam uit my gedagtes gaan verban. Hoe ek hom weer gaan vertrou om eerlik met my te wees as hy so maklik en so lank al vir my jok. As hy nie twee gedagtes aan Kari of my gegee het toe hy die besluit geneem het om ontrou te wees nie!

So wroeg sy met haarself terwyl sy besig is in die huis. Sy besef dat sy nie 'n keuse het nie en alles sal moet insit om te vergewe en dit agter haar te sit as sy haar huwelik nog 'n kans wil gee.

Vader, vir U is alles moontlik, lei my deur U Gees, staan my by, help my om te vergewe, om op te tree teenoor Werner soos U dit wil hê. Help my om hierdie pad wat ek nie ken nie, en nie weet hoe om te stap sonder U genade, nie te kan stap. U kan genees, U kan verander wat gebreek is, want U alleen kan die onmoontlike doen.

Werner is 'n ander man as hy van die werk af kom die middag. Hy wend 'n besliste poging aan om Kendra se guns weer te wen.

"Middag, my vrou. Hoe was jou dag?"

"Middag, dit was besig, maar goed. Ek het melkterte gebak vir 'n bestelling en sommer vir ons ook twee vir nagereg."

"My vrou, jy is darem maar fluks. Kan ek vir jou iets ingooi om te drink?"

"Ek gaan koffie maak, dankie. Gaan jy 'n bier drink, of koffie saam met ons?"

"Ek sal graag koffie drink saam met julle, en 'n stukkie van daardie heerlike melktert van jou probeer."

Werner sit by haar in die kombuis terwyl sy die koffie maak. Dit is vir haar heeltemal vreemd, maar sy probeer dit as positief sien. Na 'n rukkie neem hy die koffie balkon toe en sy kom agterna met die melktert.

"Kari, my pop, ons drink koffie op die balkon."

"Ek kom Mamma." Kari steek in die deur wat op die balkon op lei vas en kyk na die prentjie voor haar. Haar pa en ma met koffie en melktert. Dit is 'n gesig wat sy vir baie jare nie gesien het nie.

"Ah, dit lyk nou gesellig. Hi Pappa, drink jy saam met ons koffie?"

"Ja, my pop. Ek kan nie die kans laat verbygaan om van Mamma se heerlike melktert te geniet nie. Hoe was jou dag by die skool?"

"Dit was goed, dankie." *Ek kan werklik nie onthou wanneer my Pappa ooit gevra het hoe dit by die skool gaan nie. Hy het ons sekerlik baie gemis die laaste keer wat hy weg was.*

'Mmmm, hierdie melktert is werklik heerlik. Dit is geen wonder die Duitsers is so mal daaroor nie. Ek dink ek sal 'n tweede stukkie moet geniet."

"Dankie, my man. Onthou net daar is beef stroganoff vir aandete. Miskien moet jy liewer na ete nog 'n stukkie eet."

"Dit is 'n goeie idee. Ek wil beslis nie my eetlus bederf met beef stroganoff op die spyskaart nie."

"Pappa, weet Pappa wanneer Pappa weer weggaan en of Pappa my atletiek sal kan bywoon."

"Ek weet nog nie, maar gaan my bes probeer soos ek jou beloof het om daar te wees."

Kendra probeer baie hard om nie bevooroordeeld te wees teenoor Werner nie. Dit gaan maar moeilik om saans langs hom in dieselfde bed te moet slaap, en sy besef te goed dat sy weer haarself sal moet kry om haar man sy huweliksregte te laat geniet.

Twee weke gaan verby en alles gaan goed, behalwe in Kendra se kop waar dit daagliks 'n oorlog bly om te vergewe en weer onvoorwaardelik lief te hê. Daarmee saam om weer te vertrou. Die tweede naweek, besluit sy om van haar kant 'n poging aan te wend om Werner gelukkig te maak. Sy nooi vriende van hulle wat ook van Suid-Afrika is en al jare in Duitsland bly vir 'n braai.

"My man, ek het Dean en Santa genooi vir 'n braai vir Saterdag. Julle kom mos goed oor die weg."

"Ja, dit sal lekker wees om bietjie te braai met hulle. Ons het mekaar lanklaas gesien. Maar is jy gemaklik daarmee?"

"Ek is gemaklik daarmee, want ek het genoeg tyd om voor te berei en hulle daag nie net op soos voorheen nie."

"Dankie, ek weet jy doen dit net vir my en ek waardeer dit baie. Jy sal sien dit sal anders wees as altyd. Hierdie keer gaan ek nie weer my eie kanse verbrou nie."

"Dit is reg so, onthou asseblief ook om vir Kari in ag te neem. Sy raak nou 'n grootmens en is nog tiener nog grootmens. Hou maar die suggestiewe grappies vir wanneer julle manne alleen is asseblief."

"Dit is reg so, ek kan nie glo sy is al byna sestien nie. Waar het die tyd heen gegaan?"

"Ja, oor bietjie meer as 'n jaar kan sy begin studeer en werk. Ek is die Vader so dankbaar vir 'n kind soos sy wat so toegewyd is in haar werk."

Kendra sorg dat die slaaie en brood wat sy gebak het voor die tyd klaar is dat sy ook kan saam met die ander kuier.

Net voor drie daag hul gaste op. Kendra is bietjie verbaas toe sy sien hoe uitlokkend Santa aangetrek is. Die is vir haar moeilik om te glo dat Dean haar so laat aantrek vir 'n braai saam met ander mense. Sy probeer positief wees en maan haarself om net daarvan te vergeet.

"Ah, Kendra, genade maar jy het baie gewig verloor. Laas toe ek jou gesien het was jy lekker vet!" groet Santa.

"Santa! Genade dit is werklik ongeskik om so met Kendra te praat," maan Dean haar.

"Ag Dean, dit is alles reg. Ek moes 'n paar kilo's afskud en gelukkig het ek dit maklik gedoen. Ons Vader se genade is groot. Ek voel baie beter nou. Welkom hier by ons, kom asseblief binne, Werner is op die balkon besig om die vuur aan te steek."

"Kendra, jy was nog altyd 'n vrou met styl, maar jy lyk werklik nou wonderlik. Dankie vir die uitnodiging, ek gaan deur na Werner toe."

Kendra voel bietjie ongemaklik met die lofprysings van Dean. In haar lewe is dit net haar man wat haar moet raaksien en dink sy is goed versorg.

"Santa, wat kan ek vir jou aanbied om te drink?"

"Ah, Santa, hier is jy. Genugtig gee my 'n drukkie, ons het mekaar so lanklaas gesien," groet Werner skielik hier neffens Kendra.

"Werner!" Sy gooi haar arms om sy nek en druk hom. Kendra hou die hele gedoente dop. *Is dit reg dat sy hom met haar half kaal lyf so lank vasdruk? Dit is tog nie goed nie. Los dit net Kendra.*

"Wel, siende dat dit lyk of ek heeltemal oorbodig hier is, sal ek myself uit die voete maak."

"My vrou! Kom hier, natuurlik is jy nie oorbodig nie, jy is dan die vrou van die huis. Wat kan ek vir jou gooi om te drink, my liefste," probeer Werner baie hard om sy en Santa se flater te verdoesel.

"Ek sal 'n glasie witwyn met ys geniet, dankie my man."

"Oh! Ek kan nie glo nie, die hoog heilige Kendra gaan wyn drink!"

"Santa, my vrou het nog altyd 'n glasie witwyn in die somer en rooiwyn in die winter geniet. Sy het volmaakte balans en handhaaf ook balans in ons gesin se lewens waarvoor ek haar baie dankbaar is," kom Werner onverwags vir Kendra op.

"Ek is jammer ..." Santa ruk haar op en loop by die deur uit na die balkon.

"Kendra, ek is werklik jammer oor hoe Santa jou behandel vandat sy hier aangekom het. Ek weet nie wat haar probleem is nie."

"Bekommer jou nie daaroor nie, dit is mos nie jou skuld nie." Terwyl sy dit sê is daar egter 'n stemmetjie wat baie irriterend is en hard probeer om allerhande idees in haar kop te plaas. Sy staan dit egter hard teë.

Hulle gaan saam uit na die balkon. Santa sit langs Dean en dit is duidelik dat haar mond goed opgeblaas is.

"My man ek gaan roep net gou vir Kari, sal jy solank vir haar vrugtesap skink asseblief."

"Ek doen dit graag." Werner is wel bewus dat Santa ongelukkig is en hoop dat dit nie die hele aand gaan bederf nie. *Hoekom sal sy nou skielik so optree voor Kendra? Wat het in haar gevaar? Wat probeer bereik sy? Of gee sy nie om dat Dean moet uitvind waarmee sy al die tyd besig is nie? Dit is mos skoon gekheid om met my vrou daar en haar man net 'n paar meter weg te maak asof ek aan haar behoort. Ja, sy is baie seksie, maar hoekom daarvan 'n punt probeer maak op 'n familiebraai?*

"Middag oom Dean en tannie Santa. Sjoe, ek het julle lanklaas gesien," groet Kari.

"Kari, genade is dit werklik jy? Jy is dan skielik 'n tienermeisie!" groet Dean verbaas.

"Ja, Dean, my dogter het net bietjie meer as 'n jaar oor, dan gaan sy studeer en werk. Ek kan dit ook nie glo nie. Sy is pragtig, nè?" vra Werner trots.

"Wow, Kari, dan kan jy mos nou saam met my en die ander meisies een aand na die klub toe gaan. Ons sal ons gate uit geniet. Julle jongmense hou mos van dans en drink en al die lekker dinge van die lewe uittoets," gesels Santa.

"Tannie Santa, gelukkig is ek nie een van die jongmense waarna jy verwys nie. Ek stel nie belang in dans en drink en al daardie dinge nie. Ek wil gaan studeer en 'n sukses van my lewe maak, nie vir die res van my lewe op my ouers se nekke lê of 'n man moet vat wat my moet versorg nie."

"Jy is sowaar 'n baie verstandige meisie, Kari. Oom Dean is baie trots op jou. Jy moet maar verskoon, tannie Santa vergeet soms dat sy 'n getroude vrou is ..."

Kendra kyk net na Werner wat ook geskok is dat Santa kan dink sy dogter moet in klubs saam met haar gaan rondlê.

"Pappa en Mamma, ek glo julle sal my verskoon, ek het 'n taak waaraan ek werk. Daar is nog baie werk aan. Mamma kan my net roep as daar iets is waarmee ek kan help, ek help graag."

"Jy is verskoon my kind," reageer Werner vinnig omdat hy sy dogter se ongerief aanvoel.

"Santa, is jy op dwelms of rook jy dagga? Wat gaan met jou aan? Eers trek jy soos 'n tert aan en nou neem jy sommer aan dat Kari sulke swak maniere soos jy het," vermaan Dean haar.

"Los my uit man! Ons almal is nie so vrekkerig en verstok soos Kendra nie. Voorheen het julle lekker saam met my gekuier en nou is julle skielik hoogheilig."

"Hoogheilig het niks daarmee te doen nie. Jy het net geen maniere nie. Vandat Kendra die voordeur oopgemaak het, het jy haar aangeval en nou tree jy op asof jy Kari se vriendin is. Ruk jouself reg. Hier moet ons gasheer en gasvrou wegloop in hul eie huis oor jou swak gedrag."

Onderwyl hulle stryery aan die gang was het beide Werner en Kendra kombuis toe geloop om hulle die verleentheid te spaar. Hulle sien net hoe Santa verby die kombuisdeur storm na die voordeur.

"Ek gaan liewer huis toe, of nog beter sommer klub toe, daar kan ek myself wees en nie geoordeel word nie!"

Voor iemand haar kan keer is sy by die deur uit. Werner en Kendra staan nog stomgeslaan in die kombuis as Dean by hulle aansluit.

"Wat nou Dean?" vra Werner.

"Nou niks nie, ek het nie tyd vir 'n vroumens wat nie respek vir haarself het en ander ook nie kan respekteer nie. Jammer Kendra dat sy jou so aangeval het. Werner, kom ons gaan braai in vrede."

Sonder om 'n woord te sê loop Werner saam met hom balkon toe en Kendra probeer nog die vrou se ongemanierde optrede verwerk. Voorheen het sy altyd saam met die mans gedrink en gelag, maar hierdie is darem 'n hele paar trappies erger. *Wat op aarde het ek aan haar gedoen dat sy so optree teenoor my? Ek het altyd stil gebly oor haar drinkery saam*

met die mans en haar nooit daarvoor kritiseer nie. Wat het in
haar gevaar?

Die namiddag verloop heel vreedsaam en nie een van die mans drink soos voorheen hulself heel in 'n komma in nie. Dit lyk nie of Santa se afwesigheid vir Dean pla nie.

"Werner en Kendra, baie dankie vir 'n wonderlike namiddag. Jammer weereens oor Santa se optrede. Ek dink julle vyftienjarige dogter is meer volwasse as sy. Kari is 'n pragtige kind, julle is voorwaar gelukkig."

"Dit is my vrou, sy is 'n rolmodel moeder vir ons kind. Ek is baie bly dat Kari so 'n pragtige kind is."

Nadat Dean vertrek het, begin dra Werner die goed van die balkon af in vir Kendra. Sy lewer geen kommentaar nie, maar dit gaan geensins ongesiens verby nie. Sy ruim alles op en nie een van hulle verwys weer na Santa se gedrag van die namiddag nie. Dat haar optrede wel vir Kendra pla, dit is waar. *Haar bui het skielik verander vandat sy Werner so vasgedruk het in die kombuis. Daarna het dit voorgekom asof sy 'n punt wil maak om Kari en my te verneder. Hoekom?*

"Ek wonder hoekom Dean nie agter Santa aangegaan het nie? Ek sal beslis nie my vrou alleen na 'n klub laat gaan en veral nie as sy so seksie geklee is nie ..." is Werner se mening as hulle net in die bed geklim het.

"My eerste vraag aan jou is, sal jy dit toelaat dat jou vrou so skamel geklee na vriende se braai toe gaan? Die volgende vraag is, sal dit vir jou aanvaarbaar wees as jou vrou in klubs rond kuier sonder jou?"

"Die antwoord op albei daardie vrae is 'n besliste nee! Daar is 'n plek en tyd vir alles."

"Wel, laat ons ons nie oor ander mense se probleme bekommer nie, ons het elkeen ons eie waarmee ons deel." Sy wil nie oor Santa praat nie. Die gevoel wat sy het in haar hart, is nie een wat sy kan beskryf nie, maar sy weet dit is nie 'n goeie een nie.

"Jy is reg my liefste, ek kan net gelukkig wees om 'n vrou soos jy te hê. Kom lê hier in my arm." Sy skuif nader, tog voel sy nie heeltemal gemaklik om so naby hom te wees nie. Vir nou sal sy maar net oor haarself moet kom en dit later probeer verwerk.

Soos die dae verby gaan voel Kendra weer gemaklik met haar man en het die donker skaduwee van sy verraad verby beweeg. Sy sit weer soos voorheen alles in om hom gelukkig te hou en te ondersteun.

Net voor die naweek wat Kari Frankfurt toe moet gaan vir haar atletiek kom Werner die Woensdagaand by die huis en Kendra sien dadelik iets is fout.

"Wat is fout, my man? Het die klomp by die werk jou weer omgekrap of is daar fout by die aanleg?"

"Ek vlieg môreaand uit Tanzanië toe ... ek het alles probeer om my baas te oortuig om dit uit te stel net vir die naweek, maar hy wil niks weet nie. Hulle aanleg staan en dit is derduisende rande wat die firma elke uur verloor. Ek is so jammer my vrou."

"Dit is nie vir my wat jy moet verskoning vra nie, maar vir ons dogter. Sy gaan baie hartseer wees, dit weet jy reeds."

"Ek weet nie hoe om dit vir haar te vertel nie ... vandat ek gehoor het is dit al waaraan ek kan dink."

"Jy sal haar vinnig moet vertel, want môreaand gaan ons met die trein Frankfurt toe. Een van jou kollegas sal jou ook moet lughawe toe neem. As jy moet gaan, moet jy gaan, dit is jou werk."

"Dankie dat jy verstaan en my ondersteun. Ek sal haar sommer nou dadelik gaan vertel, ek moet dit net oor en verby kry." Hy stap dadelik na Kari se kamer, klop en gaan na binne.

"Pappa, jy is tuis! Môreaand hierdie tyd is ons seker al op pad Frankfurt toe," groet sy opgewonde.

"My pop, kan ek maar sit?"

"Ja, natuurlik." Sy staan van haar stoel voor haar lessenaar op en gaan langs hom sit.

"Ek het baie slegte nuus vir jou ..."

"Nee! Nee, ek wil dit nie hoor nie ..." sy druk met haar hande haar ore toe en kyk met hartseer in haar oë na haar pa.

"Kari, asseblief, moet dit nie vir my moeiliker maak as wat dit reeds is nie. Die aanleg in Tanzanië staan en die firma verloor elke uur duisende rande daardeur. Ek het nie 'n keuse nie, ek is die enigste spesialis wat dit kan gaan herstel. Jy moet asseblief verstaan, my pop. My hart is net so seer soos joune dat ek weereens nie daar kan wees vir jou nie." Sy gooi haar arms om sy nek en huil teen sy bors. Hy laat haar begaan, want hierdie keer weet hy is dit werklik nie sy skuld nie.

Met ete word daar glad nie gepraat oor Werner wat weggaan of die atletiek in Frankfurt nie. Kendra het dadelik gesien toe hulle twee van haar kamer kom dat Kari gehuil het. Haar hart gaan uit na haar kind, maar daar is niks aan te verander nie. Haar man het nie 'n ag tot vyf werk waar hy elke dag by die huis is nie.

Hoofstuk 11

Na die werk wat Werner in Tanzanië gaan doen het, is dit asof die rem skielik weer losgekom het en hy is nooit langer as 'n naweek by die huis nie. Vir Kendra en Kari is die soos 'n mallemeule. Hulle is nog skaars oor hulle blydskap dat hy terug is, dan huil hulle alweer omdat hy weer op pad is.

Twee maande later is hy in China vir drie weke, hierdie keer is Pieter weer saam met hom. Kendra het haarself voorgeneem terwyl Werner weg is gaan sy die woonstel van hoek tot kant neem en skoonmaak, uitpak en weggooi.

Sy is in hulle kamer besig en haal alles selfs bo in die kaste uit om uit te sorteer. Nadat sy alles uitsorteer het, is sy nou besig om weer die tasse een vir een terug te pak. Die volgende oomblik hak dit tas vas en wil net nie verder in die kas in nie. Sy is half vererg, want sy kan nie sien wat dit keer nie.

Wel ek het sekerlik nie 'n ander keuse as om die leer in die stoorkamer te gaan haal om te kyk wat dit is nie. Die tas moet daar in.

Binne minute is sy op die leer en op pad om uit te vind wat die tas keer om in te gaan. Sy het beslis nie verwag wat sy daar vind nie.

"Wat de hoenders is dit die?" Sy kyk na die klein swart kontrolepaneel en lees op die bokant in wit gedruk *Überwachungskameras*.

"Toesigkamers! Hoekom is hier toesigkamers in my huis en van wanneer af? Hoekom het Werner my niks daarvan gesê nie? Beteken dit dat ek nie veronderstel is om te weet nie? Dan kan dit net wees om my dop te hou! Hoekom? Verdink hy my van iets? Van wat?"

Woede kook in haar binneste op. Haar bene is so lam dat sy byna nie van die leer kan afklim nie. Sy kyk om haar rond en merk dan dat onder die alarm se ogie daar 'n klein swart ogie so klein is dat mens dit nie sal opmerk as jy nie daarvoor soek nie. Sy loop deur die hele woonstel en kyk na die ogies van die alarm en sien dat daar op elke ogie een is.

"Vader behoede my! Die man wat my verneuk het, aan wie vroue tot in my eie huis staan en kleef, het 'n geheime kamers installeer om my dop te hou ... Al wanneer hy dit kon doen is daardie naweek toe hy van Suid-Afrika af terug gekom het en ons nie hier gevind het nie. Dankie dat ek is wie ek is ... steeds neem dit nie weg van die feit dat hy my verdink en wantrou nie!" Sy vang die tyd op haar horlosie en sien daar is nog twee ure voor sy vir Kari moet gaan haal by die skool. Sy skakel Werner dadelik op video call.

"My vrou, is daar fout as jy gedurende werkstyd nogal op *video call* bel?"

"Niemand is dood of in 'n ongeluk nie, as dit is wat jy vra."

"Wat is dit dan, want ek kan hoor dat jy hewig ontsteld is." Sy draai haar foon na die ogie van die alarm en weer terug na haar.

"Miskien kan jy die geheime kameras wat jy installeer het sonder om my daarvan te vertel verduidelik. Dit is sekerlik nie vir veiligheid nie, want daarvoor is die alarm daar en jy sou my daarvan vertel het. Dit is om my dop te hou – hoe laag en gemeen is jy nie? Jy van alle mense! Dink jy omdat jy agter die deurstaan jy sal my ook daar vang? Dan belieg jy my nog met hoe belangrik Kari en ek vir jou is en ek het sowaar weer daarvoor geval. Het jy jouself lekker vermaak met wat ons alles doen as jy nie hier is nie? Ek glo dit was maar vir jou vreeslik vervelig ... net 'n ma en dogter wat probeer mekaar bemoedig oor 'n man wat vir nie een van hulle omgee nie. Jy is pateties. Ek gaan nou jou kosbare gratis *movie* afsit, want jy het nie nodig om my dop te hou nie, as jy wil weet vra my en ek sal jou vertel. Ek het nie tyd vir snert in my lewe nie."

"Kendra, ek is ja... Sy het sowaar die oproep verbreek. Genade, nou is ek weer van voor af in die sop!"

"Wat is dit ou vriend? Jy lyk of jy beswaard is. Het jou vrou jou omgekrap?"

"Pieter, ek het weereens erg droog gemaak. Kendra het op die geheime kameras afgekom wat ek laat installeer het om haar dop te hou as ek weg is."

"Is jy nou mal? Jou vrou, wat die grond aanbid waarop jy loop! Ek kan dink dat sy baie ontsteld sal wees, veral nadat sy nog uitgevind het van jou en daardie blondie in Suid-Afrika ook."

"Moenie nog sout in die wonde smeer nie. Wat de hel gaan ek doen. Ons moet nog twee weke hier werk."

"Ek moet sê ek vind dit ook nogal lagwekkend, siende dat jy die een was wat weereens gisteraand jouself met twee Chinese gesellinne vermaak het. As Kendra dit nie meer vir jou doen nie, skei dan van haar. Ek dink werklik nie dit is reg dat jy haar so verniel nie. Sy is 'n goeie vrou vir jou. Ek weet want ek het al gesien hoe sy jou op die hande dra. Ek weet ook omdat ek my eie vrou verloor het deur my swak keuses. Die wêreld draai nie om seks nie, Werner. Jy is alleen in hierdie een." Pieter stap net kopskuddend weg. Sy gejaag agter ander vroue aan het hom 'n goeie vrou gekos waarvoor hy bitter lief is. Nou berou hy dit elke dag van sy lewe.

As Kendra moet uitvind van hierdie Chinese vroumense, gaan sy my voorwaar skei. Ek hoop werklik nie ek het 'n fout gemaak om vir Pieter daarvan te vertel nie. Nie dat ek 'n keuse gehad het nie, want hulle was saam met my by die ontbyttafel.

In Duitsland is Kendra buite haarself. Al die vergifnis en vertrou wat sy so swaar weer opgebou het, lê aan flarde voor haar voete.

"Vader, hoekom? Hoekom? Wat het ek nog ooit gedoen om hom dit aan my te laat doen? Hoe moet ek hom na hierdie weer vertrou? Ek hoop werklik nie hy het ook 'n kamera in Kari se kamer nie. Dan gaan ek hom vermoor!" Sy loop doelgerig na Kari se kamer en druk die deur oop, verligting spoel oor haar soos 'n verfrissende golf. Dankbaar dat Werner ten minste nie hul dogter se privaatheid ook geskend het nie.

Sy pak die tasse weg nadat sy die paneel se krag afgeskakel het. Woedend en magteloos klim sy van die leer af en gaan bêre dit weer. Daarna kry sy net nie rigting nie en stap heen een weer in haar huis, te verslae en woedend om iets aan te pak. Haar wekker wat haar herinner dat sy Kari moet gaan haal, lui en breek haar gedagtegang.

"Laat ek net ry, dan moet ek op die verkeer konsentreer en kan ek nie aan Werner se absurde optrede dink nie. Hy kan sy sterre dank dat daar nie in Kari se kamer ook 'n kamera is nie. Ek sou sowaar hom in China gaan haal het en sy strot ingedruk het vir hom. Die idioot! Ruk jou reg Kendra, ruk jouself reg. Kari mag nie sien dat daar fout is nie."

Die een geluk van tiener is dat hulle altyd baie besig is, en daarom nie altyd bewus raak van wat om hulle aan die gang is nie. Dit help omdat Kari die meeste van haar tyd in haar kamer deurbring met huiswerk of een of ander taak waaraan sy moet werk.

Sy vlug na haar skootrekenaar om 'n gedig te gaan skryf. Dit het haar uitlaatklep geraak wanneer sy so ontsteld soos nou is. Fia moedig haar vreeslik aan om meer te skryf, maar onder normale omstandighede is sy net te besig. Dig is vir haar soos 'n strooihalm waarna sy gryp as haar siel so omgekrap is, dit gee haar 'n uitlaatklep.

'n Rukkie later plaas sy haar nuutste skepping genaamd Misleiding. Kort nadat sy dit geplaas het ontvang sy 'n privaatboodskap van Fia.

"Kendra, ek het al dikwels tussen die lyne gelees dat jy baie ongelukkig is. Dat jy seer het kom duidelik in jou gedigte uit. As jy wil hê ek moet vir jou bid, praat asseblief. Jy hoef nie aan my te vertel wat verkeerd is nie, ek kan aanvoel daar is iets groot verkeerd. Dit is hoekom gebed so wonderlik is, mens hoef nie die mense waarvoor jy bid persoonlik te ken of te weet wat hulle probleme is nie, want ons Vader weet reeds."

"Sjoe, Fia, jy moet 'n wonderlike mens wees en het beslis 'n fyn aanvoeling vir jou medemens se seer. Jy is reg, ek het vir die afgelope maande 'n baie seer tyd deurgegaan en net toe ek dink dit is verby weer 'n terugslag gekry vandag. Bid asseblief vir my, ek is ook 'n gelowige vrou, maar hoe meer gebede hoe beter. Dankie dat jy uitgereik het na my, ek waardeer dit ontsettend. Mooi bly daar in Namibië."

"Beslis sal ek vir jou bid en ek is jammer om te hoor van die terugslag. Praat met ons Vader, hy luister altyd en deel nie ons geheime met ander nie. Jy weet jy is vir Hom kosbaar. Ons gesels vinnig weer. Sterk wees."

Sjoe, Vader, U werk op wonderlike maniere. Hier stuur U vir my van duisende kilometers ver af 'n vriendin wat my nie eers ken nie. 'n Vrou wat nie net uit nuuskierigheid uit belangstel in my besigheid nie, maar net wil bid vir my. My net wil ondersteun. Baie dankie Vader dat U weë so wonderlik is.

Na haar gesprek met Fia, voel sy beter en begin kosmaak vir die aand. Sy het reeds besluit sy wil nie met Werner praat nie, want hy gaan haar net met 'n klomp leuens verder ontstel. Hy het beslis nie gedink sy sal hom uitvang nie. En oor WhatsApp kan hulle dit nie uitsorteer nie. Sy moet nou net haar vrede in haar God vind deur nog 'n storm.

Werner probeer Kendra skakel sodra hy in sy kamer kom. Haar foon gaan net oor op antwoordmasjien. Hy probeer 'n paar maal, maar niks nie. Dan besef hy sy wil nie verder met hom praat nie en hy sal net moet wag totdat hy by die huis kom. Hy het lus om 'n bier te gaan drink, maar nie lus vir Pieter se geselskap na vanmiddag wat Pieter hom so oor die vingers getik het nie. Weereens kies hy om die verkeerde besluit te maak en bel een van die Chinese meisies. Hy spreek af om hulle in 'n klub buite die hotel te ontmoet. Hy is egter nie bewus dat Pieter hom sien uitgaan en besluit om hom te volg nie.

Die kanse dat Werner sal agterkom hy volg hom is min, want die sypaadjies is gepak met mense. Pieter sien hom by 'n klub in verdwyn so twee blokke van hulle hotel af en is nou erg nuuskierig. Hy volg hom met die trappe af en wag om te sien waarheen hy so haastig op pad is. Die volgende oomblik sien hy hoe die twee Chinese vroue albei vir Werner omhels en soen. Die drie gaan saam na een van die afskortings in 'n swakverligte area.

Ek glo dit nie! 'n Paar uur gelede is hy kamma ontsteld oor hy in die moeilikheid is en hier is hy alweer besig met die twee Chinese vroumense. Is die man mal of wat gaan met hom aan? Een probleem wag vir hom by die huis en hier gaan hy net aan asof hy nie getroud is nie. Dit is werklik nie reg teenoor Kendra nie.

Hy hou hulle van 'n tafel skuins oorkant dop en besef dat hierdie ontmoeting weer in Werner se hotelkamer gaan eindig. Na 'n rukkie staan hy op en gaan terug na die hotel. Hy maak hom tuis in die ontspanningsarea waar hy 'n mooi uitsig op die deur het. Soos sy verwagting was, neem dit minder as 'n uur voor hy vir Werner met die twee vroue sien inkom. Hulle hang aan hom soos bloedsuiers. Hy hardloop met die trap op, dankbaar dat hulle kamers op dieselfde vloer is en regoor mekaar. Vinnig glip hy by sy deur in en hou dit net op 'n klein skrefie oop. Hy hoor hulle voor hy hulle sien en maak gereed om tot aksie oor te gaan. Wanneer hulle voor die deur tot stilstand kom, neem hy 'n foto van Werner met die twee wat so aan hom hang en hom soen. Werner sluit sy kamer oop en gaan na binne met die vroue. Weer kry Pieter 'n baie duidelike skoot in daarvan.

Ou Werner, jy dink jy het moeilikheid, ek dink jou moeilikheid is baie groter as wat jy dink. Ek sal wag tot ek terug is in by die huis en dan kry jy die verrassing van jou lewe. Iewers moet iets jou stop. Vir hoe lank wil jy nog daardie goeie vrou se hart bly breek en haar bly om die bos lei met jou leuens?

Vir die volgende twee weke sien Werner en Pieter net mekaar as hulle miskien in die selfde area van die aanleg werk. Dan is gaan die gesprekke ook net oor werk. Pieter is egter besig om 'n goeie voorraad foto's bymekaar te maak van Werner en die vroumense. Hulle is gedurig in mekaar se geselskap en elke aand gaan hulle saam met hom kamer toe. Sy vermetelheid en die feit dat hy glad nie omgee wie hom sien maak Pieter net nog meer vasberade om sy vuil speletjies te ontbloot.

Kendra gaan met haar lewe aan en probeer vergeet van die oorlog wat voorlê as Werner huis toe kom. Dit sal haar niks help om op 'n hopie te gaan sit en huil nie. Fia ondersteun haar nou daagliks en bemoedig haar. Verder bid sy vir insig vir wanneer sy Werner moet konfronteer.

'n Week later kom Werner huis toe, sy en Kari stap by die deur in en daar is Werner.

"Pappa, jy is terug. Dit is 'n wonderlike verrassing. Mamma ..." maar Kari praat in die wind, sy het verbygeglip kombuis toe. Sy wil hom vermoor en dit kan sy nie voor haar kind doen nie.

"Ek is in die kombuis, ek wil net gou die pasteie in die oond sit dat ons kan eet nou-nou. Dit is 'n wonderlike verrassing ..." eggo sy Kari se woorde, maar bedoel dit hierdie keer geensins nie.

"My pop hoe was die atletiek? Mamma het my vertel jy het weer uitgeblink."

"Dit was baie lekker, ja, ek het darem nie te sleg gevaar vir so 'n groot byeenkoms nie. Vertel liewer hoe was China en hoe lyk dit daar? Is die kos baie anders en hoe het Pappa met hulle kommunikeer?"

Kendra hoor hoe Kari Werner met vrae bestook en is dankbaar daarvoor. So kom sy glad nie agter dat haar ouers mekaar nie gegroet het nie. Dit pas Kendra perfek.

Dankie tog dat ek nie nodig het om voor te gee nie. Ons moet net deur middagete kom, sodra Kari haar huiswerk gaan doen sal ek met hom praat in ons kamer. Sy sal nie hoor nie, want sy luister musiek op haar oorfone wanneer sy leer. Ek moet dit net van my hart af kry.

Geesdriftig gaan die vertelling oor China deur etenstyd aan en Kari is ene ore. Kendra het haar eetlus twee weke gelede verloor toe sy die kameras gevind het. Nou peusel sy net aan die groenslaai wat sy saam met die pasteie gemaak het.

Sodra sy seker gemaak het dat Kari besig is met haar huiswerk en haar oorfone op haar ore het, marsjeer sy vir Werner na hulle kamer en maak die deur agter hom toe.

"Ek luister Werner Botha! Moet asseblief net nie my intelligensie onderskat soos jy altyd doen met opgemaakte snert nie ..." Sy is weer van voor af woedend.

"My vrou, ek weet werklik nie hoekom ek so dwaas was om die kameras te installeer nie. Nog minder hoekom ek gedink het dat jy my ooit sal verneuk ..."

"Ek kan daardie een vir jou antwoord, baie maklik kan ek. Omdat jy my verneuk het en heel moontlik nog steeds verneuk, dink jy ek is soos jy. Jy begaan 'n groot fout ... ek het waardes en een van daardie waardes is dat man en vrou trou sweer voor God as hulle trou! Onthou jy nog daardie belofte? Of het jy dit maar net soos 'n papegaai agter die predikant aan gesanik om dit agter die rug te kry?"

"Ek het gedink jy het my vergewe, nou grawe jy weer ou koeie uit die sloot. Hoe het ons nou op my as onderwerp gekom as dit oor jou gaan?"

"Maklik, jy dink ek is soos jy, wat geen waarde heg aan ons huweliksbelofte nie ... maar hier is ek steeds na alles wat gebeur het! Wat het jy op jou geheime kameras gesien? Wat? Niks anders as dat ek heeldag werk, bak en kook en worsmaak en ons kind versorg nie. Of hoe?"

"Ja, dit is al ..."

"Werner jy sal drasties moet verander en moet besluit of jy wil hê hierdie huwelik moet uitwerk. Die lewe is te kort om aanhoudend deur oorloë te gaan waar jou man die een is wat die masjiengeweer in die hand het. Die een wat jou moet liefhê en ondersteun! Buite die mure van hierdie huis is daar genoeg ander uitdagings dat ek my energie nog moet mors op jou ook. Jy wat my veilige plek moet wees het nou die leeukuil vir my geword."

"Ek is jammer, ek is werklik jammer. Die kameras is mos nou af, wat meer wil hy hê moet ek doen?"

"As jy die antwoord op daardie vraag nie ken nie, is ons in 'n doodloopstraat, Werner. Ek hoop jy kry dit vir jouself uitgewerk, want ek kan nie elke dag van my lewer soos iemand in 'n mynveld beweeg nie. Nie weet wanneer die volgende bom my gaan tref nie."

Sy voel soos 'n ballon wat afgeblaas het – pap, nutteloos en verlore. Sy maak die deur oop as teken dat hierdie gesprek klaar is en stap na die kombuis. Op pad daarheen loer sy by Kari se kamer in om seker te maak sy is nog besig en het niks gehoor nie. Kari haal haar een oorfoon af as sy Kendra gewaar by die deur.

"My pop, kan Mamma vir jou sap bring?"

"Dankie, dit sal lekker wees, Mamma."

Vir die volgende week kommunikeer hulle die minimum. Die volgende week is Werner alweer op pad en moet Kendra hom lughawe toe neem.

"Werner, miskien is dit 'n goeie tyd om te besluit of jy nog in hierdie huwelik wil wees voor jy terugkom. So in die lug hang kan ek nie meer nie. As jy nie weg is nie, praat ons nie met mekaar nie. Kari is nie meer 'n baba nie en sal dit een of ander tyd agter kom. Besluit of jou belofte wat jy gemaak het nadat jy van Suid-Afrika af gekom het daardie keer nog staan en laat my weet."

"Wat van jou?"

"Wat van my? Ek vergewe keer op keer – of kom jy dit nie agter nie?"

"Ja, ek doen ... ek wonder net wat sal jy doen as ek sou besluit om nie met hierdie huwelik aan te gaan nie. Jy het nie eers werk nie. Hoe sal jy vir jou en Kari onderhou?"

"Wel, daar het jy jou antwoord. Waar is jou verantwoordelik-heid teenoor hierdie huwelik? Jy hoef my nie te antwoord nie, dink daaroor. Verder moet nie jou kop breek oor hoe ek oor die weg sal kom nie, as die tyd aanbreek sal my Vader vir my sorg. Maak jy net jou besluit."

Dan is dit wat in sy gedagtes aangaan, hy glo ek bly omdat ek nie werk het en geen inkomste het nie. Ek sal dit moet verander.

Nog dieselfde dag begin sy te kyk na dinge wat sy of aanlyn of van haar huis af sal kan doen vir 'n beter inkomste. Sy kom op 'n kursus af wat sy kan doen om aan kinders Engelse klasse te gee, of aanlyn of by skole.

"Dit klink na 'n goeie idee, ek is seker daar is baie Duitse ouers wat sal wil hê hul kinders moet Engels leer." Sy vul dadelik die vorms in en e-pos dit vir die mense. Nog dieselfde middag kry sy terugvoer van waar die naaste kantoor is waarby sy sal inskakel as sy die kursus voltooi het. Dit is net om haar administratief te ondersteun en ook te help met plekke waar sy kan klas gee sodra sy gekwalifiseerd is. Kendra betaal die kursus met geld wat sy gespaar het en voel dadelik beter. Sy gaan iets doen waarmee sy 'n inkomste kan genereer en ook vir die kinders iets kan beteken.

Daardie aand ontvang sy haar studiemateriaal en begin dadelik. Sy besluit om eers niks daaroor te noem aan enigeen nie. Vir die week voor Werner kom, spandeer sy elke dag so veel moontlik tyd as wat sy kan afknyp om die kursus te doen. Sy wil dit so gou as moontlik agter die rug kry. Sy vorder so goed dat sy dit in 'n rekord tyd sal kan klaar maak.

Wanneer Werner terugkom sal sy nog net 'n week van studies oor hê dan gaan sy haar eksamen doen en haar sertifikaat kry.

Hoofstuk 12

Vir die eerste week hoor Kendra niks van Werner nie. Sy is dankbaar dat Kari te besig is met skoolwerk en operette oefen dat sy ook nie vra na haar pa nie.

Net na die tweede naweek wat hy weg is, skakel hy haar die aand as Kari al slaap.

"My vrou, ek het wonderlike nuus vir jou. Ek gaan nie weer weg van die huis nie."

"Hoe is dit moontlik? Wat gaan jy dan doen?"

"Ek gaan van die huis af werk as 'n konsultant vir hulle. Ek hoef nie eers meer elke dag in te gaan kantoor toe nie, net wanneer daar vergaderings is. Is dit nie goeie nuus nie?"

"Ek neem aan jy het dan besluit om aan te gaan met ons huwelik. Dit is voorwaar goeie nuus en ek dink Kari sal uit haar vel spring as sy dit hoor."

"Het jy ooit getwyfel dat ek met ons huwelik sal wil aangaan? Glo jy my nie as ek vir jou sê dat ek jou lief het nie?"

"Werner, dade spreek baie harde as woorde en jou dade het die afgelope jare heeltemal iets anders geskreeu. Soos ek jou altyd vra, sit jouself in my skoene en dink net vir vyf minute van my kant af daaraan."

"*Okay*, dit is nou alles agter ons. Ek gaan nou by julle wees en opmaak vir al die verlore tyd en aandag."

"Dit is goeie nuus. Jy kan self vir Kari kom vertel."

Wanneer Kendra die foon dooddruk, is sy nie seker hoe sy oor die nuus moet voel nie. Die kruik het nou al soveel krake en sy het dit nou al so gelap ... sal sy weer hierdie huwelik kan terugkry waar dit was toe hulle Duitsland toe verhuis het?

Vader, wys my die pad ... help my om hierdie keer alles in te sit dat my huwelik 'n sukses kan wees. Help my om naby U te bly en gehoorsaam te wees. Help my om al die dinge waarmee Werner my so seer gemaak het agter my te sit en van voor af te probeer. Uit my eie krag sal ek dit nooit regkry nie. Herstel asseblief die skade wat deur leuens en verraad aangerig is in ons huwelik.

Kendra begin die volgende dag voorberei vir as Werner terugkom. Sy sorg dat daar vir hom bier is en kook al sy gunstelingdisse. Sy sorg dat daar biltong en droëwors is vir hom om aan te peusel.

"Wat is Mamma so doenig?"

"Ek kry maar net alles reg vir as Pappa huis toe kom, my pop. Hoe gaan dit met die operette oefening?"

"Dit gaan goed. Ek sal baie graag wil hê dat Pappa dit saam met Mamma moet bywoon, maar ek het nou al geleer, dit gaan sekerlik nie gebeur nie."

"Ons mag nie so negatief wees nie. Ons moet positief wees en glo."

"Keer op keer vir jare al stel hy my net teleur. Hoe kan ek positief wees?"

"Nee, daar is altyd hoop. Ons Vader kan alles verander. Jy moet bly glo."

"Pappa se werk sal nooit verander nie, dit weet Mamma tog net so goed soos ek. Dit maak in elk geval nie meer saak nie, Mamma is altyd daar." Sy draai om en loop weg. Kendra kyk haar kind agterna en besef dat dit nie net sy is wat die afgelope jare gelei het onder Werner se selfsugtigheid nie.

Twee dae later tel sy Kari by die skool op en die kyk verbaas na haar.

"Gaan ons iewers heen, wat is Mamma so opgedollie?"

"Ja, ons gaan haal vir Pappa by die lughawe."

"Nee reg, dan is dit goed."

Hulle ry in stilte verder. Kendra het gemerk dat Kari nou nie eers meer opgewonde is oor die nuus dat haar pa huis toe kom nie. Sy dink aan die gesprek wat hulle net vroeër die week gehad het en is baie dankbaar oor die nuus wat Werner vir Kari het. Dit kom ook nie 'n oomblik te vroeg nie.

Kendra is dan ook die een wat vir Werner te gemoed loop as hy aankom en Kari hang net so agter rond.

"Welkom terug my man, dit is goed om jou te sien. Ons het na jou verlang." Hy soen haar en druk haar vas. Dan kyk hy oor haar skouer en sien Kari staan.

"My Pop, kom groet jy nie vir Pappa nie?" vra hy. Sy kom nader en groet hom.

"Hallo Pappa, goed om Pappa te sien."

"Net goed? Het jy nie na jou ouman verlang nie?"

"Ek het ..."

"Kom ons gaan my man. Ons dogter is baie moeg, sy werk baie hard en dan oefen hulle nog 'n paar maal 'n week operette ook." As Werner sy kind beter geken het, sou hy geweet het dit is nie die probleem nie. Tog is Kendra opgewonde oor sy nuus en wonder wanneer hy dit vir Kari gaan vertel.

Wanneer hulle die lughawe se parkering verlaat, kyk Werner na agter na Kari.

"Vertel my bietjie van die operette waarmee julle besig is en wanneer dit is."

"Ag dit is maar net The Barber of Seville, deur Rossini wat ons gaan opvoer. Dit gaan oor sowat 'n maand vir drie aande opgevoer word by die teater."

"Hoe kan jy so rustig wees daaroor, my pop. Dit is 'n groot opera en jy is deel daarvan. Is jy nie opgewonde nie?"

"Net 'n bietjie ..."

"Wel, ek het dan vir jou nuus wat ek hoop jou baie meer as 'n bietjie opgewonde sal maak."

"Wat is dit?"

"Jou Pappa gaan nooit weer weg van die huis af werk nie, so ek gaan hierdie keer beslis daar wees om my dogter se talent te sien."

"Wat! Is Pappa nou ernstig, is dit waar? Mamma, het Mamma hiervan geweet?"

"Ek het dit ook eers 'n paar dae gelede gehoor. Is dit nie die beste nuus nie my pop?"

"Dit is die beste nuus wat ek in byna sestien jaar gekry het. Pappa gaan daar wees!"

"Jy sien ek het jou gesê alles is moontlik by ons Vader."

"Ja, Mamma het. En hier het dit wat ek gedink het onmoontlik is nou sowaar gebeur." Sy gryp vir Werner van agter af vas en druk hom. Kendra se hart is baie gelukkig vir hierdie nuwe kans wat hulle gekry het om 'n gesin te wees.

In die dae wat volg kry Kendra saam met Werner opgewonde vir hom 'n spasie reg vir sy kantoor. Hulle het saam besluit dat hulle kamer grootgenoeg is om vir hom 'n lessenaar voor die venster te sit waar hy met sy skootrekenaar kan werk. Al wat hy gaan gebruik is sy skootrekenaar en 'n drukker. Dit sal gemaklik op die lessenaar pas. Dan sal hy ook nog 'n wonderlike uitsig op die park hê.

Die volgende week begin Werner van sy kantoor by die huis werk. Vir die laaste week het Kendra in die tye wat Werner uit was kantoor toe, haar studies bygehou. Nou is haar eksamen om die draai. Sy doen dit aanlyn. *Vader, laat ek asseblief die eksamen deurkom. U weet wat dit vir my sal beteken al is ons nog saam. U ken reeds die pad vorentoe, gee my U guns asseblief.*

Vinnig kom Kendra agter dat sy nie meer die rustigheid het wat sy altyd gewoond aan was nie. Werner bly haar roep om iets te vra of om koffie te soek of om net te gesels.

"My man, jy sal my moet los dat ek met my werk kan aangaan. Jy is nou wel by die huis, maar dit gaan nie my huis skoonmaak of die kos gaar kry nie."

"Ek het gedink jy is bly dat ek by die huis is."

"Ek is natuurlik bly. Steeds het ek werk wat ek moet afhandel. Jy hou nie van 'n vuil en deurmekaar huis nie. Ons moet steeds eet. Ek moet steeds goed doen vir Kari. Verder het jy mos werk wat jou besig hou."

"Ek het juis gewonder of ek nie so 'n klein bederfie kan kry van my vrou noudat ek hier in ons slaapkamer werk nie?"

"Tien uur in die môre? My man ons is mos nie tieners waarvan die hormone ons rondjaag nie. Dit is ook glad nie asof ons nie elke aand en soms nog soggens ook mekaar geniet nie."

"Dit is so, maar seks is mos daar om enige tyd van die dag te geniet, my vrou."

"Seker vir mense wat niks ander het om te doen nie ... hoe het jy heel dag seks as jy na 'n gesin moet omsien? Verder het ons 'n tienerdogter in die huis."

"Sy is mos nie soggens hier nie, dan kan ons mos doen soos ons wil."

"En wie sal sorg dat sy kos het om te eet wanneer sy van die skool af kom as ek die hele oggend met jou moet besig wees?" Een kyk na Werner se gesig laat haar tog ingee ... vir 'n man wat gedurig omgekrap is het sy ook nie lus nie.

"Was dit nou so moeilik en jy het dit net soveel geniet soos ek, my liefste."

"Niemand het gesê dit is moeilik nie. Dit gaan daaroor dat daar 'n tyd vir alles is. Ek kan nie as 'n vrou en ma die hele dag soos 'n prostituut op my rug lê nie. As jy dit nie kan sien nie, is jy ook onredelik."

"Toemaar dit sal nie elke dag wees nie, want ek moet soms uitgaan. Ek gaan juis Woensdagoggend die hele oggend uit wees."

"Dit is in orde so. Ek het meer as genoeg om te doen."
Jippee, dan kan ek my eksamen Woensdagoggend skeduleer.

Kendra probeer haar bes om alle balle in die lug te hou. Vir Werner deur die dag seksueel tevrede te hou, haar huis aan die kant te hou en nog te sorg dat daar kos op die tafel is. Kari se bedrywighede praat sy nie eers van nie. Woensdag nadat sy die eksamen afgelê het, voel sy verlig. Nou moet sy net wag om te hoor of sy geslaag het, dan kan sy na die kantore gaan om uit te vind wat die volgende stap is.

Werner kom eers in die namiddag weer by die huis. Kendra kla glad nie. Nadat sy vir Kari gaan haal het, kon sy met haar huiswerk opvang wat sy agtergeraak het van op Werner se skoot sit elke dag.

"My vrou, ek hoop nie jy gee om nie, ek het vir Dean raak geloop en hulle vir die naweek vir 'n braai genooi."

"Nee, ek gee nie om nie. Jy moes eerder vir Santa gevra het of sy nie omgee nie. Is hulle nog saam?"

"Ja, hulle is. Miskien het sy verander, ons het hulle regtig baie, baie lank laas gesien."

"Ja, dit is werklik oor 'n jaar laas. Kom ons kyk maar of sy verander het, ek hoop werklik so. Dean is 'n aangename mens."

"Waar is Kari?"

"Sy is in haar kamer, sy leer. Hulle het nie vanmiddag operette oefening nie."

"Is jy seker sy leer? Vandag se tieners vertel vir hul ouers hulle leer, maar dan is hulle tien teen een besig om Facebook of *chat* of wat ook al."

"Hoor jy jouself? Dink jy ons dogter sal vir my lieg?"

"Hulle sien dit nie as lieg nie, hulle sien dit net dat hulle doen wat hulle wil terwyl hulle hul ouers tevrede hou."

"Werner, jy ken baie duidelik nie jou eie kind nie. Sy sal nie lieg nie, vir geen rede nie. Sy het ook nie nodig om dinge vir my weg te steek nie. Doen jouself 'n guns en gaan kyk.

Moenie klop nie, maak net haar deur oop en dan kyk jy waarmee sy besig is." Hy aanvaar die uitdaging vas oortuig hy gaan haar uitvang waar sy met haar selfoon besig is.

Hy maak die deur saggies oop en sien dat sy besig is om te skryf, dan weer te lees in 'n handboek wat langs haar lê en verder te skryf. Kendra loer oor sy skouer glimlag net by haar self.

"Waarmee is jy besig, Pappa se pop?" vra hy. Kari kyk gesteurd op.

"Pappa ... ek doen my Duitse huiswerk. Ek het nog drie ander vakke se huiswerk wat ek ook moet klaarmaak." Sy gaan dadelik weer aan met haar werk. Werner besef dat sy nie verder met hom gaan gesels nie en maak die deur saggies toe.

"Is jy nou tevrede dat daar darem ten minste een tiener is wat nie lieg of met bose dinge besig is terwyl sy moet huiswerk doen nie?"

"Okay, ek kan nie glo dat hulle so baie werk het nie. Bring vir my 'n bier en kom gesels by my op die balkon."

Kendra wil haarself vervies, maar besluit om 'n bier te gaan haal. Sy sit dit langs hom neer op die tafeltjie.

"Jy is ongelukkig op jou eie, ek is besig met ons aandete."

"Ek het gedink jy het my vandag gemis, ons het nog die hele dag nie gesels nie," kla hy soos 'n stout kind.

"Jy was weg met werk, en ek het huis skoongemaak, en gestryk. Dit is hoe dit in alle normale gesinne se lewens is. Miskien sukkel jy net om dit te verstaan omdat jy die laaste jare net kon gaan aansit in 'n restaurant of hotel. Dit is nie hoe dit in 'n gesinsopset werk nie. Hier is ek die vrou, die ma en die bediende. Kom, ek gaan maak die kos klaar."

Wat help dit ek is by die huis as ek elke dag alleen moet sit en bier drink. My vrou hardloop soos 'n mier voor die reën in die kombuis rond. My dogter is besig om te leer. Terwyl ek weg gewerk het, was ek altyd in geselskap.

Werner val beslis in die kategorie van mense waaroor daar gesê kan word: daar is niemand so doof soos die een wat nie wil hoor nie en niemand so blind soos die een wat nie wil sien nie. Al wat vir hom belangrik is, is sy vermaak, sy begeertes en so kan jy aangaan.

Vrydagoggend is Werner besig met een van sy kollegas wat 'n aanleg se fout moet soek. Hy is op *video call* met die man. Kendra glip by die spaarkamer in waar haar skootrekenaar staan, sy brand om te kyk of haar uitslae nog nie gekom het nie. Sy moet haarself erg inhou as sy die e-pos lees waarin hulle haar meedeel dat sy haar kursus baie goed geslaag het en haar sertifikaat aangeheg sal vind. Sy maak die dokument oop en kan haar oë nie glo dat sy sowaar haar TEFUL-sertifikaat verwerf het nie. Sy lees weer die e-pos en sien sy moet die volgende week Maandag na die kantore gaan om 'n proefles aan te bied. Hulle sal vir haar die riglyne stuur om voor te berei.

"Sjoe, dit is 'n werklikheid! Ek gaan vir kinders Engels leer. Dankie Vader vir U guns." *Ek sal my sertifikaat druk as Werner nie in die kamer is nie. Dit moet 'n algehele verrassing vir hom wees.*

Die naweek breek aan, en Kendra druk haar sertifikaat om wanneer sy reg voel dit met Werner te deel.

"Kari, oom Dean en tannie Santa kom weer môre braai."

"Genade, ek het nie gedink hulle is nog vriende van mamma-hulle nie. Veral nie na die laaste maal wat hulle hier was nie."

"Om met jou eerlik te wees, ek ook nie. Pappa het oom Dean die week raakgeloop en hulle genooi. Ons moet maar kyk hoe dit gaan. Jy weet gelukkig jy moet jou nie aan tannie Santa steur nie."

"Dit weet ek, maar ek weet nie of ek weer my mond sal hou as sy so lelik is met Mamma nie."

"Onthou van respek, my kind."

"Ja ... dit geld seker ook vir haar. Ek sal 'n punt daarvan maak om by julle te sit, want sy kan maar weet ek sal nie dit weer toelaat nie."

"Wat is dit wat jy nie sal toelaat nie, Kari?" vra Werner van die deur af.

"Dat tannie Santa weer vir Mamma so beledig nie."

"Ek dink nie dit is jou plek om dit toe te laat of nie! Sy is 'n grootmens, jy moet jou plek ken," val Werner haar aan. Kendra en Kari staar verstom na mekaar.

"Pappa! So met ander woorde, daardie half nakende vrou kan in ons huis in kom en my Mamma slegsê soos sy wil en ek moet daarmee *okay* wees? Verder is dit duidelik dat Pappa daarmee *okay* is, want hoekom anders val Pappa my so aan!"

"Kari! Jy sal nie so met my praat nie ... Jy is net 'n snotkop kind en moet respek hê vir grootmense, verstaan jy? Jy is hopeloos te groot vir jou skoene lyk dit my en het geen maniere nie."

"Werner, stop net daar! Kari, my pop gaan na jou kamer. Ons gesels nou-nou. Jy het nie nodig om hierna te luister nie. Jou Pa het duidelik al sy sin vir reg en verkeerd iewers verloor." Kari wat in trane is, draai om en loop na haar kamer.

"Dit is jou skuld dat sy nie respek vir my het nie!"

"My skuld? Werklik? Ek het al jou gemors van haar af weggehou, as dit is waarvoor jy bang is. As sy nie vir jou respek het nie, het jy net jouself te blameer. Eers maak jy vir jare leë beloftes aan haar en daarna val jy haar aan omdat 'n vrou wat haar soos 'n slet gedra, jou vrou in haar eie huis mag aanval. Waar het jy dit al gehoor? Met ander woorde, ek kan môre as Dean en Santa hier is maar vir hulle vertel hoe 'n patetiese man en vader jy is. Dat jy nooit in die laaste byna ses jaar daar was vir my of Kari nie. Dat jy my met my beste vriendin verneuk het en dan nog kameras in die huis installeer om my te probeer soek waar jyself staan."

"Jy sal dit nie waag nie!"

"Hoekom nie? Dit is dan wat jy so pas my kind voor aangeval het, toe sy dit gewaag het om vir haar ma op te staan. Ek dink jy moet mooi hieroor dink en daarna jou dogter verskoning gaan vra dat jy haar so verskree en vals beskuldig het. Jy bly met haar fout soek, en haar afkraak. Noudat jy niks kry nie, nou beskuldig jy haar daarvan dat sy nie maniere het nie en te groot is vir haar skoen? Daar is fout met jou, groot fout. Sy is altyd besig om of te leer, of handwerk te doen. Nooit is sy in die geselskap om grootmens stories te luister of die gesprek oor te neem nie. Sy is op haar plek ... baie meer as wat ek van jou vriendin Santa kan sê glo my." Sy draai om en loop na Kari se kamer, vir haar is hierdie gesprek afgehandel en sy is so kwaad sy kan stik.

Werner wil nog agter haar aan praat, maar sy verdwyn reeds in Kari se kamer in. Sy vind haar op haar bed, waar sy huil dat sy so snik.

"Mamma se pop, ek is so jammer vir al die snert wat jou pa kwyt geraak het. Jy weet tog dit is nie waar nie. Jy is die mees goedgemanierde kind wat ek ken. Moenie glo wat Pappa kwyt geraak het nie."

"Ek het so gewens dat hy moet terugkom, maar nou bid ek dat hy net moet verdwyn van die aardbol af. Hy haat my, en bly net fout soek en op my skree. Dit maak nie saak dat ek so hard werk, of dat ek goed doen in alles nie, hy sien dit nie raak nie, want hy was in elk geval nooit daar vir my nie."

"Hy haat jou nie ... hy het net geen idee wie jy is nie, omdat hy nooit hier was nie. Glo jy nie een enkele woord wat hy gesê het nie, jy weet wie jy is in Jesus en daaraan kan hy niks verander nie my pop. Jy is pragtig en briljant en ek is baie trots op jou dat jy vir my opkom. Bekommer jou nie oor jou pa of tannie Santa verder nie, ek sal dit wel hanteer, vertrou my net."

"Reg so Mamma. Jy is die enigste persoon wat ek kan vertrou en jy het my nog nooit teleurgestel of vir my gejok nie.

Dit maak net seer dat hy sulke lelike dinge van my sê en daardie vrou so verdedig."

"Los dit net, jy hou net vas aan die waarheid en dit is dat jy 'n Koningskind is." Sy soen Kari op die voorkop en laat haar dan alleen.

In Werner se geselskap wil sy nie wees nie. Sy skep vir hom 'n bord kos en sit dit in die mikrogolf. Dan skep sy vir Kari in en neem dit na haar kamer.

"Eet jy net hier. Ek gaan nou bietjie skryf."

"Dankie, Mamma. Dit is reg."

Kendra loop na die balkon waar Werner met sy bier sit.

"Daar is 'n bord kos in die mikrogolf vir jou as jy wil eet. Ek het werk om te doen."

"Watse werk het jy nogal om te doen?"

"Moet jou nie daaroor bekommer nie. Dink jy liewer baie goed na oor jou optrede van vroeër en die manier wat jy jou dogter se hart verpletter het. So erg dat sy dink jy haat haar ... weet jy hoe dit voel as mens dink iemand haat jou wat jy oneindig lief voor is? Dit is hoe erg dit vir haar is. Wat sal jy doen as jou dogter môre nie meer daar is nie? Dit omdat haar pa haar laat voel hy haat haar ... jy moet baie baie mooi dink oor jou aksies Werner. Nou het jy die streep oorskry. My kind sal ek tot die dood toe beskerm." Sy draai om en loop weg.

Die e-pos waarvoor sy gewag het, is daar wanneer sy by haar skootrekenaar kom. Sy begin dadelik die opdrag vir die les deurgaan. Daarna begin sy met haar voorbereiding. Later hoor sy Werner verbystap na hulle kamer toe, sy steur haar egter nie daaraan nie. Sy het reeds die sertifikaat gedruk en dit is veilig gebêre. Wanneer sy klaar is loer sy by Kari in.

"Kom binne, Mamma, ek luister net musiek."

"Ek het iets wat ek met jou wil deel, maar dit is vir eers ons geheim."

"Wat is dit?"

"Ek het myself gekwalifiseer as 'n Engelse privaat onderwyser. Ek gaan binnekort begin klasse gee aanlyn en by skole vir kinders wat Engels wil leer."

"Mamma! Wanneer het jy dit gedoen? Dit is fantasties. Ek neem aan jy het nog nie vir Pappa daarvan vertel nie?"

"Nee, ek sal voor die einde van die naweek. Maandag het ek my eerste proefles wat ek moet aanbied vir die baas van die kantoor wat al die admin vir ons behartig en ons ook uitplaas na skole vir lesse."

"Ek kan dit nie glo nie, so in die stilligheid het Mamma baie hard geleer. Ek is trots op Mamma."

"Kom ons kyk maar wat jou pa se reaksie sal wees. Nie dat ek vreeslik daaroor bekommer nie. Dit sal vir ons 'n inkomste genereer en dit is mos goed. Is jy verder okay, my pop?"

"Ja, ek is. Laat ek maar net uit daardie tannie en Pappa se pad bly, dit is die beste vir ons almal."

"Jy is baie verstandig. Lekker slaap, my pop."

Wanneer sy in die kamer kom, slaap Werner al en dit pas haar. Sy het nie lus om verder met hom te baklei nie. Eintlik sal sy baie lekkerder in die spaarkamer slaap.

Hoofstuk 13

Kendra is in die kombuis besig as die voordeurklokkie Saterdagnamiddag lui. Werner is dadelik by en gaan antwoord.

"Werner, *darling*! Ek het jou jare laas gesien ... en het ek nie jou aantreklike gesig gemis nie?" Santa val Werner om die nek. Dean steur hom nie aan sy dramatiese vrou nie.

"Werner, middag, ek gaan solank binne. My vrou het weer 'n aanval van drama."

"Middag, Dean," mompel Werner deur die greep waarin Santa hom het. "Santa, is jy mal. Wil jy werklik almal net omkrap?"

"Wie is daar om om te krap? Seker net jou vervelige vrou wat net heeldag huis skoonmaak en kos kook. Dit is nie my skuld as sy nie die opwindende dinge in die lewe kan geniet nie." Kendra staan reg agter haar en Werner se oë is so groot soos pierings. Sy wag om Werner se volgende aksie te sien.

"Santa! Jy was jare laas in ons huis, hoe sal jy weet wat my geliefde vrou doen? Nie dat dit enigiets van jou besigheid is nie." Hy los haar summier en stap na Kendra.

"My liefste, wat kan ek vir jou inskink om te geniet?" koer hy langs haar.

"My vreeslike aantreklike man, jy weet mos eintlik wil ek net vir jou hê, maar siende dat ons nou gaste het, sal 'n glasie witwyn heerlik wees tot later," sy het haar om Werner drapeer soos 'n luislang en haar stem is lui en hees. Hy kyk haar verslae aan. Vir sekondes het hy gee idee hoe om op te tree nie. Santa gee net een snork geluid en stap dan na die balkon.

"Watse geluid was daardie ... soos 'n vark wat nie asem kry nie? Ah, ek wil jou nie laat gaan nie, my man. Laat ek myself net wegskeur van jou af," koketteer sy verder. Die uitdrukking op Santa se gesig die beste vergoeding wat sy nog in haar hele lewe gekry het.

"As jy nou jouself kan losmaak van Werner, kan ek jou ook maar groet, Kendra," lag Dean langs haar.

"Ah, nog 'n onmoontlike aantreklike man. Dean, ek het jou jare laas gesien. Jy het sowaar nie een bietjie verander nie. Ek verstaan nie hoe jou vrou jou soggens alleen by die deur laat uitgaan nie. Die vroue val sekerlik oor hulle voete vir jou aandag." In haar binneste lag sy heerlik vir die uitdrukking op beide die mans se gesigte. As hulle dan wil hê sy moet speletjies speel, dan speel sy. Vasloop gaan hulle hul binnekort.

"Genade, Kendra, jy het beslis baie verander. Buiten dat jy nou so skraal is dat ek jou nie sou herken het as ek by jou verby geloop het nie, het jy 'n soort aantrekkingskrag wat ek nie kan beskryf nie."

"Hahaha! Dit is beslis die grap van die jaar ... jy misgis jou beslis. Daar is net een man vir wie ek 'n aantrekkingskrag wil hê en dit is die een hier langs my. Moet dus asseblief nie die verkeerde indruk kry nie, hoor." Sy lag uit haar maag en stap na die kombuis om die borde te gaan haal en loop balkon toe waar Santa nog in die deur staan.

As haar plan was om almal te verwar, het dit perfek gewerk. Nie Werner, Dean of Santa weet wat om volgende te sê nie. Wat Kendra wel optel is dat die een wat die meeste deur haar optrede ontstel is, Santa is ...

Vir die eerste ruk wil die geselskap net nie vlot nie, Kendra het hulle almal tot stilte geskok.

"Vertel my bietjie Santa, wat doen jy as jy nie alleen in klubs rondlê nie, of neem jy darem nou al jou man saam? Ek sal ook verstaan as jy nie doen nie, die vroumense sal hom beslis probeer afvat."

"Kendra, dit is seker nie nodig nie ..." maan Werner.

"Verskoon haar maar Werner, sy het so 'n vervelige lewe dat sy sekerlik bietjie opwinding soek. Al is dit ook net om na my lewe te luister. Wees nou eerlik met jouself, sy sit net hier by die huis en ry skool toe en terug. Geen grootmens vermaak of goeie geselskap nie. Jy werk jou dood om haar te versorg en dan is sy seker nog van die soort wat net seks het in die donker ook. Arme man!"

"Santa, ons huwelikslewe het niks met jou te doen nie ... vervelig sal ek ook nooit wees nie. Inteendeel binnekort gaan ek so besig wees dat Werner vir hom 'n huishoudster sal moet aanstel om skoon te maak en kos te kook."

"Waarmee, gaan jy so besig wees my vrou?" vra Werner geskok.

Kendra staan op en verdwyn die huis in. Sy kom terug met haar sertifikaat en gee dit aan Werner.

"'n Gesertifiseerde privaat onderwyser in Engels! Hoe de hel het jy hiervoor geleer en die verwerf?"

"Die afgelope maande ... ek bied Maandag my eerste toetsklas aan. Daarna sal ek uitgeplaas word na skole en ook aanlyn klasse gee vir individuele kindertjies."

"Kendra, jy is voorwaar ongelooflik. Jy versorg jou gesin en jou huis is so skoon mens kan altyd van jou vloere eet en nou nog dit ook. Ek bewonder jou beslis. My vrou lê of in die winkels of in die klubs rond. Baie geluk," wens Dean haar geluk.

"Dankie Dean, my dogter is nou groot, nou kan ek weer my vlerke begin sprei. Ons Suid-Afrikaners kry nie werk hier nie, al kan ons vlot Duits praat, so dan moet ons maar iets anders probeer. My passie is kinders en om 'n impak te maak. Ek is seker ek gaan dit baie geniet."

"Dit is nou net my vrou ... sy kan die Staatspresident ook raak as sy haar kop daarop sit. Baie geluk my liefste, ek is net so trots op jou." Werner voel eintlik heel anders hieroor as wat oor sy lippe kom, maar hy kan beslis nie toelaat dat Dean die een moet wees wat sy vrou laat goed voel nie.

"Nee, kyk Staatspresident stel ek glad nie in belang nie, maar dankie my man vir die setel van vertroue." Sy ken hom te goed en weet reeds dat dit glad nie is hoe sy hart voel nie.

"Werner jy het probleme, het jy gehoor sy gaan haar vlerke nou sprei?" stook Santa.

"Santa, jy sal nie verstaan nie, want jy verstaan net geld mors wat jy nie self voor gewerk het nie en jol," ruk Dean haar in die bek.

Kendra verskoon haarself, want sy kan haar lag nou nie hou nie. Sy het nooit gedink dat Dean so reguit sal wees nie. Sy glip in die huis in en af na Kari se kamer.

"Mamma, hoe gaan dit daar op die balkon?"

"Rof, my kind, rof. Ek het hulle vertel van my sertifikaat en wat ek voortaan gaan doen. Dit is met gemengde gevoelens aanvaar. Ek dink dit is werklik net oom Dean wat bly is vir my. Jou pa se mond sê hy is bly, maar dit is nie wat sy oë sê nie."

"Gelukkig weet ek dat Mamma nie daardeur Mamma sal laat terughou nie. Hulle kan voel soos hulle wil. Tannie Santa het seker weer een of ander snedige opmerking gehad."

"Sy het, dit is hoekom ek gevlug het, want oom Dean het haar reguit vertel dat sy net geld mors en jol. Ek kon my lag nie hou nie, toe vlug ek maar." Kari plaas haar hand voor aar mond om haar lag te demp.

"Goed vir Mamma en vir oom Dean. Dit is lankal tyd dat iemand haar aanpraat. Ek sal liewer net hier in my kamer bly, voor ek weer in die moeilikheid kom deur haar."

"Ek gaan eers terug. Ek sal jou kom roep as ons eet."

"Nee, Mamma, maak net verskoning vir my, ek wil hulle nie sien nie. Ek sal later as hulle weg is iets kry om te eet."

"Dit is reg so my pop."

Dean begin haar uitvra oor die kursus en wat dit alles behels. Santa maak dadelik van die geleentheid gebruik om by Werner te gaan staan en soos 'n bakvissie te staan en fluister. Elke nou en dan giggel sy. Niemand sal glo dat sy 'n vrou van in haar dertigs is nie. Kendra hou hulle ongemerk dop en kry weer die gevoel wat sy gekry het toe hulle aangekom het.

Kort nadat hulle geëet het, vertrek Dean en Santa, want Santa het begin aandring dat sy nog wil klub toe gaan. Sy het haar bes probeer om vir Werner ook saam te sleep. Die het tot Kendra se verbasing reageer dat hy nie sy vrou en dogter alleen by die huis sal los nie.

Sy is nog besig om die skottelgoedwasser te pak as Werner in die kombuis in kom.

"Kendra, wanneer kom jy kamer toe?"

"Ek kom nou my man, ek is byna klaar."

"Reg, ek wag vir jou." Sy kyk hom agterna en wonder wat hy op sy hart het. *Daar kan seker 'n hele paar dinge wees dink ek, veral na vanaand. Kom ek wees positief soos ek altyd vir Kari vra om te wees.*

As sy by hulle kamer instap, staan Werner by die venster en uitkyk.

"Maak die deur toe, ek wil met jou praat."

Sy druk die deur agter haar toe, en stap na waar hy staan.

"Wat de hel het vanaand met jou aangegaan? Eers drapeer jy jouself om my soos 'n luislang en praat met my asof jy vrygelaat is uit 'n bordeel. Dan druk jy 'n sertifikaat in my hand en vertel my jy gaan van nou af klas gee vir kinders. En wat beteken dit miskien dat jy jou vlerke gaan sprei!"

"Ah, nou is ek heel verward – jy het geen kapsie gemaak toe Santa haar soos 'n luislang om jou drapeer het en met daardie verleidelike stem in jou oor gesis het nie. Ook verbeel ek my jy is die een wat my aanhoudend daaraan herinner dat jy alleen die huis en vir ons moet onderhou, noudat ek my bekwaam het en gaan begin werk, nou maak jy kapsie daaroor. En 'ek gaan my vlerke sprei' kan ek jou belowe beteken nie wat jy en Santa dink nie – in julle verwysingsraamwerk beteken dit sekerlik ek gaan nou met elke man slaap in Duitsland. In my verwysings-raamwerk beteken dit ek gaan nog kursusse doen om die kinders waarmee ek gaan werk beter te kan help."

"Wat het jy en Dean so ernstig oor gesels?"

"Weereens moet ek jou teleurstel, my dierbare man, ons het nie 'n geheime afspraak by een of ander hotel gemaak en bespreek wat ons alles met mekaar gaan aanvang nie. Hy was geïnteresseerd oor wat so 'n Engelse klas behels en met watter ouderdom kinders ek gaan werk – vervelig nè."

"Hoe kan julle die hele aand oor Engelse lesse en kinders gesels het?"

"Baie maklik ... miskien moet jy my vertel wat Santa die hele tyd in jou oor gefluister het, en waaroor sy soos 'n tiener gegiggel het. Of kan jy dit nie oorvertel nie. Jy laat haar aan jou hang, jy hang aan haar lippe as sy soos 'n slang sis in jou oor, maar as jou eie vrou dit doen, is dit heel onaanvaarbaar vir jou. Dink jy nie jy is van die spoor af nie?"

"Die verskil is, sy is eg en jy het net voorgegee ..."

"En hoe sal jy dit weet ... waarin is sy eg? In die kuns om 'n ander vrou se man te verlei deur sy vrou voor hom te verneder?"

"Waar was Kari vanaand?" verander hy die onderwerp heeltemal.

"Hoekom antwoord jy my nie, Werner? Is dit omdat ek die spyker op sy kop geslaan het? Kari, het soos die volwasse meisie wat sy is, besluit om konfrontasie te vermy en in haar kamer te bly. Dit omdat sy reeds geweet het aan wie se kant haar pa is en nie weer verneder wou word oor iemand wat eintlik 'n indringer is in ons huis nie. Ek wil niks meer hoor nie en gaan nou slaap." Sy kook van binne. Die vermetelheid van die man verstom haar. Vir een aand het sy meer as te veel gehad. Sy neem haar slaapklere en loop by die deur uit en trek dit agter haar toe. Vanaand is die aand wat sy beslis liewer in die spaarkamer slaap, haar siel het vrede nodig.

"Kendra ..." die res van sy sin word uitgedoof deur die deur wat sy in sy gesig toemaak. Kendra weet hy sal nie 'n bohaai opskop om aan die spaarkamer se deur te kom klop nie, want Kari se kamer is reg langsaan. Sy verdwyn in die gastebadkamer in en sluit die deur. Wanneer sy klaar gestort het sien sy die kamer se deur staan oop en die lig is reeds af.

Die res van die naweek is die een oorlog op die ander. Werner vat vir Kari aan omdat sy in haar kamer gebly het die vorige aand. Wanneer sy net omdraai en by die deur uit verdwyn sonder om hom te antwoord, begin hy met Kendra baklei.

"Werner, as jy geselskap soek, gaan soek dit by Santa. Ek is doodseker sy sal jou kan besig hou. Jy het seker nou lank genoeg voorgegee dat jy vir ons omgee. Dit is die ding van voorgee, jy kan dit vir net so lank ophou. Dit is dieselfde met leuens ... een of ander tyd byt dit jou in die hak. Ek gaan aan my les vir môre werk nadat ek gaan kyk het waar Kari is. Ek waarsku jou, as jy een woord teenoor haar verkeerd sê sal die hel los wees."

Sy wag nie vir hom om te reageer nie, en verdwyn by die deur uit om Kari te gaan soek.

Die res van Sondag steur Kendra haar nie aan Werner nie. Sy werk aan haar les en gesels met Kari. Hulle eet saam in die kombuis terwyl Werner op die balkon homself te buite gaan aan bier.

Maandagoggend maak sy vroeg klaar en neem dan vir Kari skool toe. Werner slaap nog as hulle ry.

"Is Mamma gereed vir die klas?"

"Ek is, steeds is ek ook vrek op my senuwees."

"Ek het geen twyfel dat Mamma goed sal vaar nie. Mamma het soveel oulike idees en prente en video's, dit sal beslis 'n sukses wees."

"Dankie, my pop. Ek waardeer jou ondersteuning baie. Jy moet 'n mooi dag hê. Sien jou net na twee."

"Slaan hulle asems weg, my Mamma."

Kendra ontmoet die vrou wat haar hoof is. Die verduidelik vir haar hoe hulle sisteem werk en dat hulle alle materiale wat sy nodig het verskaf. Elke maand kom ruil sy haar materiale om vir die volgende maand. Hulle sal haar 'n lys geen van skole waar sy gaan klasse aanbied. Vir eers gaan hulle vir haar nie so baie gee nie, maar dit sal meer raak met die tyd. Kendra doen die les en die vrou is baie tevrede.

"Jy het sowaar 'n natuurlike aanleg. Dit is baie duidelik dat jy 'n passie het vir kinders. Die hulpmiddels wat jy gebruik het om die les interessant te maak is ook baie goed. Jy is gereed om te begin. Jou eerste klas sal ek vir Woensdag skeduleer. Daarna kan jy self vooruit voorberei volgens die skedule. Kom ons handel jou kontrak af, dat ek jou 'n afskrif daarvan kan gee."

"Baie dankie, mevrou Grellmann, ek waardeer jou hulp vreeslik. Ek gee werklik nie om as u my een of meer lesse 'n dag wil gee nie."

"Dit is goed om te weet, ek sal soos die navrae inkom vir jou meer lesse gee. Die ander is al redelik vol en is soms nie gewillig nie."

Met 'n getekende kontrak in haar hand verlaat sy die vrou se kantoor. Haar hart juig vir die goedheid en guns van haar Vader. Nou is sy opgewonde oor haar eerste klassie – dit gaan net ses kindertjies wees, en dit is wonderlik. Dan kan sy aan almal genoeg aandag gee.

Wanneer sy haar selfoon kyk, sien sy dat Werner haar 'n hele paar maal probeer bel het. Sy skakel hom terug voor sy moet vertrek om Kari te gaan optel.

"Is daar fout iewers, hoekom soek jy my so dringend?"

"Jy is al van voor ek wakker geword het weg, my vrou. Ek het my doodbekommer oor jou. Waar is jy?"

"Ek het pas by die kantore uitgestap nadat ek my proefles gedoen en my kontrak geteken het. Nou gaan ek vir Kari optel by die skool."

"Hoekom wou jy nie gisteraand by my slaap nie?"

"Omdat ek nie meer lus is vir jou onredelike optrede nie. Jy val die mense wat jy moet beskerm aan. Dit om 'n vreemde vrou te beskerm. Verder bevraagteken jy alles wat ek doen, terwyl dit die goed is waaraan jy jouself skuldig gemaak het. Ek sal nie meer daarvoor staan nie, dit kan jy vir seker weet. Ek is jou vrou en het jou nog altyd net ondersteun en op die hande gedra. Ek is nie jou vloerlap nie en gaan dit ook nie nou raak nie. Ek sal elke aand in die spaarkamer slaap, sonder dat Kari dit agter kom. Wanneer jy besef dat jy ons met respek moet behandel sal dinge eers weer terugkeer na normaal."

"Ek is jammer my vrou, ek is werklik jammer. Ek mis jou, ek kon nie vannag slaap nie. Moet my asseblief nie wegstoot nie, jy weet tog in jou hart dat ek lief is vir jou. Daar is geen ander vrou soos jy nie. Kyk wat het jy al bereik. Ek is trots op jou. Kom net huis toe."

"Waarheen anders sal ek gaan. Ek gaan net van nou af baie minder by die huis wees, berei jou daarop voor. Ek het elke dag klas, en dit gaan meer word met die tyd."

"As dit jou gelukkig maak, is dit reg. Ek wil jou net saans by my hê."

Kendra koop nie heeltemal Werner se storie nie. Teveel het sy al hierdie rympies gehoor en elke keer word sy teleurgestel. Sy sal maar katvoet loop om haarself te beskerm.

Vir die volgende maand koer en kloek Werner om haar wanneer sy by die huis is. Sy gaan steeds uit haar pad om te sorg dat hy elke dag ordentlike kos het en haar huis skoon en aan die kant bly. Die lesse geniet sy baie en het ook al 'n paar aanlyn klasse bygekry.

Kendra se selfbeeld groei ook omdat sy voel sy maak ook 'n bydrae tot die huishouding en hoef nie in Werner se oë te kyk vir elke sent nie. Haar droëwors en tuisgebak het nie veel ingebring nie, maar hierdie is anders en dit groei.

Vader, ek besef te goed dat U ons voorsiener is, maar Werner besef dit nie. Vir soveel jare bid ek al vir hom. Ek weet U wag vir hom, maar hy wil nie daardie besluit neem om sy hart vir Jesus te gee nie. Hy is te verknog aan die wêreld se siek waardes. Help my om U liefde te bly leef en gehoorsaam te wees aan U al is dit ook hoe moeilik.

Naweke gaan hulle saam kamp toe sonder dat Werner ander mense saamnooi. Hy en Kari kom nog steeds nie goed oor die weg nie. Hy bly haar kritiseer en sy is ook nie so goedgelowig soos haar Mamma nie. Sy glo dus nie dat hy werklik verander het nie.

Die oorlog-stilstand duur ongelukkig nie vir baie lank nie. Een middag as Kendra van haar klasse af by die huis kom, is die donderweer duidelik op Werner se gesig.

"Waar was jy die hele dag, Kendra?"

"My man ek het klas gegee by verskillende skole. Ek het vandag drie skole gehad en hulle was nogal ver uitmekaar uit. Dit het tyd geneem om van skool tot skool te kom. Dit is hoekom ek nie tussenin kon huis toe kom nie. Ek het jou mos gisteraand vertel dat ek nie tussenin sal kan huis toe kom nie, onthou jy nie?"

"Dit maak nie saak of ek onthou of nie, wanneer gaan jy vir jou 'n regte werk kry waar jy 'n ordentlike salaris kan verdien?"

"Wat bedoel jy, ek het mos 'n regte werk! Daarby kry ek nog klasse by en het vandag weer 'n aanlynklas bygekry."

"Hierdie is net 'n stokperdjie waar jy juffrou-juffrou speel en bring nie genoeg geld in nie. Hoekom gaan raak jy nie 'n busdrywer nie, daar is baie Duitse vroue wat busdrywers is."

"Wat op aarde het in jou gevaar, my man? Dit is die werk van 'n man en baie onveilig. Sal jy werklik toelaat dat jou vrou 'n bus bestuur vir al die ure van die dag en nag?"

"Wat is daarmee verkeerd, net solank jy geld kry daarvoor."

"Werner Botha, as jy vir een oomblik dink dat ek 'n busdrywer sal word in hierdie land of enige ander land, slaan jy die bal ver mis. Ek het hard gewerk om hierdie kwalifikasie te kry. Die terugvoer van die skole en die ouers is baie goed. Mevrou Grellmann is baie tevrede. Dit is net jy wat dink dit is 'n stokperdjie. Ek hoef nie verder na hierdie onsinnigheid te luister nie, ek het nog nie vandag nat of droog oor my lippe gehad nie."

"Dit is feite, feite dat jy te min geld in hierdie huishouding inbring. Ek is moeg daarvan om te werk. Ek wil een of ander tyd ook my lewe geniet, maar ek moet vir julle sorg."

"So, nou het jy 'n probleem om vir Kari en my te sorg? Wow, en jy wil jou lewe geniet … jy werk wanneer jy wil sonder om een kilometer werk toe te hoef ry. Jy slaap so laat as wat jy wil en hou op wanneer jy wil. Jy hoef nie jou dogter rond te ry nie. As jy met middagete 'n bier wil drink, doen jy dit. As jy wil braai doen jy dit en nooi nog jou vriende ook om saam te kom kuier. Wat is dit dan wat jy anders wil doen om jou lewe te geniet. Dit kom vir my voor asof ek en Kari die remme in jou lewe is."

"Dit is nie wat ek gesê het nie …"

"Is dit nie? Jy het vir jare die hele wêreld vol gereis. In hotelle gebly, plekke gesien, soos 'n jongman geleef en jouself verbeel jy is een. Nou moet jy soos 'n getroude man optree en kry dit nie eers vir 'n paar maande reg voor jy my aanval oor my werk nie. Ek is honger, verskoon my." Sy stap kopskuddend weg.

Ek dink hy het te veel tyd op sy hande om nonsens uit te dink, Vader. Kan jy nou dit glo dat hy dink my werk is net 'n stokperdjie? Laat ek eet voor ek vir Kari moet gaan optel by die skool.

Sy maak vir haar 'n koppie koffie en 'n broodjie en sit net daar langs die eetbank en geniet dit in vrede. Daarna loop sy kamer toe om vir Werner te sê sy gaan vir Kari haal.

"Ek gaan vir Kari haal."

"Nou eers? Dit is reeds al vieruur, sy kan beslis nie meer by die skool wees nie. Waar is sy en waarmee is sy besig?"

"Sy is by die skool, hulle het ekstra klasse gehad omdat hulle Vrydag 'n vakansiedag het. Die onderwysers gaan op een of ander kursus." Sonder om te wag vir sy reaksie, loop sy uit.

Sy sak in haar motor met 'n sug neer. *Ek het sowaar gedink dit gaan die afgelope maande goed met ons. Nou is daar weer onenigheid, heeltemal onnodige onenigheid. Dit is asof hy net nie wil vrede hê nie.*

Kendra besluit om vir die volgende paar minute net van Werner se onredelike optrede en mening te vergeet. Sy wag nie lank by die skool voor Kari kom nie.

"Mamma, sjoe, nou is ek honger en gedaan."

"Middag my pop, ek kan dit glo. Ek het self ook eers na drie by die huis gekom en gou iets gegryp om te eet. Kom ons gaan huis toe dat jy iets kan eet."

"Hoe was Mamma se dag?"

"Dit was goed tot ek by die huis gekom het."

"Wat is by die huis verkeer, vanoggend was alles nog reg."

"Jou pa is weer op die oorlogspad, ek het gee idee hoekom nie. Wees maar net gewaarsku."

"Waaroor?"

"My werk is volgens hom net 'n stokperdjie en ek verdien nie genoeg geld nie."

"Mamma, ek gaan liewer nie hierop reageer nie, want dit is heeltemal belaglik. Voor ek vergeet, die hoof wil Mamma sien oor volgende jaar."

"Goed, wanneer?"

"Môre as Mamma my aflaai sal reg wees."

"Net vir my?"

"Hy sien die ouers, maar ek glo nie Pappa sal tyd hê of belangstel nie. Ek dink dit is beter dat net Mamma saam met my is. Hy is reeds op die oorlogspad, so ek wil hom nie verder ontstel nie."

"Dit is reg so, as jy daarmee gemaklik is." *Dit is net Werner se eie skuld dat sy kind hom nie by haar lewe nou wil betrek nie. Buiten al die jare wat hy net sy beloftes keer op keer aan haar verbreek het, kritiseer hy haar die laaste maande vandat hy by die huis is aanhoudend.*

Haar kind is byna sestien en dit help nie sy probeer haar om die bos lei oor Werner nie. Sy hoef wel nie die fynere besonderhede van hulle gevegte te weet nie, maar die dinge wat haar aangaan is sy self groot genoeg om raak te sien.

Kari gaan dadelik na Werner om hom te groet, sy wil nie verder moeilikheid maak vir haar Mamma nie.

"Middag Pappa." Sy stap nader waar hy voor sy skootrekenaar sit en wil hom 'n drukkie gee. Hy draai egter in sy stoel om en kyk na haar met 'n frons tussen sy wenkbroue.

"Watse geskoolganery is dit kamma tot vier uur in die middag? As ek agterkom dat jy en jou ma vir my lieg is daar moeilikheid." Kari is geskok.

"Pappa, kan ek vir Pappa die hoof se nommer gee, dan kan Pappa self uitvind of ons vir Pappa jok."

"Moet jou nie met my kom slim hou nie, Juffroutjie! Ek waarsku jou net, as jy jou met nonsens besighou sal jy met my verkeerde kant te doen kry."

"Ek belowe Pappa ons het ekstra klasse gehad om op te maak vir Vrydag as die onderwysers na een of ander kongres gaan. Ek probeer werklik nie slim of snaaks wees nie."

"Loop net, jy het gee respek vir groot mense nie en dit is ook jou ma se skuld. Sy het jou hopeloos te veel opgepiep en toegelaat."

Kendra verskyn in die kamerdeur, en haar oë spuug vuur.

"Praat jy so ongeskik met ons dogter? Beskuldig jy haar alweer vals en probeer jy my maak tot 'n leuenaar? Kari, gaan maar, ek weet jy het baie huiswerk." Sy wag dat Kari uit die kamer is.

"Werner, wat de hel is jou probleem met ons? Die kind kom groet jou en al wat jy kan doen is om haar aan te val oor iets wat ek jou reeds verduidelik het. As jou werkmense jou omkrap of jou vriende jou omkrap of jou *girlfriends* jou omkrap, moet dit asseblief nie op my en Kari uithaal nie. Ons is nie jou slaansakke nie."

Hier moet ons wegkom. Ek dink dit is tyd dat Kari en ek weer alleen verdwyn vir 'n naweek. Dit is wat ek sal doen. Ons het dit nodig. Dit is soos 'n verdomde mallemeule. Net toe ek dink ons is nou op die pad van vrede en Werner is opreg, toe ontplof die bom weer in my gesig. Selfs Kari het vooraf geweet dit gaan nie lank hou nie.

Die atmosfeer met ete is so dik jy kan dit met 'n mens sny. Kari help haar om die kombuis op te ruim en Werner gaan dadelik kamer toe. Dit is presies waarop Kendra gereken het.

"My pop gaan stort jy dat jy genoeg rus kan kry. Jy het 'n lang dag gehad. Ek gaan nog 'n paar goed hier in die kombuis doen."

"Reg, Mamma. Lekker slaap. Ek is lief vir Mamma."

"Ek is ook baie lief vir jou my pop." Hulle druk mekaar styf vas en put troos in die deurmekaar situasie van mekaar.

Kendra begin die koelhouer pak met die kos wat hulle die naweek gaan saamneem. Dit is reeds besig om winter te word, dit is koud snags en sal nie bederf as sy dit in die motor se kattebak los nie. Tevrede dat sy alles gepak het, gaan los sy dit in die motor. Haar en Kari se klere sal sy môreoggend pak terwyl Werner en Kari ontbyt eet.

Sy stort en klim in die bed. Werner draai na haar.

"Waarheen was jy nou-nou?"

"Ek het die vuilgoedsakke gaan uitsit." *Vader vergewe my die leuen.*

"Reg, dan kan jy jouself handig maak en my bietjie bederf vanaand."

"Werner, jy sê my nog net sleg vandat ek by die huis ingestap het vanmiddag. Nou wil jy hê ek moet maak of niks gebeur het nie en my liggaam met jou deel? Dink jy ek is 'n masjien wat net my emosies kan aan en af skakel?"

"Ek het 'n behoefte en jy is my vrou, dit is jou plig om my behoeftes te bevredig ongeag hoe jy voel."

"Dit is nie waar nie! Hoe kan jy so ongevoelig wees? So dit gaan glad nie vir jou oor my welstand of dat jy my lief het nie?"

"Vroumens, jy mors tyd." Hy druk haar plat en trek haar slaapbroek met een ruk uit.

"Werner, moet dit nie doen nie! Asseblief, dit is nie reg nie ..."

"Bly stil vroumens, of wil jy hê daardie dogter van jou moet jou hoor?" Hy wag nie vir haar om tot verhaal te kom nie, maar penetreer haar hard en gevoelloos. Hy verkrag haar totdat hy uitgeput op haar val en haar byna versmoor. Kendra lê en staar soos 'n lewelose pop na die duiwel wat haar liefdevolle man was eens op 'n tyd. Sy het seer en wil net van hom af wegkom. Met bomenslike krag stamp sy hom van haar af weg en strompel na die badkamer. Daar sak sy in 'n bondeltjie inmekaar en huil verwese.

Here, hoe kan hy dit aan my doen? Hoe kan hy so ongevoelig wees en my wat sy vrou is verkrag! Dit is mos nie hoe U bedoel het intimiteit tussen man en vrou moet wees nie. Ek voel so besmet en seer ...

Wanneer sy bedaar het, klim sy onder die stort. Die warm water is verfrissend op haar seer lende. Sy probeer die gebeure van die laaste halfuur uit haar geheue weg was, maar die bitter smaak van walging bly in haar mond en stroom deur haar liggaam. Sy het 'n begeerte om weg te hardloop die nag in ... wat dan van haar kind? Sy trek skoon nagklere aan en verdwyn na die spaarkamer.

Vader, vergewe my, ek kan net nie vannag 'n bed met daardie monster deel nie. Ek kan nie.

Slaap bly weg, en in haar kop is daar chaos. Die vernedering, verbitterdheid, walging en seer wil haar verwurg. Haar eie man het haar sonder om sy oë te knip verkrag!

Baie vroeg is staan sy op, want haar liggaam is seer. Miskien sal dit help as sy aan die gang kom. Sy maak ontbyt en gaan weer oor haar lesse vir die dag. Net na ses maak sy vir Kari wakker en daarna roep sy vir Werner. Haar hele liggaam is een bol vrees.

"Werner, ontbyt is gereed." Sy wag nie vir sy antwoord nie. Sodra Kari en Werner aansit vir ontbyt 'n rukkie later, verdwyn sy in die gang af. Hulle is albei onder die indruk dat sy gou gaan aantrek. Dit is net deel daarvan. Sy gooi 'n paar kledingstukke in 'n klein naweek sak en gaan dan na Kari se kamer om vir haar ook 'n paar goed in die sak te prop. Sy los dit op Kari se bed met 'n notatjie 'hierdie is jou sportsak'.

Daarna skink sy vir haar koffie in en gaan sit op die punt van die tafel waar sy altyd sit om haar koffie te geniet. Sy moet haarself behoorlik dwing om dit afgesluk te kry so walg die blote feit haar dat Werner in dieselfde vertrek as sy is.

Kari het toe sy aan tafel kom sit, reeds aangevoel dat dinge glad nie reg is in die huis vanoggend nie. Nog baie meer deurmekaar as gisteraand. Sy eet in stilte haar ontbyt.

"Verskoon my asseblief, Pappa. Ek moet nog gaan seker maak dat ek alles het vir vandag."

"Ja!" blaf hy.

"Julle het mos sport vandag, my pop. Ek moet jou dan seker eers na vier kom optel?" Kari snap dadelik as sy na haar ma se gesig kyk.

"Ja, dit is heeltemal reg. Ons het swem en binnenshuis se hokkie vandag." Sy loop na haar kamer en merk dadelik die sak met die nota en weet dit is waaroor dit gaan. Haar Mamma sal wel verduidelik as hulle skool toe ry. Werner sit nog by die tafel as hulle na die deur loop.

"Ek het vandag drie klasse aan die anderkant van die stad. Ons sal dus eers na vier terug wees as ek vir Kari opgetel het," sê sy in die wind.

"Jou stokperdjie hou jou baie besig deesdae ..." praat Werner met 'n toe deur. Sodra hulle vertrek het, kyk Kari vraend na haar.

"Jy en ek gaan na skool kamp toe. Jy het mos nie môre skool nie en ek dink ons albei het die vrede dringend nodig as ons nie wil mal word nie."

"Wat van kos?"

"Dit het ek reeds gisteraand in die kattebak gesit."

"Pappa gaan seker die huis afbreek as hy agterkom ons kom nie huis toe nie."

"Dan moet hy maar ... Kom ons bekommer ons nie daaroor nie. Dit sal hom tyd gee om oor sy onregverdige optrede te dink. Nou konsentreer ons eers net op die afspraak en die dag wat voor is."

"Goeiemôre mevrou Botha, ons het mekaar lanklaas gesien. Kari is so 'n voorbeeldige en skrander kind. Ons het nooit nodig om haar ouers in te roep nie. Vandag moet ons egter praat oor haar finale eksamen wat sy oor drie maande moet aflê."

"Ag, dit is goed om dit te hoor, meneer Hess. Dit is maar hoe sy by die huis ook is, 'n geen probleem kind."

"Kari, jy sal baie hard moet werk vir hierdie eksamen, dit is nogal 'n moeilike een. Dit is hoekom ek u laat inkom het. Dit is baie belangrik dat sy al die ondersteuning emosioneel kry van haar ouers. Is meneer Botha nog so baie uitstedig?"

"Nee, hy werk vir die afgelope maande al van die huis af."

"Ek is bly om dit te hoor, sy sal julle albei se ondersteuning nodig hê." Hy kyk na Kari. Skielik loop daar trane oor haar wange en Kendra merk dit dadelik.

"My kind, wat is nou fout? Hoekom huil jy? Jy weet mos ons sal jou ondersteun."

"Nee! Ek weet Mamma sal my ondersteun. Pappa was nog nooit daar nie. Hy het my nog nooit in enigiets ondersteun nie. Nie eers die afgelope maande wat hy by die huis is nie." Sy huil nou hartverskeurend. Die skoolhoof kyk net magteloos na Kendra en die hou vir Kari in haar arms en troos haar.

"Dit is *okay*, jy het sover gekom. Deur hierdie eksamen sal ons twee ook saam kom. Ek weet sommer jy gaan goed doen en dan gaan jy volgende jaar leer."

"Ja, sodra haar punte uitkom sal ons haar help om 'n firma te identifiseer wat haar sal borg en by wie sy na haar studies se voltooiing en ook vakansietye sal werk. Dit gee die kinders wonderlike praktiese ondervinding. Sy wil mos in die ontwerp en tegnologie rigting gaan?"

"Ja, haar eerste keuse was altyd mode-ontwerp, maar sy het intussen besef dat dit nie 'n rigting is wat so groot op aanvraag is soos ontwerp en tegnologie nie."

"Dit is 'n wyse besluit en in ons land sowel as ander lande baie op aanvraag. Kari, werk jy net hard, as jy sukkel, kom vra vir hulp. Ek sal jou graag help met jou projekte wat jy sal moet ingee."

"Baie dankie meneer Hess, ons waardeer u hulp opreg."

"Mevrou Kari is een van ons model studente, en ons help haar graag. Dan is dit afgehandel."

"Dankie, meneer. As daar enigiets is, laat my gerus weet."

"Mooi naweek mevrou Botha, ons klomp gaan knap eers weer die naweek ons onderrig metodes op."

Kari stap saam met Kendra na haar motor.

"Ek sien Mamma net na twee. Dankie dat Mamma altyd daar is vir my en my altyd ondersteun. Ek waardeer dit opreg. Ek weet met Mamma se ondersteuning sal ek hierdie finale eksamen deurkom."

"Dit my kind is net 'n plesier en 'n ouer se plig. Sien jou bietjie later."

Kendra sien hoe Sven Kari kom haal, en glimlag. Die twee kinders is nog al die jare vriende. Hulle tyd saam raak nou kort. Watter pragtige twee tieners is hulle nie.

Hoofstuk 14

Kari sit dadelik vir hulle vrolike musiek van die sestigs op waarmee sy lekker kan saamsing. Kendra kyk na haar en glimlag en kort voor lank sing sy net so lustig saam met haar dogter, al die seer en die aaklige gebeure van gisteraand verban vir nou.

"Dit is mooi musiek hierdie, Mamma. Daar word nie meer sulke musiek gemaak nie."

"Dit is waar. Hierdie musiek is selfs voor my tyd gemaak, en ons luister en geniet dit steeds. Jou maats by die skool sal sekerlik dink jy is 'n *alien* as hulle jou hierdie musiek hoor luister."

"Dit kan Mamma weer sê. Selfs Sven hou van *Rock* en *Metal*. Dit klink vir my net soos 'n vreeslike geskree en geraas. Hy hou darem ook van klassieke musiek, iets wat hy by sy oorlede moeder geleer het en vir hom baie kosbaar is."

"Dit is goed om te hoor. Klassieke musiek is so pragtig en strelend. Oor die naweek – omdat dit winter is en ons nie eintlik sal kan swem nie, het ek gedink ons kan môre bietjie rondry en die omgewing verken. Ons het al 'n hele tyd die kampplek maar het nog nooit regtig rondgery daar nie."

"Dit klink vir my na 'n blink plan."

"Verder dink ek ook nie dit is nodig dat ons jou karavaan oopmaak nie, jy kan sommer by my op die dubbelbed slaap. Dan het ons minder linne wat weer gewas moet word."

"Jippee, ek kan by my Mamma slaap. Dit gaan lekker wees."

Wanneer hulle by die kamp kom, pak hulle saam al die kosgoed af. Kendra skakel die groot verwarmer aan. Dit is bitterlik koud. Daarna bederf sy hulle elk met 'n groot beker warm sjokolade en koekies.

"Dit is nou lekker!" reageer Kari as sy dadelik haar hande om die warm beker vou.

"Ja, ons kan speletjies speel en vroeg in die bed klim en lees. Wat dink jy daarvan?"

"Hemels, Mamma, hemels."

Teen vier uur raak dit donker en hulle glip albei deur die stort. Daarna in hul slaapklere en in die bed. Daar is hulle albei vinnig snoesig. Kendra het haar elektriese kombers gebring en aangeskakel. Vir 'n rukkie gesels hulle oor allerhande dinge voor hulle elkeen 'n boek neem en begin lees. Tevrede en gelukkig.

Vader, dankie vir die bederf van hierdie plek weg van Werner. Ek kan hom net nie op hierdie stadium voor my gesig verdra nie. Nie na wat hy gisteraand aan my gedoen het nie. Wys my die weg, wys my wat U wil hê ek moet doen, asseblief!

In Rahlstedt besef Werner dat sy vrou en kind al lankal tuis moes wees. Dit is al byna ses uur. Tot nou toe het hy hom besig gehou met sy eie onderduimse bedrywighede, maar nou raak hy vervelig en honger.

"Waar is Kendra en Kari? Ek hoop nie hulle dink ek sal hulle glo dat dit weet een of ander skoolbedrywigheid is wat hulle so laat uit hou nie. Kom ek bel haar."

The number you have dialed is currently not reachable!

"Snert man! Hoe kan sy nie bereikbaar wees nie?" Hy skakel nog 'n paar maal. Keer op keer kry hy dieselfde antwoord. Hy is verward en weet nie of hy bekommerd of woedend moet wees nie. Hy loop na die yskas en haal vir hom 'n bier uit. Dan gaan plak hy hom voor die TV in die sitkamer neer. Sy brein werk oortyd.

Wat gaan aan? Waar kan hulle wees? Was hulle dalk in 'n ongeluk? Nee, dan sou iemand my al geskakel het. Kendra

is beslis kwaad oor gisteraand – sy is my vrou en dit is my reg
om te vat wat ek wil hê! Miskien het ek dit nie reg benader
nie ... Was ek verkeerd om te doen wat ek gedoen het? Kom
ek hoor bietjie wat Santa van so 'n scenario sal dink, sy is tog
'n verligte vrou.

Hy stuur dadelik vir Santa 'n WhatsApp en beskryf die gebeure van gisteraand. Hy bring haar onder die indruk dat hy 'n artikel gelees het waar hulle verwys na 'n man wat sy eie vrou verkrag het en nie dink dit is moontlik nie. Dit neem nie lank voor sy reageer nie.

"As daardie man my man was wat so met my gewerk het, was hy 'n dooie man, glo my!"

"Werklik! Hoekom voel jy so daaroor?"

"Wat vra jy nog ... dit is barbaars en moet 'n ontsettende vernedering vir 'n vrou wees, of dit nou haar man of 'n vreemde man is wat dit doen."

"Ek verstaan. Lekker aand verder."

"Hoekom vra jy my en nie vir Kendra nie?"

"Omdat ons mekaar beter oor sulke goed verstaan. Tog weet ek Kendra se antwoord sou presies gewees het soos joune."

Santa se antwoord het hom aan die dink. Hy is in groot moeilikheid, dit is hoekom Kendra en Kari nog nie tuis is nie. Vroumense is net vol nonsens.

Waar sal hulle wees? Dit is winter, kamp toe kan hulle nie
gaan nie. Daar sal hulle verkluim. Waar ander sal hulle wees?
Ek gaan vir Raymond vra om my daarheen te neem môre. As
hulle dan nie daar is nie, kom ek net weer terug. Dit is 'n
gemors dat ons net een stel sleutels vir die kamp het.

Sy selfsug neem oor en hy is omgekrap omdat Kendra net so kan verdwyn sonder om 'n woord te sê. Hy sien steeds nie in dat hy verkeerd gehandel het nie.

Die volgende oggend is Kendra en Kari vroeg wakker omdat hulle so vroeg gaan slaap het.

"Kom ons maak reg en gaan eet iewers ontbyt. Ons moet darem die koffiekroegies en restaurante ook verken?"

"Beslis moet ons."

"Trek vir jou warm aan my pop, ek het gisteraand gesien hulle voorspel dat dit dalk gaan sneeu vandag."

'n Halfuur later klim hulle in die motor, albei gestewel en gespoor soos die oumense gesê het. Knus aangetrek dat waarlik net hulle gesigte sigbaar is.

Tien kilometer verder is die dorp Lokstedt, en daar vind hulle Kleines Hofcafé. Die atmosfeer is verwelkomend met 'n houtvuur wat in die haard brand en die vertrek heerlik verwarm.

"Ah! Dit is heerlik warm hier binne, Mamma. Ek dink ons het die regte plek gekies."

"Ek dink ook so, kyk net na die heerlike tuisgebakte kaaskoeke."

"Gaan Mamma kaaskoek vir ontbyt geniet?"

"Darem nie, ek gaan eers 'n heerlike warm ontbyt geniet en daarna kaaskoek vir nagereg. Wie het gesê mens kan nie nagereg met ontbyt geniet nie." Kari lag vir haar moeder se spitsvondigheid. Dit is vir haar wonderlik om saam met haar mamma ding te doen. Hulle het 'n baie hegte band. *Sy skel of baklei nooit met my nie. Selfs as sy my reghelp sal sy dit op so 'n manier doen dat ek wil luister. Nie soos Pappa wat altyd onregverdig is en nooit wil luister nie. Hy is seker woedend omdat hy nie weet waar ons is nie. Die rustigheid sonder hom is net hemels.*

"As jy skielik so stil is, my blom?"

"Niks nie, ek geniet net die heerlike atmosfeer en is bly dat ek dit met Mamma kan deel. Baie dankie."

"Dit is altyd 'n plesier om saam met jou te wees, my pop. Ons sal lekker rus die naweek. Volgende week is dit weer skouer aan die wiel vir jou met jou voorbereiding vir daardie eksamen. My klasse raak ook elke week meer. Ek kla glad nie, ek geniet die kinders baie."

"Ek is trots op Mamma. Om so van skool tot skool te gaan is wel baie ryery, maar ek dink dit maak dit baie meer interessant."

"Dit is beslis so. Ek dink nie om elke dag jaar in en jaar uit voor dieselfde kinders te staan en klasgee sal dit vir my doen nie."

Dit is net na tien as Raymond en Werner by die kampplek opdaag. Hy kan sien dat daar onlangs 'n voertuig parkeer was.

"Dit lyk nie of hulle hier is nie, Werner."

"Nee, maar hier is wel vars spore. Miskien is hulle net gou winkel toe vir iets. Kan ons 'n rukkie wag asseblief?"

"Ja, dit is reg. Hoekom bel jy haar nie en vind uit nie?"

"My selfoon se battery is pap. Ek weet nie hoe ek dit reg gekry het nie." Hy wil nie aan sy vriend erken dat sy vrou haar foon afgesit het en tien teen een nie gekry wil word deur hom nie.

Hulle wag vir 'n halfuur, en niemand daag op nie. Werner raak nou baie angstig. Hy kan dit nie waag om hier te bly en dan kom hulle nie weer terug nie.

"Lyk nie of hulle vinnig gaan terugkeer nie."

"Nee, ek wonder of hulle nie besluit het om maar weer huis toe te gaan omdat daar voorspellings is van sneeu vir later nie. Kom ons ry maar terug. Jammer ek het jou tyd gemors."

"Ag dit is niks, ek het niks anders te doen nie. In die winter lees ek net oor naweke."

"Dit is vrek koud, die beste plek is in die huis. Kom laat ons gaan terwyl dit nog nie sneeu nie. Dit is 'n gemors om in die sneeu te bestuur. Nie dat ek sal weet nie, my vrou ry my altyd rond."

"Dan het jy sowaar 'n goeie vrou."

"Ja, ek het." Sy gedagtes en woord kom nie by mekaar uit nie. In sy seksueel oorgestimuleerde brein het dit al geraak waaraan hy alles meet. Daarom meet hy ook sy vrou se lojaliteit aan hom daaraan en voel dat sy net moet ja en amen op al die versoeke. Dit gebeur nie altyd nie omdat hy hom soos 'n buffel gedra en dan glo hy sy is nie goed vir hom nie.

Volgens sy redenasies moet sy haar emosies kan aan en afskakel soos dit hom pas en vir sy genot.

Wanneer hy Raymond gegroet het en alleen na die woonstel gaan, vind hy dat Kendra en Kari nie daar is nie. Nou is hy boos.

"Wat is dit met die vroumens? Waarheen het sy gefoeter met my dogter? Sy sal mooi moet verduidelik as sy haar voete terugsit in hierdie woonstel. Is sy dalk by van ons vriende? Nee, al vriende wat ons saam het is Dean en Santa en na hulle toe sal sy baie beslis nie gaan nie. Wat moet ek met myself aanvang die res van die naweek? Met Dean by die huis, kan Santa nie eers oorkom om my te kom vermaak nie. Ek mis my tyd in China met daardie twee Chinese vroumense. Geen vrae nie, hulle wou my net die hele dag plesier. Dit is mos die lewe."

Sy gedagtes begin hardloop hulle eie koers. Hy het die televisie aangeskakel, maar kyk nie regtig nie. Hy is eerder besig om uit te werk hoe hy vir Kendra by sy siek idees gaan betrek kry.

Miskien moet ek hoor wat Dean doen? As ek gelukkig is mag Santa dalk weer iewers in 'n klub kuier en hy verveeld by die huis sit.

"Werner, vrek ou maat maar dit is koud."

"Ja, dit is. Wat maak jy?"

"Santa is nou net hier uit, jy weet mos haar boude juk. Sy is klub toe met twee van haar vriendinne. So nie veel nie."

"Ek is ook alleen, kom drink 'n glühwein hier by my."

"Waar is Kendra en Kari dan?"

"Hulle is weg vir die naweek na een of ander skoolding van Kari. Kom jy?" Hy gaan beslis nie aan Dean vertel wat gebeur het nie, die sal dalk ook soos Santa voel daaroor.

"Dit klink soos 'n plan, ek is nou daar."

'n Halfuur later sit hulle heerlik en glühwein drink by Werner en Kendra se woonstel.

"Pla dit jou regtig nie as jou vrou so na die klubs toe gaan nie?"

"As dit my pla, wat dink jy sal ek daaraan kan doen? Ek aanvaar dit omdat ek haar nie wil verloor nie. Vir een of ander rede is ek lief vir Santa. Ek hou nie daarvan om in drink- en dansplekke rond te staan nie. Voor die aand om is sal ek tien teen een 'n paar Duitsers wou moker."

"Dink jy nie jou vrou verneuk jy met van die Duitser nie – jy weet hoe dit gaan as mense 'n paar drankies in het."

"Ek weet nie. Ek glo nie, want ons het 'n baie gesonde sekslewe."

"Dit is goed om te hoor. Ek het 'n idee en weet nie of jy daarvoor te vinde sal wees nie. Luister net na my. Dan kan ons daaroor praat." Werner trek weg en deel sy idee met Dean. Die luister, maar het baie vrae.

"Dit klink of dit baie opwindend kan wees as dit werk, maar of ons die vroue sal kan oortuig is 'n ander vraag."

"Dit sal ons moet sien. Ek dink ons moet dit probeer. Dit sal dalk makliker wees omdat ons julle al so lank ken. Sal jy met Santa gesels en my laat weet hoe sy daaroor voel."

"Ek sal, soos jy tereg genoem het, sal jou plan my dalk ook baat. Nou is dit net sy wat haar lewe geniet."

Werner sien later vir Dean af, baie in sy skik met hulle kuier. Hy kan skaars sy geluk glo dat hy vir Dean so maklik kan oortuig hieroor. Nou moet hy net met Kendra gesels. *Ek is selfs bereid om haar laakbare gedrag om net te verdwyn te vergewe. As hierdie plan werk, gaan dit heeltyd speeltyd wees.*

Kendra en Kari het 'n wonderlike dag saam geniet. Hulle is deur die sneeu teruggejaag kamp toe. Kendra sien dadelik dat daar 'n tweede voertuig by die kampplek was.

"Mamma, sien ek reg, was hier 'n voertuig?"

"Ja, jy sien reg."

"Dink Mamma dit is dalk Pappa wat ons kom soek het?"

"Miskien, maar gelukkig was ons nie hier nie. Teen môre-aand het hy miskien al gaan sit en dink aan hoe hy ons hanteer. Dan kan ek met hom praat as ons terug gaan."

"Wat is dit met hom dat hy altyd met my fout vind?"

"Wie sal dit kan antwoord. Jy is een van die mees voorbeeldige kinders wat daar is. Pligsgetrou en jy werk so hard aan jou sport en akademie. Laat ons nie nou ons verknies oor sulke onaangename dinge nie. Kom ons gaan eet van daardie sop wat ek saamgebring het en klim in die bed, dit is vriesend koud."

Hulle hardloop albei al bibberende in die kombuis gedeelte in. Heel eerste skakel Kendra die verwarmer aan. Terwyl Kari voor dit staan om warm te raak, warm sy die sop op. Kari haal vir hulle borde en die vars brood wat hulle vroeër by 'n tuisnywerheid gekoop het uit.

'n Rukkie later sit hulle voor die verwarmer en geniet hulle sop en brood.

"Dit is heerlik, Mamma. As ek eendag uit die huis moet gaan sal ek jou kos darem vreeslik mis. Jy maak sulke lekker kos."

"Dankie, my liefie. Jy besef dat dit dalk nie meer so lank gaan wees nie. As jy begin leer en dit is deur 'n firma wat ver van ons is, dan sal hulle beslis vir jou 'n woonstel nader aan hulle kry. Ek is net dankbaar dat jy die geleentheid sal hê om te werk en te leer."

"Sjoe, ek het nooit so daaraan gedink nie."

"Gelukkig kan jy al die basiese dinge vir jouself maak. Ek sal sorg dat jy 'n boek het met al die resepte waarvan jy so baie hou. Net soos wanneer jy koekbak, volg jy net die instruksies. Voor jy weet sal jy jou eie kos kan maak en smake kan aanpas soos jy daarvan hou."

"Mamma laat dit so maklik klink. Gelukkig is daar selfone en WhatsApp. Gaan ons nou stort? Ek dink die bed is die beste plek."

"Jy is heeltemal reg. Gaan stort jy terwyl ek die paar goed was en opruim. Ek sien jou binnekort in die karavaan."

My arme kind is bekommerd oor haar pa se reaksie oor ons wat net verdwyn het. Ek kan haar ook nie kwalik neem nie. Al wat sy ken is dat hy haar die laaste maande verskree vir geen rede nie. Voorwaar ek sal hom te lyf gaan as hy dit weer waag om my kind so te verskree. Vader, kan hy nie net weer weg van die huis af begin werk nie. Dit was moeilik, maar niks in vergelyking met sy buie en onregverdige optrede teen ons nie.

Hoofstuk 15

Sondagoggend besef Kendra dat sy sal moet huis toe gaan so gou moontlik, want nog sneeu word vir die dag voorspel. Môre moet Kari weer by die skool wees en sy het klasse wat sy nie kan mis nie.

"Ons sal moet teruggaan, netnou sneeu ons hier vas. Ons het nie genoeg kos as dit sou gebeur nie. Verder kan jy nie nou een dag se skool mis nie, my pop."

"Ek verstaan dit, Mamma. Kom ek help pak, dan gaan ons maar terug na Pappa wat soos 'n beer met 'n seervoet is. Hopelik is hy beter na die naweek alleen, of dalk woedende vir ons."

"Moet jy jou nie daaroor bekommer nie, my pop. Ek sal verantwoordelik vat, want dit is my besluit. As hy eerlik met homself was die naweek, sal hy dankbaar wees dat ons terug is."

Werner het sy strategie mooi uitgewerk om te kry wat hy wil hê van Kendra. Hy is bereid om haar te vergewe vir die naweek, sodat sy groter plan kan uitwerk.

Kendra berei haar die hele pad voor vir die oorlog as hulle by die huis kom. Wanneer hulle by die parkering indraai, is sy reg vir wat ook al Werner haar kan toe gooi.

"My pop, neem jy ons sak. Ek sal die mandjie met die orige kos neem. Kom ons gaan." In die hyser druk sy Kari se hand om haar te bemoedig. Haar kind is 'n senuweebol. Sy voel aan die deur, en dit is oop.

"Kendra, Kari is dit julle?" vra Werner van die sitkamer.

"Dit is ons, ja." Werner is dadelik by en gryp hulle albei om hul middel en druk hulle vas.

"Ek is so dankbaar dat julle veilig is. Ek het my dood-bekommer oor julle. Daar was niks wat ek kon doen behalwe hoop dat julle veilig sal wees in hierdie gure weer nie."

"Hallo Pappa. Ons is heeltemal *okay*. Pappa weet mos ons was by die kamp. Ons het die spore gesien."

"Het julle. Ek het Raymond gevra om my te neem. Kendra jy het seker jou foon se laaier by die huis vergeet. Dit was die hele tyd af. Ek was byna van my verstand af." Kendra antwoord hom nie daarop nie. Hierdie hele verwelkoming voel net nie vir haar eg nie. Verder wil sy nie eers hê hy moet aan haar raak nie.

"Ons is heeltemal gesond en veilig. Ons het net 'n wegbreek nodig gehad van die normale gejaag. 'n Moeder-en-dogter naweek. Een wat ons baie goed gedoen het."

"Ek verstaan dit mos. Jy moes my net vooraf daarvan gesê het my liefste. Jy weet dat ek julle alles in die lewe gun. Ek het julle geweldig gemis. Kom, ek maak vir julle koffie. Dit was sekerlik 'n moeilike pad met die sneeu."

Kendra en Kari sluk albei byna hulle tonge in van verbasing. Werner Botha gaan vir iemand koffie maak?

Die hele dag totdat hulle gaan slaap sit Werner nie een voet verkeerd of sê een woord verkeerd nie.

Wanneer Kari nag gesê het en na haar kamer gaan. Gaan sit hy styf teen Kendra.

"My vrou, ek is ontsettend, ontsettend jammer oor wat Donderdagaand gebeur het. Ek weet nie wat in my gevaar het nie. Ek haat myself vir wat ek aan jou gedoen het. Jy is my hele lewe ... sonder jou sal ek nie 'n dag kan leef nie." Kendra luister en wonder by haarself of sy hom hierdie keer kan glo. Soveel kere het hy haar al teleurgestel en agterna belowe. Is dit hierdie keer opreg?

"Ek wil nie daaroor praat nie, want ek dink nie jy besef wat dit aan 'n vrou doen om so behandel te word nie. Kan ek jou hierdie keer glo, Werner, of is dit net weer leë beloftes wat net vir 'n paar dae hou? Ons dogter het nog 'n paar maande in hierdie huis oor voor sy begin leer en werk. Nooit weer sal ek toelaat dat jy haar so behandel of sulke valse beskuldigings teen haar inbring nie. Dit moet jy weet. Verder is ek nie 'n robot wat net my emosies kan aan en afskakel soos dit jou pas nie. Ek belowe jou, as jy ooit in jou hele lewe weer doen aan my wat jy Donderdagnag gedoen het, vermoor ek jou in jou slaap ongeag hoe lief ek vir jou is."

"My vrou, ek weet jy bedoel dit nie. Ek is werklik baie, baie jammer. Gee ons nog 'n kans. Ek sal geduldig met jou wees."

"Kom ons kyk of dit hierdie keer sal langer as 'n paar dae hou."

"Dit sal, ek is werklik lief vir julle. Julle is my hele wêreld."

"Miskien moet jy vir jou baas vra of jy nie weer kan uitgeplaas word nie. Dit het beter gewerk, al was dit hoe hard om alleen oor die weg te kom. Ons het ten minste die tye wat ons saam was beter oor die weg gekom."

"Nee, ek wil nie weer weg van julle wees nie. Ek belowe dit sal van nou af beter gaan. Wat het jy bedoel dat Kari nog net 'n paar maande in die huis gaan wees?"

"Sy skryf haar finale eksamen oor twee maande. Daarna gaan sy vir 'n firma werk wat haar in haar rigting gaan laat leer. Afhangende van waar die firma is, gaan sy dalk moet uit die huis uit gaan. Sy gaan Ontwerp en Tegnologie studeer. Die skool is besig om vir haar 'n firma te soek wat haar studies sal borg en haar as sy klaar geleer het sal aanstel."

"Sy is dan nog net 'n kind?"

"Nee, sy het groot geword sonder dat jy dit agter gekom het."

Die volgende weke sit Werner sy beste voetjie voor soos nog nooit vandat hy haar die eerste maal verneuk het nie. Hy neem haar party maal uit vir ontbyt as sy nie in die oggende klasse het nie. Hy verskree nie meer vir Kari nie. Selfs as hy mense wil nooi vra hy haar eers of dit reg sal wees.

Kendra ontdooi teenoor hom. *Ek is dankbaar dat dit lyk of hy hierdie keer werklik bedoel het wat hy beloof het. Dankie tog Vader.*

"My vrou, hierdie winter raak nou te lank. Kan ek maar vir Dean en Santa nooi vir sop vir Vrydagaand? Ons kan ook bietjie kaart speel."

"Dit is reg. Ek het nou al geleer om Santa se beledigings te ignoreer. Ek wonder net soms wat haar probleem met my is."

"Steur jou nie aan haar nie. Sy is net 'n vervelige huisvrou. Kyk hoe baie goed doen jy. Jy maak wors, koeksister, biltong en melktert om te verkoop en dan gee jy nog Engelse klasse ook. Sy doen waaragtig niks. Dean het tot nou al 'n vrou aangestel om hulle huis skoon te maak. Sy het nie eers kinders om na om te sien nie."

"Wat sy doen of nie doen nie, is van geen belang vir my nie. Dit is jou vriende, en daarom sal ek hulle vriendelik behandel. Dean het my nog nooit skade gedoen nie. Ek hoop net nie sy kom vertroebel nou weer ons vrede en verhouding waaraan ons so hard werk nie."

"Nee, ek sal dit nie toelaat nie, my vrou. Ek sal haar op haar plek sit as sy haar nie gedra nie." Werner kontak vir Dean en verduidelik hom mooi dat as hulle wil hê dat hulle planne vorentoe moet werk beter hy vir Santa die leviete voorlees om haar te gedra Vrydagaand.

"Glo my sy sal haar gedra. Ek dink jy was reg oor haar wat die kat in die donker knyp, sy het vreeslik vinnig ingestem tot ons plan. Ek maak nie 'n bohaai nie, want ek is van plan om nou my deel van die pret ook te hê. Nou moet ons net vir Kendra op dieselfde bladsy kry as wat ons almal is, anders sal dit nie werk nie."

"Ons drie sal moet saam werk, sy moet gemaklik voel, anders kan jy maar weet sy sal nie inval by ons planne nie en dan verloor ons almal," bevestig Werner.

Kendra sien nie werklik uit na Vrydagaand nie, tog probeer sy dit maar weer vir Werner se onthalwe. Hy hou van mense en kry nie meer baie die geleentheid om te kuier tussen mense nie. Kari het reeds genoem dat sy liewer in haar kamer sal bly en leer of dalk 'n fliek kyk op haar skootrekenaar.

Saam met al haar werk, kook Kendra die sop voor die tyd en besluit om Vrydagmiddag 'n vars brood daarby te bak.

"Genugtig my vrou, dit ruik vreeslik lekker. Wat bak jy?" vra Werner belangstellend.

"Ek bak 'n brood vir saam met die sop."

"My flukse vrou. Dit gaan vorentoe smaak. Ek gaan vir ons glühwein ook maak. Hierdie winter is darem net te erg. Jy drink dit gelukkig ook."

"'n Glasie sal sekerlik nie skade doen nie, siende dat dit te koud is vir witwyn." Werner is saam met haar in die kombuis doenig. Iets wat sy nie ken nie. Voorheen sou hy net vir haar gevra het om te sorg dat daar glühwein is.

"Wanneer het jy geleer glühwein maak, my man?"

"Heel gedwonge toe ek nog rond gewerk het. Die ander lande waarin ek gewerk het, het baie maal nie geweet wat glühwein is nie. Toe het ek een winter dit gemaak en daarvandaan was dit instelling dat ek dit moes maak as ek in die winter in Amerika of Engeland of een van die Afrika lande gewerk het."

"Goed vir jou." *Ek wonder hoeveel dinge is daar van my man wat ek nie weet nie? Vir jare was hy meer weg as by die huis. Los dit net Kendra, hy is nou by die huis en die afgelope byna twee maande gaan dit goed.*

Vrydagaand is Werner die een wat die deur gaan oopmaak as die klokkie lui. Kendra kom eers uit die kombuis as sy hoor dit is wel Dean en Santa. Sy is baie verbaas toe Santa haar nie self om Werner drapeer nie.

"Werner, dit is lekker om jou te sien," groet sy maar druk hom nie eers nie.

"Dean en Santa, welkom by ons. Dit is darem verdeksels koud hierdie jaar," groet Werner. Hulle sien vir Kendra en groet haar ook dadelik heel normaal.

"Kendra, baie dankie vir die uitnodiging. Ek is mal oor jou lekker sop, en ons het mekaar lanklaas gesien," groet Santa. Kendra is stom geslaan.

"Naand, Kendra, goed om jou te sien. Wat ruik so lekker?" vra Dean.

"Naand Dean en Santa. Welkom by ons. Ek is besig om gou 'n brood te bak om saam met die sop te eet."

"Genugtig, jy bederf ons vreeslik. Wanneer laas het ek varsgebakte brood geëet?"

"Santa, my vrou se hande staan mos vir niks verkeerd nie," spog Werner.

"Ja, Dean vertel my hoe goed jy doen met die Engelse klasse en dit met sulke jong kindertjies. Ek dink nie ek sal dit kan doen nie."

"Santa, ek geniet dit baie. Die kinders is baie oulik. Julle kan gerus in die sitkamer gaan sit, ek is nou daar. Die brood moet byna uitkom."

"Ek gaan vir ons glühwein skink. Daarna sal ek onder jou voete uitkom en kan jy rustig klaar maak my vrou. Ons sal vir jou wag voor ons begin speel."

"Julle sal moet wag, want ek gaan by Kendra in die kombuis gesels tot ons gaan kaart speel."

Kendra voel asof sy op 'n ander planeet geland het want hierdie vriendelike vrou ken sy glad nie. Sy is net gewoond om onder haar skerp mond deur te loop. *Vader, U kan enigiemand verander, laat ek nie bevooroordeeld wees nie. Kyk net hoe het Werner die laaste tyd verander.*

'n Rukkie later sluit hulle by Werner en Dean aan. Werner trek haar styf teen hom aan as sy kom sit.

"Ek dink ons moet nou net ons glühwein geniet, en kan na ete kaart speel as dit reg is met jou my vrou."

"Dit is heeltemal reg. My kos is gereed, so jy kan maar sê wanneer ons moet eet."

"Hoe jy dit reg kry om klas te gee, vir Kari rond te ry en nog altyd betyds te wees met ete as jy gaste kry, verstom my Kendra," gesels Dean.

"Dean, ek hou daarvan om vroeg op te staan en ek vind ek kry baie gedoen as almal nog slaap. Kosmaak is mos nie eintlik werk nie, ek kom uit 'n familie wat lief is vir kosmaak." 'n Rukkie later sit hulle aan vir ete.

"Gaan Kari nie kom eet nie, my vrou?"

"Nee, sy leer. Haar finale eksamen begin oor twee weke. Ek sal later vir haar sop neem om te eet."

"Finale eksamen? Is dit moontlik?" vra Santa verbaas.

"Ja, glo my ek kan dit ook nie glo nie. My dogter begin oor twee maande studeer en werk. Sy gaan Ontwerp en Tegnologie swot," gesels Werner trots. Dit is moeilik vir Kendra om te glo dat almal skielik so normaal en ordentlik is, tog is sy dankbaar.

"Sy was nog altyd so 'n hardwerkende kind. Sy sal goed doen. Voor jy weet is jou dogter getroud, ou maat."

"Dean, sy steur haar gelukkig nie veel aan die seuns nie. Sy lyk dit my verkies haar ma se geselskap bo al haar vriende s'n. Hulle twee is eerder soos susters."

"Jy kan ook niks anders verwag nie, vir so baie jare was hulle die grootste deel van die tyd alleen hier in 'n vreemde land. Kyk net hoe vinnig het hulle albei Duits geleer en ons kan steeds nie die taal praat nie."

Almal geniet die sop en vars brood. Kendra voel soos 'n kunstenaar wat 'n Grammy-toekenning gekry het, almal besing net haar lof.

"Ai nee julle, dit is net sop en brood, enigiemand kan dit maak. Wie het lus vir koffie, ek gaan liewer koffie maak. Julle laat klink dit of ek 'n MasterChef wenner is." Sy loer vinnig by Kari in.

"My pop, kan ek vir jou sop bring?"

"Ek sal later gaan kry, dankie Mamma. Hoe gaan dit daar binne?"

"Vreeslik goed, so goed dat ek voel asof ek op 'n ander planeet geland het. Tannie Santa is so gaaf en vriendelik en besing net my deugde. Pappa en oom Dean lyk of hulle met haar kompeteer om my te komplimenteer. Dit voel werklik vreeslik snaaks."

"Wat? Wat het gebeur dat sy so vriendelik is? Sy het dan nog altyd net vir Mamma beledig."

"Ek het geen idee nie, maar ons moet nie oordeel nie, my blom. Al wat tel is dat daar vrede is."

"Ja, Mamma, tog hoe kan sy so vreeslik verander het? Nou ja, ek is net bly Mamma geniet dit."

"Ek gaan maak koffie, ons gesels later."

Kendra het skaars begin om die bekers reg te sit as Santa met die borde inkom.

"Dit is nie nodig dat jy moet afdek nie, Santa. Ek sal dit doen sodra ons klaar koffie gedrink het."

"Nee, jy het reeds die kos voorberei, ek help graag."

"Dankie, ek sal dit later in die skottelgoedwasser pak."

Die res van die aand verloop aangenaam. Kendra bly voel asof sy een of ander *celebrity* is soos Santa haar behandel. Dit is vir haar heeltemal vreemd. Wanneer sy en Werner in die bed klim, kyk hy na haar.

"My vrou, baie dankie vir al jou moeite vanaand. Dean en Santa kon nie uitgepraat raak oor jou lekker kos nie. Het jy darem jou aand ook geniet?"

"Ja, ek het dankie, my man. Ek is net verstom oor hoe baie Santa verander het. Wanneer het dit gebeur? Sy het nie net 'n bietjie verander nie, sommer baie. Ek het werklik vanaand haar geniet."

"Dit is wonderlike nuus. Sy het baie verander, maar ek is bly. Nou sal mens hulle as dit somer raak meer kan nooi. Dit is eintlik al vriende wat ons het, en hulle is ook soos ons Suid-Afrikaners. Mens kan jou eie taal praat."

"Die wrywing was nie lekker nie, ek hou meer van vrede. Dit is wonderlik."

Werner is hoog in sy skik dat alles so goed uitgewerk het. 'n Hele paar tree in die regte rigting. Die rigting waarvan die eindpunt vir hom baie genot gaan verskaf.

'n Week later skakel Santa vir Kendra en nooi haar om saam met haar te gaan koffie drink en koek eet by 'n Duitse koffiewinkel naby hulle.

"Jy is so besig vriendin, ek wil jou graag bederf. Ek kan nou nie soos jy so lekker bak en kook nie, maar ek wil jou met koek en koffie bederf."

"Santa, dit is gaaf van jou. Ek het Donderdagmiddag twee ure oop, as dit jou sal pas. Ek is mal oor kaaskoek."

"Dit pas my natuurlik. Dan sien ek jou daar."

"Hoe klink dit dan vir my tannie Santa het vir Mamma vir koek en koffie genooi?"

"Jy het reg gehoor, my pop. Ek moet ook nog gewoond raak aan die nuwe tannie Santa."

"Hoekom voel dit nie vir my reg nie. Iemand kan mos nie so radikaal verander sommer net so nie?"

"Ons Vader kan mense verander, my blom."

"Is Mamma seker dat sy ons Vader ken? Vantevore het sy dan so neerhalend van Mamma se geloof gepraat."

"Ons moet haar die voordeel van die twyfel gee. Solank ons opreg is, kan ons net bid dat sy ook opreg is, my pop."

Kari se eksamen begin en dit begin ook somer raak in Duitsland. Wat Kendra aanbetref, nie een enkele dag te vroeg nie. Sy is werklik nie iemand wat hou van koud kry nie.

Vir drie weke sien sy net vir Kari as sy vir haar iets neem om te eet of wegneem skool toe om te gaan skryf. Die kind leer haar dood. Net voor hulle hul laaste vak skryf, kom sy huis toe met 'n uitnodiging.

"Mamma, oom Hartmunt het my genooi om vir 'n week saam met hulle see toe te gaan na die eksamen."

"Wow, dit is wonderlik. Ons sal net by Pappa ook moet hoor wat hy sê."

"Moet ons werklik, Mamma? Hy ken nie vir Sven en oom Hartmunt nie. Miskien sal hy nie wil hê ek moet gaan nie."

"Ek sal met hom praat, moet jou nie bekommer nie."

Daardie aand gesels sy met Werner wanneer hulle in die bed lê.

"My man, Hartmunt, Kari se vriend se pa het haar genooi om saam met hulle see toe te gaan vir 'n week net na die eksamen klaar is. Hy is werklik 'n baie verantwoordelike man en Sven en Kari is al vandat ons in Duitsland gekom het maats. Kan sy maar gaan asseblief?"

"As jy tevrede is dat sy veilig sal wees saam met hulle, dan kan sy gaan my vrou. Sy het baie hard gewerk die afgelope tyd en het beslis die breek nodig." Wat hy nie sê nie is dat dit hom tyd alleen met Kendra gaan gee, en hy het groot planne vir hulle.

Kari is verbaas dat haar pa ingestem het. *Hy het wel vandat ons van die kamp af teruggekom het daardie naweek vreeslik verander. Miskien is ons uiteindelik 'n gelukkige gesin. Ek is baie bly vir Mamma, dan sal ek my nie hoef te bekommer as ek weggaan vir my studies nie.*

Met groot opgewondenheid skryf Kari en Sven hulle laaste vak. Die namiddag help Kendra haar pak.

"Ek is so bly jy kan bietjie weggaan. Gaan oom Hartmunt se vriendin ook saam?"

"Ja, sy gaan. Dit klink my of oom Hartmunt na al die jare iemand gevind het. Sven hou ook baie van haar."

"Dit is goed so, hy het 'n wonderlike taak gemaak daarvan om vir Sven so alleen groot te maak. Nou gaan die ook weg om te gaan studeer. Dit is goed dat hy iemand gevind het."

Die volgende oggend tel Hartmunt haar by die woonstel op en bedank hulle dat sy kan saam gaan.

"Dit is ons wat jou moet bedank. Ons kinders het hard gewerk die afgelope maand," reageer Werner.

"Voorwaar so. Ons laat weet julle as ons daar is. Moet julle nie bekommer oor Kari nie, ons sal baie mooi na haar omsien."

"Dankie, Hartmunt. Veilig ry," groet Kendra.

Wanneer hulle in die woonstel in stap, neem Werner haar in sy arms en soen haar ongewoon hartstogtelik.

"En nou, my man as jy so vurig is so vroeg in die oggend?"

"Ek het uiteindelik my vrou vir 'n hele week vir myself. Wat van 'n vinnige bederf voor jy moet ry na jou klas toe?" Kendra wil nie die vrede versteur wat daar tussen hulle is nie, en stem in. 'n Uur later stort sy weer en maak vinnig gereed om na haar eerste klas te ry.

"Nou sal ek my moet roer, anders is ek laat. Sien jou later, my man."

"Jammer dat jy nou so moet jaag my vrou, maar jy kan nie stry nie, dit was oor en oor die moeite werk. Ek is mal oor jou." Hy soen haar voor sy by die deur uitglip.

Die namiddag wanneer Kendra by die huis kom, wag Werner haar in my koue sjampanje en blomme en 'n kaasbord.

"Sjoe, my man, jy bederf my verskriklik. Het jy self hierdie kaasbord gemaak?"

"Natuurlik het ek. As 'n man sy vrou wil bederf moet hy mos moeite doen. Gaan trek jy vir jou iets ligter aan en kom sit. Ek sal jou bedien. Jy het my al so baie bedien."

Alle wêreld, dit is nou werklik 'n wonderlike verrassing om na huis toe te kom. Ek kan nie glo hoe baie hy in die laaste twee maande verander het nie. Kyk nou net al die moeite wat

*hy gedoen het net vir my. Blomme, sjampanje en 'n kaasbord
wat hy nogal self gemaak het.*

In hul kamer op die bed lê 'n bloedrooi kant rokkie, met
'n bypassende rooi kant boekie daarby.

*My man, jy het sowaar jouself oortref, ek is seker
veronderstel om hierdie aan te trek. Genade maar dit voel
soos ons wittebrood. Hy het my nog nooit in my lewe so bederf
nie. Hoe kon ek op 'n tyd twyfel of hy my werklik lief het.*

Sy verklee in die uiterste seksie uitrusting en gaan dan na
die balkon waar hy op haar wag. Hy gee net een wolwefluit as
hy haar sien aankom.

"Sjoe, my vrou, jy is pragtig. Niemand sal glo dat jy al byna
veertig is nie. Kom hier dat ek jou verleidelike lyf kan vasdruk."

Vir die eerste maal in 'n baie lang tyd voel Kendra weer of
sy spesiaal is vir haar man. Asof sy die enigste vrou is wat hy
begeer. Dit laat haar veilig en bemind voel.

Hulle eerste glas sjampanje was ook nog nie klaar nie,
dan is hulle op pad na hulle kamer. Begeerte vir mekaar dryf
hulle. Eers baie later kom hulle weer by die kaasbord en
sjampanje uit.

Nog 'n warm liefdessessie volg later voor hulle gaan slaap.
Tevrede lê Kendra in haar man se arms en sy voel of dit is
waar sy behoort.

Werner is soos 'n kat wat 'n hele emmer room gesteel het,
baie selfvoldaan. Hy weet sy plan het perfek gewerk. Môre sal
hy met haar gesels. Hy is byna seker sy sal inval by sy plan.

Die volgende oggend slaap hulle laat, ook 'n eerste vir
Kendra. Eers nadat hulle vurig liefde gemaak het, stort hulle
saam soos toe hulle pas getroud was. Daarna neem hy haar
vir ontbyt in die stad. Terug by die huis is dit nie lank voor
Werner weer vir Kendra in haar nek begin soen en kort voor
lank is hulle weer op pad kamer toe.

Na die tyd terwyl hulle nog albei kaal in die bed is, besluit
Werner dit is nou sy kans.

"My liefste, wat 'n wonderlike tyd het ons nie van gisteraand af gehad nie?"

"Ja, ek dink nie eers op ons wittebrood het ons mekaar so geniet nie. Baie dankie vir alles wat jy my mee bederf het, ek waardeer dit opreg."

"Ek is lief vir jou, en wil jou bederf. Dit is net altyd moeilik as Kari hier is. Een van die dae sal sy weg wees kollege toe, dan kan ons meer gereeld dit so geniet. Jy weet dat ek baie, baie lief is vir jou my liefste."

"Ja, ek weet," antwoord sy tevrede.

"Omdat ek so lief is vir jou, wil ek graag iets voorstel wat ons saam kan doen wat ons nog nader aan mekaar gaan bring."

"Laat ek hoor," vra sy nou baie geïnteresseerd.

"Ek het eintlik al baie lank hierdie droom, en dink die tyd is nou reg. Dit was deel van my motivering om van die huis af te begin werk. Dinge het bietjie gesloer, maar nou dink ek ons is albei reg daarvoor. Wat dink jy daarvan dat ons vir Dean en Santa nooi en dan kan ons saam seks hê, ek met jou en ook met Santa en Dean met Santa en ook met jou. Dink net watter groot genot sal dit nie wees nie?"

By die tyd wat Werner klaar gepraat het, staan Kendra langs hulle bed. Sy gryp na haar kamerjas en trek die aan. Haar hele liggaam is in skok. Sy kan nie glo wat haar man so pas voorgestel het asof dit die normaalste ding op aarde is om aan jou vrou voor te stel nie.

"Werner, is jy op dwelms? Wat jy voorstel is absurd! Dit is hoerery en 'n sonde ... Ek sal nooit in my lewe deel daarvan wees nie. Hoe kan jy my vertel hoe lief jy my het en dan kortom voorstel dat jy met 'n ander vrou wil seksueel verkeer en my aan 'n ander man uitveil. Nee, ek sê jou nooit in my lewe nie!" Sy wag nie vir hom om te reageer nie. Sy haal vir haar klere uit die kas en storm in die badkamer in.

"Dan het jy my nie werklik lief nie ... dit is my droom en jy gun dit nie vir my nie!" skree hy agter haar aan.

Sy sluit die deur en draai die stort oop. Onder die stort begin haar lam bene eers weer lewe kry. Haar brein werk oortyd. *Vader, hoe is dit moontlik dat Werner so iets so kalm kan voorstel? Van my kan verwag dat ek intiem met 'n ander man voor hom en die man se vrou moet verkeer terwyl hy met die ander vrou besig is. Dit is mos reg van die duiwel. Hy is sowaar bereid om my aan 'n ander man te gee en nog toe te kyk ook, waar is die liefde en respek dan? Dit is wat prostitute in bordele doen teen betaling ... ek is mos nie 'n prostituut wat my liggaam met enige man moet deel nie. Die huwelik is tog 'n heilige instelling. Blykbaar nie vir hom nie. Vir die laaste maande het hy my sowaar weer verkul, weer om die bos gelei. Hy het my sag gemaak vir hierdie oomblik om die mat onder my voete uit te ruk. Hoe laag en gemeen kan 'n man wees? Dit die man wat ek net gisteraand gedink het ek by geborge en veilig voel. Veilig! Gmf ... nee hy wil net my liggaam gebruik om homself te laat goed voel ... soos in 'n pornografiese video ... Sies dit is walglik!*

Sy voel verneder en gekul. Net toe sy dink haar huwelik is weer veilig op die wenpad, toe ontplof Werner se siek mening in haar gesig en vernietig alle hoop.

Werner lê nog net soos sy hom gelos het. Sy wil nie eers na sy kant toe kyk nie. Hy walg haar. Nou wil sy net wegkom. Sy storm in die gang af.

"Jy kan maar vlug, jy moet weer terugkom, ek sal nie ophou tot jy ingee nie. Anders is hierdie huwelik verby. Dit kan jy maar weet. Ek is moeg van jou verstokte idees oor wat 'n huwelik is. Ek soek opwinding!"

Sy antwoord hom nie, en gryp net haar handsak en motorsleutels. Sy ry blindelings 'n rigting in. Na 'n ruk besef sy, sy is uit die stad. Sy hou egter aan met ry, sy wil so ver as moontlik van Werner Botha af wegkom vir die volgende paar ure. Om kamp toe te gaan sal nie help nie, want daar sal hy haar gaan soek as sy lank genoeg weg bly. Sy ry verby die kamp se afdraai na Lokstedt. Dan sien sy die bord van die restaurant waar Kari en sy in die winter ontbyt geniet het en draai daar in. Alles is groen en mooi daar. Daar is 'n dek wat oor 'n dam uitkyk.

"Guten Tag, meine Dame. Ein Tisch für eine Person?"

"Ja, danke. Bitte draußen?"

"Sicherlich." Die jongman stap voor haar uit na buite en trek vir haar 'n stoel by 'n tafeltjie uit. Daar is baie ander gaste wat die somer weer geniet na die winter.

Sy bestel vir haar 'n Cafe Latte. Dit voel of haar binneste gevries is al is dit somer. Sy probeer haar gedagtes orden, maar die gedreun van almal wat om haar gesels ontstig haar. Nadat sy die drankie klaar gedrink het, stap sy af na die dam en sien aan die oorkant is 'n bankie. Sy stap om die dam en gaan sit op die bankie. Hier is dit stil en rustig. Dit is net haar gemoed en binneste wat kook soos 'n vuurspuwende berg.

Dean en Santa? Is dit hoekom Santa skielik so vriendelik was met my? Was dit al die tyd deel van die plan om my so om die bos te lei dat sy my vriendin is en ek gemaklik moet voel? Die vernedering dat hy ons intieme lewe met hulle bespreek het ... hoe kan hy dit doen? Ek kan nie glo dat Dean hiertoe ingestem het nie, tog moes hy as Werner so maklik hulle name noem. Dit beteken hulle het dit bespreek en saam 'n plan uitgewerk om my in te katrol vir hulle siek plan. Watter tipe mense doen sulke goed? Vader, ek sal van my kop af raak! Het Werner dan al met Santa intiem verkeer? Nee, hoe anders, as sy so maklik instem tot so 'n afstootlike plan. Was Dean by, of weet hy net nie daarvan nie?

Duisende vrae en gebeure van die afgelope maande maal deur haar kop. Sy besef hoe hulle haar goeie hart misbruik het om haar te mislei. Haar te laat glo dat sy hulle kan vertrou en veilig sal voel by hulle. Veral Santa en Werner. *Dean was altyd nog vriendelik met haar. Hy het nie werklik anders opgetree as voorheen nie. Hoekom laat hy dit toe? Hoekom is hy bereid om deel van so iets walgliks te wees. Kendra, het jy vergeet, hy is ook 'n man. Ek het werklik gedink hy is anders. Wat nou, hoe gaan ek weer saam met hulle kan wees sonder om hulle te verag? Waarheen nou, Vader, waarheen nou? U het gehoor wat Werner se dreigement aan my was toe ek uitgestorm het.*

Teleurgesteld en stukkend sit sy daar, terwyl die trane oor haar wange loop sonder ophou.

Werner bel vir Dean sodra hy hoor Kendra maak die deur agter haar toe.

"Werner, het jy met Kendra gepraat en wat was haar reaksie?"

"Ek het, glad nie goed nie. Die een oomblik het sy nog naak in my arm gelê en die volgende oomblik was sy voor die bed besig om haar kamerjas om haar lyf te draai. Sy het gesweer sy sal nooit deel van my siekplanne wees nie."

"Waar is sy nou?"

"Weg, sy het hier uitgestorm, so bleek soos die dood. Ek het agter haar aan geskree dat sy beter dit heroorweeg anders is ons huwelik verby."

"Werklik, Werner? Jy kan dit nie bedoel nie. Jy het haar tog lief en dit is mos nie iets wat jou skade sal doen as jy dit nie kry nie. Sy weier jou mos nie, sy weier net om met 'n ander man intiem te verkeer. Dit moet jy respekteer. Sy is 'n baie goeie vrou."

"Sy doen my natuurlik skade. Ek wil opwinding hê. Ek belowe jou al moet ek haar drank dokter dat sy dit sal doen, ek sal my sin kry. As sy dit eers eenmaal gedoen het, het ek 'n houvas op haar en sal sy dit net vir my moet doen. Kyk jy maar ..."

"Sal jy werklik so gemeen wees om dit aan jou vrou te doen? Dit is regtig verregaande, Werner. Ek dink nie ek wil deel daarvan wees nie. Nie onder sulke omstandighede nie. Ons is die mense wat sy vertrou, hoe kan ons haar so in die rugsteek en dit vir 'n fantasie. Gaan na 'n bordeel toe as jy dan so graag wil opwinding hê."

"Nee, ek wil sien hoe my vrou met 'n ander man seks het ... en ek sal nog, dit belowe ek jou."

Dean is werklik ontstel as hulle die oproep beëindig. Hy WhatsApp *call* dadelik vir Pieter. Hy moet net met iemand praat oor hoe 'n obsessie Werner het en hoe ver hy bereid is om te gaan daarvoor. Hulle drie ken mekaar al jare. Pieter sal verstaan.

"Dean, genugtig, dit is goed om van jou te hoor."

"Pieter. Ek is nou ontsteld en kan my eie jis skop dat ek ingestem het tot so iets."

"Wat is dit, ou maat."

"Dit is Werner met sy siek obsessie ..." Hy vertel vir Pieter van hom en Werner se kuier die middag in die winter en wat Werner se voorstel was. Hoe Santa ingestem het toe hy met haar dit gedeel het en dadelik vreeslik vriendelik met Kendra was. Dan van hoe die bom vanmiddag gebars het en wat Werner se laaste woorde aan hom was.

"Nee, is jy nou ernstig? Is daardie vark van plan om sy vrou te drug dat sy moet in daardie toestand seks met jou hê? Dit is laag en gemeen. Dit verbaas my egter glad nie. Met ons laaste *trip* na China het hy hom die hele tyd wat ons daar was met twee Chinese meisies geniet. Openlik hulle in sy kamer in geneem, saam met hulle ontbyt geëet, na klubs toe gegaan. Hy het die mooiste vrou en sy dra hom op die hande. Hy is 'n vark. Dean jy kan nie deel hiervan wees nie. Julle kan nie vir Kendra so verneder nie."

"Hoe gaan ek Werner keer, hy sal net 'n ander man en vrou soek en dit steeds doen. Is dit dan nie beter as ek liewer instem en daar is om haar te probeer beskerm nie?"

"Jy het 'n punt beet, maar dan moet jy my op jou lewe belowe dat jy haar sal beskerm en nie deel van hierdie siek storie sal wees nie. Hoekom gaan hy nie net na 'n bordeel soos wat hy nog altyd gedoen het op ons trips nie, die vuilgoed!"

"Ek sal my bes doen om haar te beskerm, Pieter, ek belowe jou."

"Wat van jou vrou wat hiertoe ingestem het? Jy kan dit mos ook nie toelaat nie, Dean. Glo my jy gaan julle huwelik verwoes."

"Ek vermoed sy is lankal besig met sulke dinge, toe reken ek dan moet ek maar ook deel wees om haar nie te verloor nie."

"Ou maat, dan het jy haar reeds verloor. 'n Huwelik wat deur ontrou gebreek is, raak nooit weer heel nie, want daardie persoon is nooit weer joune nie. Ek praat uit ondervinding. Ek haat myself vir wat ek aan my vrou en kinders gedoen het. Moenie, moet dit nie doen nie."

"So wat jy sê is dat Santa dan al lankal met Werner ook 'n verhouding het, dit is hoekom sy so gewillig is en ek moet haar los?"

"Ja, watter eerbare vrou sal sommer net met haar huisvriende se man seksueel verkeer voor haar eie man? Nee, daar is iets nie reg nie. Gaan grawe maar 'n bietjie, dan sal jy sien dat hulle jou lankal mislei soos hulle Kendra mislei het. Jy word net gebruik om te kry wat hulle al lankal het sonder dat jy of Kendra daaroor geraas maak."

"Dankie Pieter. Dit is nie lekker om te hoor nie, maar net miskien presies op die regte tyd wat ek dit hoor. Voor ek deel is van die seer van 'n baie goeie vrou waarvoor ek baie respek het."

"My vriend, doen wat jy weet reg is. As ek daar was, het ek sowaar vir Werner Botha die pak van sy lewe gegee."

Pieter weet meteens wat hy moet doen. Vir te lank het hy hierdie inligting vir homself gehou. Dit tyd is nou reg. Voorheen sou dit Kendra se lewe verwoes het, nou sal dit haar help om 'n besluit te maak. Haar lewe is reeds verwoes deur daardie vark.

Hoofstuk 16

Sonder enige ander plek om te gaan, is sy gedwing om terug te gaan huis toe. *Ek het nie 'n keuse nie, ek moet maar net terug gaan na waar daardie seksbehepte duiwel vir my wag. Vader vergewe my en beskerm my. Help my om aan U vas te hou.*

Haar hele liggaam voel of dit verlam is, waar haar hart moet wees is net 'n leë, seer gat. *Hoe is dit leeg en seer op die selfde tyd, Vader. As die leeg is moet ek mos niks kan voel nie. Hoe gaan ek optree. Gaan hy my weer probeer in hierdie gemors in boelie soos hy gemaak het die aand wat hy my verkrag het? Wees my net genadig dat hy dit nie regkry nie, asseblief, asseblief!*

Wanneer sy by die woonstel instap, sien sy Werner sit voor die televisie. Sy ignoreer hom en gaan direk na hulle kamer. Daar kry sy haar toiletware en van haar klere. *Hier kan ek nie slaap nie. Ek kan nie langs 'n monster slaap wat ek nie seker is of hy my weer gaan verkrag nie. Ek kan nie my liggaam verder met so 'n man deel nie. Iemand wat my nie as vrou respekteer of my liggaam respekteer nie. Hy sien dit net as 'n ding wat hy kan uitveil aan ander vir sy genot. Ek sal met Kari moet gesels as sy terugkom. Dit is tyd dat sy moet weet dinge is nie reg nie. Sy is byna sewentien en sal verstaan.*

Sy gaan dadelik stort en dan na die spaarkamer. Sy sluit die deur omdat sy nie veilig voel saam met Werner in een huis nie. *Hoe verander iemand wat jy lief het so? Wanneer het dit gebeur, of was dit nog altyd sy siening? Hoekom het hy nog nooit voorheen daaroor gepraat nie? Dit was dan alles 'n leuen, ons hele huwelik is 'n leuen!*

Sy huil haarself aan die slaap. Later die nag word sy gewek deur 'n harde klop aan die deur.

"Jy kan jouself maar toesluit, jy sal dit nie vir ewig kan doen nie. Ek sê jou, ek sal my sin kry. Jy sal doen soos ek jou sê!" hoor sy Werner se stem buite die deur bulder.

Haar hele liggaam is meteens weer lam van vrees. Sy sit bewend en naar in die donker op die bed. Trane van magteloosheid stroom weer oor haar wang. *Here, help my! Hou my asseblief veilig. U weet ek het nêrens in hierdie land om te gaan nie.*

Kendra skakel die lig aan en neem haar Bybel, dit is al waar sy nou vertroosting kan soek en vind. Duidelik hoor sy die woorde van Psalm 56:4: *'Die dag as ek vrees, sal ék op U vertrou.'*

Sy lees die hele Psalm en voel hoe rustigheid en vrede weer oor haar kom. Minute later slaap sy rustig verder in die wete dat haar Vader met haar is.

Sondagoggend is sy vroeg op en uit. Sy vlug omdat sy nie kans sien om na Werner se dreigemente te luister nie. Daar is kos in die yskas, hy kan homself help. Dit is 'n heerlike sonnige dag en sy soek na 'n mooi park waar sy rustig kan sit en lees.

Dan onthou sy van die Botaniese tuine in Hamburg wat sy al van gehoor het. Sy soek dit op haar foon en skakel die rigtingaanwyser aan. 'n Halfuur later parkeer sy by die besonderse tuine. Dit is massief. Daar is wandelpaadjies, groot bome, pragtige blomme, fonteine wat bydra tot die rustigheid.

Ek dink 'n stappie deur die tuine sal my goed doen. Hier is soveel mooi. Hoor net hoe kuier die voëls in die bome, dit klink behoorlik soos musiek. Sy raak heel opgevang deur die natuurskoon om haar, die prag van bome wat blom en 'n verskeidenheid van blomme in ontelbare kleure. Dit is behoorlik 'n lushof en 'n salwing vir haar gekneusde siel.

Kendra neem nadat sy vir byna 'n uur deur die tuine gestap het, plaas op 'n bankie wat omring word deur pragtige blomme en onder 'n groot skadu boom staan. Hier sit sy vir 'n wyle net en bewonder die blomme. Na 'n rukkie, haal sy haar *kindle* uit haar sak en begin lees. Die vrede wat net haar Vader kan gee het in haar hart kom lê hier in die natuur en sy geniet elke oomblik daarvan. Daar sit sy vir 'n hele paar uur voor sy deur haar maag aangepraat word. *Ek het nog nie eers vandag koffie gedrink nie. Genugtig, dit is glad nie ek nie. Ek moet nou dadelik koffie gaan kry en sommer iets om te eet ook.*

'n Entjie verder is daar 'n restaurant met tafels onder skadubome. Kendra neem by 'n tafel plaas. Gou is die kelner by om haar bestelling te neem. Terwyl sy wag drink sy haar omgewing in. Net neffens die area waar die tafel is, loop daar 'n stroompie en verskeie voël drink daar water en bad lustig.

In hierdie vredige atmosfeer geniet sy haar koffie en slaai wat sy bestel het. Daarna bederf sy haarself met 'n heerlike stuk sjokolade koek vir nagereg. Gevoed na liggaam en siel gaan lees sy weer onder die groot boom. Wanneer sy gewaar dat die mense begin minder word, merk sy dat dit al na vier in die middag is. Dankbaar vir die wonderlike dag wat sy hier kon deurbring, vat sy die pad huis toe aan.

Sy gewaar nie vir Werner in die sitkamer as sy inkom nie, en glip in die kombuis in om vir haar koffie te maak voor sy na haar kamer verdwyn. *Ek gee regtig nie om waar hy is nie. Dit sal my goed pas as hy net wil verdwyn.*

Kendra begin werk aan haar voorbereiding vir haar klasse vir die week. Sy raak so verdiep daarin dat sy haar boeglam skrik as daar later die aand 'n klop aan die deur is. Sy weet dit is Werner, maar hierdie keer praat hy nie.

Sy stap na die deur en sluit dit oop. Sy maak dit net op 'n skrefie oop.

"Wat is die Werner?" vra sy so gelykmatig as moontlik.

"Gaan jy nou vir ewig wegkruip en jouself toesluit, Kendra?"

"Nee, net totdat ek daaroor kan kom dat my man my liggaam wil uitveil aan ander mans vir sy eie genot. Dat my mense wat ek as vriende gesien het en voor goed was saam met hom in die siek speletjie is en al die tyd net met my vriendelik was omdat hulle ook dieselfde siek gedagtes as hy het. Maar kom ek vertel jou sommer nou, dit gaan nie gebeur nie. Nie nou nie, nie ooit nie. Maak daarmee wat jy wil en dreig my nog een maal. Ek vir seker jou jy sal dit berou. Ek is niemand se seksslaaf om uit te deel soos hy wil nie. My liggaam is 'n tempel van God en daarom heilig. Vir net my eie lewensmaat om te geniet, nie vir die wêreld nie. Daarby sal ek staan en val." Sy druk die deur toe en sluit dit weer. Kendra is so ontsteld dat sy bewe.

Haal asem, haal net asem. Moenie dat die man jou so ontstel nie. Dankie Vader dat U my die moed gegee het om hom te vertel dat sy planne nie gaan werk nie. Maak my asseblief rustig. Dit was so 'n wonderlike dag daar in die tuine, nou kom steel die satan weer my vrede.

Die week begin en Kendra is dankbaar dat sy soggens vroeg kan uit wees en eers later die namiddag hoef huis toe te gaan. Sy praat nie met Werner nie en hy is ook van Sondag af vreemd stil, tog pas dit haar goed. Die spreekwoord is nie verniet: stille waters diepe grond, onder draai die duiwel rond nie, want dit is presies hoe dit met Werner gesteld is. Hy is met sy eie bose planne besig.

Woensdag het sy tot laat klasse en kom eers teen ses uur tuis. Wanneer sy instap vind sy Dean en Santa en Werner op die balkon, besig om te braai.

Vir sekondes is sy so geskok deur hulle teenwoordigheid, veral na wat die naweek gebeur het en aan die lig gekom het. Werner het hulle tog sekerlik ingelig. Sy staan in die deur wat na die balkon lei.

"Middag almal," groet sy voor sy vinnig omdraai en kombuis toe gaan. Sy moet nou eers haar hare bymekaar kry. *Hoe kan hulle hier sit asof niks gebeur het nie? Ek is baie seker dit is Werner se manier om aan my te wys dat hy nie van sy plan afgesien het nie en dit op my sal afdwing as hy moet.*

Skielik praat Santa agter haar.

"Vriendin is daar iets fout, hoekom is jy so kortaf met ons?"

"Santa, wat sal nou fout wees? Daar is niks op die hele wye wêreld fout nie. Ek is net baie dors, omdat ek die hele dag klas gegee het en nie tyd gehad het om enigiets te drink nie. Ek is nou daar, ek wil net gemakliker gaan aantrek." Sy kners op haar tande en vra in haar gedagtes haar Vader om haar te vergewe en rustig te hou.

"Dan is dit goed, ek was vir 'n rukkie net bekommerd oor jou."

"Moet jou asseblief nie oor my bekommer nie. Ek is nou daar." Santa draai om en gaan terug na die balkon. Kendra gaan verklee in 'n denim en kortmou hempie wat oorhang. *Kom ek gaan verduur verder hierdie mense se valsheid. Beskerm my asseblief, Vader.*

"Kendra, jy lyk so vrolik in jou helder geel hempie," komplimenteer Dean as sy so ver as moontlik van Werner gaan sit. Hy kyk net na haar met 'n glimlag om sy mond, so asof hy wil sê: Ek sal jou wys!

"Dean, dankie. Die lewe is 'n donker, bose plek, so mens moet maar ophelder waar jy die kans kry."

Werner staan op en gaan na die kombuis. Na 'n rukkie kom hy terug met 'n glas wyn vir Kendra.

"My vrou hier is vir jou wyn." Sy kyk na hom en neem die glas by hom. Die begeerte om hom met die wyn te gooi moet sy sterk onderdruk.

"Dankie ... eintlik het ek glad nie lus vir wyn nie. Noudat jy dit geskink het sal ek dit tog drink."

"Jy drink dan altyd saam met ons 'n glasie wyn, vriendin," koer Santa. Kendra se maag draai by die aanhoor van haar aangeplakte vriendelikheid.

"Santa, soms het mens net nie lus vir iets nie. Kendra is mos nie iemand wat elke dag drink nie," kom Dean weer vir haar op. Sy kan nie pyl of hy opreg is, of ook net voorgee nie. Sy neem 'n slukkie van die wyn en spoeg dit byna weer uit.

"Wat is fout?" vra Werner gemaak bekommerd.

"Dit wyn smaak nie reg nie, ek dink dit het suur geword." Sy plaas die glas terug op die tafel.

"Jy verbeel jou my vrou, ek het die bottel nou net eers oop gemaak," gooi Werner wal.

"In daardie geval is daar seker maar fout met my smaak. Verskoon my asseblief, ek gaan gou die borde en messegoed uithaal."

"Kan ek jou kom help, vriendin?"

"Nee dankie Santa, dit is nie nodig nie." Sy stap kombuis toe, maar besluit om haar mond te gaan uitspoel. Die snaakse smaak bly in haar mond. Daarna gaan sy eers kombuis toe.

"Ek gaan kyk waar Kendra bly, sy is darem nou al 'n rukkie weg," maak hy verskoning.

"Dit is reg, jy sal moet werk vir jou gunsies, ek het mos klaar gesorg dat sy gaan saamwerk met of sonder haar toestemming," lag Werner.

Dean verdwyn by die huis in en vind Kendra in die kombuis waar sy besig is. Hy gaan tot langs haar waar sy by die kombuiskas staan.

"Kendra, ek moet vinnig praat. Dit is baie belangrik. Luister net gou vir my al is jy ook kwaad vir my."

"Wat is dit Dean en hoekom moet ek na 'n verraaier soos jy luister?"

"Werner het jou wyn ge*spike*, as jy nog daarvan drink sal jy later niks onthou nie en hy sal sy sin kry. Ek wil nie daarvan deel wees nie, jy moet my glo. Dit is hoekom ek jou waarsku. Hy dink ek is hier om met jou te kom flankeer."

"Wat! My wyn ge*spike*? Hoe laag en gemeen kan 'n mens wees en dit met jou eie vrou? Dankie dat jy my gewaarsku het, ek waardeer dit opreg, Dean. Gaan nou!" Vir sekondes staan sy net doodstil wanneer Dean uit is. Dan dring die waarheid tot haar deur – Werner is so siek hy sal enigiets doen om sy sin te kry. *Heilige Gees, dankie dat U my gewaarsku het. Dankie dat Dean nog 'n gewete het. Wat sou hulle nie alles met my gedoen het as ek bedwelm was nie? Vader wys my wat nou, wat moet ek nou doen? Hoe moet ek nou optree? Ek wil nie vir Dean in die moeilikheid bring nie.*

Dean het pas die kombuis verlaat as sy foon in sy sak vibreer. Dit is Pieter, hy het hom vroeër laat weet wat Werner se plan vir vanaand is.

"Het jy haar gewaarsku? Ek hoop werklik jy het. Dit is laag en gemeen. Jy kan nie deel daarvan wees nie, Dean!"

"Ja, ek het so pas."

"Goed vir jou, ek is trots dat jy die regte keuse gemaak het."

Hy gaan terug na die balkon.

"Het jy darem enige vordering gemaak, nie dat dit sal nodig wees na nog 'n paar slukke van daardie wyn nie."

"Hier kom sy," waarsku Dean, dankbaar dat hy nie nodig gehad het om te antwoord nie.

Kendra sit die borde en messegoed op die tafel neer en gaan dan sit. Sy moet al haar selfbeheersing inspan om nie vir Werner te lyf te gaan nie en normaal voor te kom. Dan neem sy haar glas en hou dit na Santa uit.

"Santa jy drink mos ook witwyn, proe of hierdie wyn reg is?" Santa neem 'n baie klein slukkie.

"Nee, Kendra, jy verbeel jouself net." Kendra staan op en gooi haar glas se inhoud in Santa se glas.

"In daardie geval kan jy dit maar drink."

"Wat doen jy, Kendra? Het jy nie maniere nie. Hoe kan jy jou wyn in Santa se glas gooi?" Werner is woedend omdat sy plan nie gewerk het nie. Hy spring op en gryp Santa se glas. Storm kombuis toe en gooi vir haar in 'n ander glas wyn.

"Ek kan werklik nie sien wat die probleem hier is nie, jy drink mos ook witwyn, dieselfde as wat in my glas was."

"Kendra, vergeet daarvan. Werner het heeltemal oor reageer. Ons proe dan gereeld aan mekaar se wyn. Ek sou dit rustig gedrink het."

Al drie van hulle weet dat dit nie waar is nie, maar dit besef Santa nie.

"Santa, verskoon my vrou haar swak gedrag, hier is vir jou nuwe wyn."

"Gelukkig weet ek dit is net jy wat dink ek het my swak gedra. Kom ek gaan maak vir my koffie. Geniet julle maar julle wyn." In haar binneste weet sy nie of sy moet lag of huil oor Werner se optrede nie. Dit is baie duidelik dat Dean reg was, dit is hoekom hy so vinnig die glas wyn gaan uitgooi het.

Werner praat van die res van die aand nie met Kendra nie. Sy steur haar nie daaraan nie. Dit help haar om haar woede in toom te hou en verder te wonder hoe Santa so hard kan aanhou met haar voorgee.

Vir die res van die week swyg Kendra oor die inligting wat Dean haar gegee het en haar gered het van Werner se planne. Iewers sal sy dit nog gebruik, dit weet sy goed. Sy bly in die spaarkamer slaap en Werner bly haar dreig.

"Jy kan maar terugtrek na ons kamer toe, dit is my reg as getroude man om met my vrou seksueel te verkeer. Jy mag dit my nie ontneem nie. Dit is jou plig ..." treiter hy haar wanneer hy die kans kry.

"Ek sal niks van die aard doen totdat jy tot jou sinne gekom het en my respekteer nie. Intimiteit tussen man en vrou gebeur natuurlik en uit liefde, dit is nie op siek begeertes baseer nie. Ek kan jou nie dwing om respek vir my en my liggaam te hê nie. Juis daarom sal jy my nie dwing om my liggaam met jou te deel onder jou siek voorwaardes nie."

"Jy sal moet terugtrek na ons kamer toe, Kari kom Sondag terug."

"Wat daarvan? Dink jy ons dogter is sonder 'n brein gebore? Dink jy sy het nie lankal gesien dat dinge nie reg is in hierdie huis nie? Dan is jy voorwaar meer naïef as ek wat geglo het in jou liefde en opregtheid."

Deur die week is Kendra besig en dit gaan op 'n manier, Vrydagaand onttrek sy byna dadelik na haar kamer. Sy is moeg en het nie krag of lus vir Werner se nonsens praatjies nie. *Ek dink ek sal vanaand 'n lekker movie soek om te kyk. Iets wat my moeë siel kan voed.*

Sy begin soek op YouTube na 'n Christelike *movie*. Sy hoor haar foon raas en tel dit op om te kyk of dit nie Kari is nie.

"Pieter! Genade, hoekom sal hy my WhatsApp. Ons was nooit regtig vriende nie." Kendra lees die boodskap onder die video voor sy die oopmaak. 'Ek dink die tyd is reg vir jou om hierdie te sien. Dit het gebeur toe ons in China was. Ek het hom probeer keer, maar kon nie.'

Sy maak die boodskap oop en haar hart ruk in haar borskas as sy die video begin kyk.

"Nee! Nee, jou vuilgoed ... dit is hoekom jy my wil dwing ..." sy spring op en storm by die kamerdeur uit na die badkamer. Van ontsteltenis of walging, sy is nie seker watter een nie, braak sy haar longe uit.

In haar haas om betyds by die toilet uit te kom het sy vergeet om die deur van die badkamer toe te maak. Werner verskyn in die deur. Sy kyk op en sien hom.

"Wat gaan met jou aan? Wat gil jy soos 'n waansinnige?"

Nog 'n sarsie naarheid oorval haar en sy vou weer dubbeld oor die toilet. Sodra sy klaar gebraak het, staan sy op, spoel haar mond uit en gaan staan voor hom.

"Jy, jou vuilgoed het my waansinnig gemaak." Sy glip by hom verby na die kamer, gryp haar selfoon en druk dit in sy gesig.

"Wat is dit die? Sommer twee prostitute ... onbeskaamd het jy saam met hulle geslaap, uitgegaan, selfs gaan ontbyt eet in die oggende. Vir almal om te sien hoe Werner Botha dinge doen. Jou ongevoelige buffel ... dit terwyl ek en jou kind hier sit en wag het dat jy moet terug kom na ons. Dit is waar jy al jou siek idees kry. Jy het geen skaamte of geen ruggraat of enige selfrespek nie!"

"Dit is jou skuld! Net jy is hiervoor te blameer ... Jy met jou vervelige seks. Jy wat nie my kan plesier met nuwe dinge en opwindende seks nie. Ek sou al lankal gevrek het van verveling en frustrasie as ek nie my eie planne gemaak het nie. Toe besluit ek om na jou en Kari se gekerm te luister en huis toe te kom. Alles gelos wat ek geniet het en die vryheid wat ek gehad het. Hier sit en vrek ek elke dag, sien niemand nie en dan wil jy my nie eers die bietjie opwinding gun wat ek van jou vra nie."

"Hoor jy jouself, Werner? Jy is 'n getroude man, met 'n vrou en briljante dogter. Tot haar lewe het jy niks, niks op aarde bygedra nie, want jy was besig om in elke hotel waar jy gebly het jouself met vreemde vroue te vermaak ... Dit is wat jy gekies het bo haar, en bo my. Hoekom het jy met my getrou as jy geweet het jy wil liewer 'n jongman wees en seks hê met getroude en ongetroude vroue? Jy het selfs so laag gedaal om my drank met verdowingsmiddels te dokter om jou sin te kry, maar toe werk dit nie. Ja, ek weet. Jy het vergeet dat ek meer met tieners en jongmense werk as jy. Daarom het ek dadelik geweet daar is iets fout met daardie drank. Jy ontsien niks om jou sin te kry nie. Laag en gemeen dit is wat jy is. Jy het soos ek groot geword, dit is nie dat jy nie voor die tyd geweet het wat my siening oor die huwelik is nie. Hoekom het jy nie net 'n bordeelbaas geword van die begin af nie? Dan het jy die hele bordeel se vroue gehad om jou te vermaak net wanneer jy wil. Jy het gekies om met my te trou, om 'n kind te verwek en ons toe net so te los terwyl jy jou gaan geniet. Jou brood wil jy aan albei kante gebotter hê ... mense wat vir jou omgee en jou stabiliteit gee en die los lewe van 'n ongetroude man! Jy het ons lewens verwoes, niemand anders as jy nie! Voor ek weer opgooi, loop net jou gevoellose monster ..." Sy skuur by hom verby en verdwyn in die kamer in. Daar sak sy emosioneel 'n wrak teen die deur af en snikke skeur deur haar liggaam.

Die skrif was lankal aan die muur, maar nou weet sy vir seker dat sy van Werner af moet wegkom. Hy is soos 'n seekat wat jou stadig in sy kloue in trek en sal versmoor tot daar niks meer van jou oor is nie.

Hoe lank Kendra daar sit en huil het, weet sy nie. Sy voel net haar ledemate is seer en styf. Sy gaan lê op haar bed en sien daar is nog 'n boodskap op haar WhatsApp.

"Kendra is jy *okay*? Ek is werklik jammer as ek jou ontstel het, maar Dean het 'n ruk gelede met my gepraat oor wat Werner se planne met jou is. Ek was baie ontsteld en het toe al besluit om hierdie video's aan jou te stuur. Jy moes net weet wat hy al die jare al mee besig was. Ek is baie dankbaar dat Dean jou vertel het van die verdowingsmiddels wat hy in jou drank gegooi het. Dit het my laat besef hoe laag en gemeen hy werklik is. Baie sterkte, ek hoop jy kry 'n uitweg."

"Pieter, dankie, dan weet jy reeds dat alles hier in chaos is. Hierdie was net die laaste strooi ... Ek sal 'n uitweg vind, glo my."

Kendra dwing haarself om die *movie* te kyk wat sy vroeër gekies het. Sy sal besete raak as sy aan alles dink wat Werner haar pas toegesnou het.

So my vriende is al die tyd aan my vrou se kant ... dan is dit hoe die wind waai. Êrens het Dean haar beslis gewaarsku. Ek koop glad nie die storie dat sy self geweet het haar wyn is gedokter nie. Nou stuur Pieter vir haar 'n klomp video's. Ek moes geweet het hy gaan nie dit los na ons laaste woord-wisseling in China. Hoekom het hy tot nou gewag? Ek gee niks om nie, hierdie oorlog gaan ek wen en nog geldmaak ook op die transaksie.

Hoofstuk 17

Kendra laat vir Hartmunt weet sy sal vir Kari by hulle kom optel Sondag. Sy wil nie hê Kari moet in hierdie atmosfeer instap sonder dat sy met haar gepraat het nie. Werner sal sorg dat sy nie tyd kry om met haar te praat nie.

Sondag sorg sy dat sy uit die huis is voor Werner wakker word. Hoe minder sy van hom sien hoe beter vir haar. Kari is nog drie weke by die huis voor sy kollege toe gaan. Die firma deur wie sy leer en voor gaan werk is naby die kollege en sy gaan in die koshuis daar woon. Wanneer Kari weg is, sal sy 'n plan maak om weg te kom van Werner af.

Sy gaan weer na die botaniese tuine toe tot Hartmunt haar skakel dat hulle by die huis is.

"Dankie, Hartmunt, ek is binne die volgende halfuur daar. Baie dankie dat julle haar genooi het. Sien julle nou-nou."

Kendra het gemengde gevoelens as sy ry om vir Kari te gaan haal. Sy is bly dat sy weer haar kind gaan sien, maar sien op teen die gesprek wat hulle noodgedwonge moet hê. Dit is 'n blye weersiens tussen moeder en dogter.

"Mamma, dit is wonderlik om jou te sien. Ah, dit was die wonderlikste week. Ek kan nie genoeg vir oom Hartmunt, tannie Sibille en Sven vir alles bedank nie."

"My pop, ek is baie bly jy het dit so geniet. Ek sal hulle beslis moet bederf met biltong, droëwors en melktert om dankie te sê."

"Dit is nie nodig nie, maar wie gaan nou vir daardie lekkernye nee sê," lag Hartmunt.

"Kendra, jy het 'n baie oulike dogter. Ons het haar baie geniet en haar sin vir humor is wonderlik," reageer Sibille.

"Baie dankie, Sibille. Sy is haar ma se bondeltjie vreugde. Ek gaan my dood verlang na haar as sy kollege toe gaan oor drie weke. Sven, is jy reg vir die leerdery?"

"Ja, tannie Kendra. My pa het my moeder se karretjie aan my gegee, so ek sal darem af en toe vir Kari kan gaan kuier. Sy is soos familie en mens kan nie jou familie net los nie."

"Dit is goed om te hoor. Ja, julle kom 'n lang pad saam. Nogmaals baie dankie vir alles julle. Kari, kom ons ry my kind."

In die motor babbel Kari oor hulle vakansie en hoe lekker dit was. Sy kom nie agter haar ma ry nie huis toe nie. Kendra het besluit om terug te gaan na die tuine. Daar sal niemand hulle pla nie en kan hulle ook middagete geniet. Eers wanneer hulle daar stop, kyk sy verbaas rond.

"Mamma, waar is ons? Gaan ons nie huis toe nie? Is Pappa ook hier?"

"Ons is by die Botaniese tuine. Nee Pappa is nie hier nie. Ek moet met jou gesels, baie ernstig gesels my pop."

"Wat is fout, ek sien nou eers, Mamma het soveel gewig verloor die week? Wat gaan aan?"

"Kom, hier is 'n oulike restaurant waar ons kan eet. Ek dink ons moet eers eet en daarna gaan gesels waar ons alleen is. Jy mag dalk ook jou eetlus verloor as ek voor ete met jou praat."

"Nou is ek bekommerd ... dit klink erg."

"Vergeet nou eers daarvan. Jy lyk so pragtig, so mooi bruin gebrand. Dit klink werklik of julle die tyd van julle lewe gehad het. Ek is baie dankbaar vir oom Hartmunt." Ingehaak by mekaar loop hulle na die restaurant.

"Tannie Sibille is net so oulik. Hulle pas werklik perfek by mekaar. Sven kom goed met haar oor die weg. Sy het nie kinders van haar eie nie."

"Hier is ons nou, is die plek nie pragtig nie, my pop?"

"Ek babbel so dat ek al die mooi mis. Dit is werklik pragtig. Kyk die voëls by die stroompie!"

Gedurende hulle ete probeer Kendra die gesprek lig hou deur Kari te vertel van haar eerste besoek aan die tuine.

"Ek is nou nuuskierig om die res van die plek te verken. Dit klink of Mamma dit baie geniet het."

"Beslis het ek. Dit is oral so rustig soos hier. Jy hoor nie die mense nie, almal fluister. Werklik voedsel vir die siel."

"Sjoe, ek kan nou doen met 'n stappie, Mamma. Die kos was baie lekker."

"Nou kom ons gaan stap eers deur die tuine, voor ons op my plekkie gaan sit."

Kendra geniet dit om te sien hoe Kari dit geniet. Sy oe en aa oor al die mooi blomme en bome. Nadat hulle deur gestap het, draai Kendra om en gaan terug na haar spesiale bankie. Dit is ideaal geleë vir die gesprek wat sy met Kari moet hê. Mense sal hulle nie kan hoor nie.

"Daar is my plekkie. Ek het heerlik hier gelees die vorige keer."

"Ek kan sien hoekom Mamma hierdie plek gekies het, kyk net al die pragtige blomme hier rondom." Hulle neem langs mekaar op die bankie plaas.

"My pop, ons moet praat omdat jy een van die dae weggaan. Jy moet weet wat aangaan. Dit gaan al 'n lang tyd aan, maar nou het dit nodig geword en jy is oud genoeg om te weet."

"Mamma, jy maak my bang. Wat is dit?"

"Dit moes al jare gelede begin het. Ek het eers net na ons besoek in Parys daarvan bewus geword. 'n Vriendin, of so het ek gedink van my uit Suid-Afrika het my 'n stemnota gestuur om my te beskuldig van hoe swak ek jou pa behandel en hom nie kan seksueel tevrede hou nie ... dit was sy eerste verhouding waarvan ek gehoor het. Ek was verpletter..."

"Pappa het Mamma verneuk! Hoe kon hy dit doen?"

"My pop, miskien moet jy eers klaar luister. Daar kom nog baie erger dinge as dit."

"Erger, wat kan erger as dit wees?"

"Luister net klaar, dan sal jy verstaan." Kendra vertel aan Kari alles wat die afgelope jare gebeur het tussen haar en Werner. Van die kameras wat hy installeer het om haar te probeer uitvang tot sy sieklike versoeke en heel laas die wyn wat hy gedokter het met dwelms om sy sin te kry. Ook van die video's en sy tirade nadat sy dit vir hom gewys het."

"Mamma, en jy het deur dit alles alleen gegaan? Nie een woord gesê of iemand gehad om jou te ondersteun nie. Nog het jy my ook beskerm deur dit alles. Hoe kon hy dit aan jou doen, aan ons doen? Watse monster is hy? Hoe laag en gemeen is hy nie en dan nog vir Mamma vir alles beskuldig. So daardie ongeskikte vroumens was die hele tyd deel van sy plan ... Ek is baie seker hy het met haar ook 'n verhouding ... Hoe kan Mamma so sterk wees as jy oor hierdie goed praat?"

"My kind, dit is net God se genade wat my nog altyd gedra het. My keer op keer weer laat probeer het tot al hierdie dinge nou uitgekom het nadat jy weg is daardie naweek. Ek moes jou vertel. Een van die dae gaan jy weg, dan moet ek ook daar wegkom. Hy sal enigiets doen om sy sin te kry ... die volgende ding is dalk dat hy my verdoof en my liggaam aan vreemde mans verkoop vir seks. Wie weet?"

"Hy is 'n monster, Mamma. Ek kan nie glo dit is my pa nie. Kyk hoe het hy my behandel nadat hy teruggekom het om by die huis te werk. Dit is omdat hy my blameer net soos vir Mamma omdat sy pret nou gestop was. Hy het self die besluit geneem."

"Wat gaan Mamma doen? Ek moet hier bly om te leer en sal dit nie kan doen as Mamma teruggaan Suid-Afrika toe nie."

"Ek sal jou nooit in my hele lewe los nie. Jy gaan leer soos dit beplan is. Ons moet net deur die volgende drie weke kom. Hoe sal die Vader ons ook wys. Met jou by die huis, is ek veiliger. Ek slaap al van daardie naweek af in die spaarkamer. Hy het my vertel ek sal moet terugtrek na ons kamer as jy kom, daar is geen manier wat ek ooit in my lewe weer 'n kamer met hom deel nie. Nie na dit alles nie. Ongelukkig sal jy moet optree asof alles reg is en daar niks mee fout is dat ek in die spaarkamer slaap nie. Of maak of jy nie weet nie. Hy hoef nie te weet dat jy alles weet nie. As jy veilig weg is, sal ek 'n plan maak om weg te kom."

"Mamma, hoe wens ek nie ek kon jou help nie. Van tyd tot tyd het ek agtergekom dat daar spanning tussen julle was. Ek het myself vertel dat enige getroude mense sekerlik soms verskil. Nooit het ek besef dit is so erg nie. Dit is ook hoekom Mamma daardie twee keer kamp toe gevlug het."

"Ja, dit is. Ek moes soms net wegkom van hom af. Nou is dit duisend maal erger. Wie weet wat sou gebeur het as oom Dean my nie oor die verdowingsmiddels in my wyn gewaarsku het nie, ek sidder as ek daaraan dink. Nou weet jy alles. Al moet ek ook eers by die kamp gaan bly, dit is nie so ver uit die stad nie, dan doen ek dit. Jy hoef jou nie te bekommer oor my nie. Ek sal gereeld met jou praat sodat jy kan hoor ek is *okay*. Jy moet leer en vir jou 'n goeie loopbaan bou. Belowe my dat jy nooit van 'n man afhanklik sal wees nie. Dit is soos selfmoord. Alleen as jy jou man van God af bid, sal jou huwelik 'n sukses wees. Ek het geglo ek kan jou pa na God laat keer, maar hy wil nie."

"Mamma, jy het vir hom alles gedoen. Hom so ondersteun, selfs na wat gebeur het. Jy het geen skuld aan hierdie siek gemors waarvoor hy jou blameer nie."

"Kom ons sal moet huis toe gaan. Gelukkig weet hy nie hoe laat julle gekom het nie. Ek wil nie hê hy moet weet ons het tyd gehad om te gesels nie. Dit sal jou ook 'n verskoning gee om vroeg na jou kamer te gaan. Van môre af sal dit beter gaan, as jy net eers tyd gehad het om alles te verwerk."

"Dankie Mamma, dankie vir alles wat jy al die jare alleen vir my gedoen het deur al hierdie trauma wat jy moes deurgaan."

"Ek sal dit weer doen vir jou my kind, jy is my alles."

Op pad huis toe merk Kendra dat Kari besig is om al die inligting te verwerk. Sy kry haar kind jammer, maar dit was nodig dat sy die volle storie moes hoor om te kan verstaan.

Werner is kamma vreeslik bly om vir Kari te sien. Hy druk haar vas vir 'n rukkie.

"My prinses, kyk net hoe mooi bruin is jy? Het jy dit baie geniet?"

"Ja, dankie Pappa. Dit weer was uitstekend. Ons het elke dag geswem en met die *paddleboards* in die water gespeel. Dit is die dat ek so bruin is. Tannie Sibille het ons gelukkig elke oggend laat sonskerm smeer voor ons strand toe is. Hulle het die dae wat ons in die see gespeel het, 'n piekniekmandjie gepak en onder groot sambrele saam gekuier om ons dop te hou."

"Dit klink of hulle verantwoordelike mense is en mooi na jou omgesien het. Dit is wonderlik."

"Pappa, ek wil net klaar eet, dan my tas gaan uitpak en slaap. Ek is moeg van die ryery."

"Alles reg so my prinses. Dit is goed om jou terug te hê, ek het jou baie gemis."

Kendra luister net na al die leuens wat hy aan sy kind opdis en byt op haar tande. Sy neem die kos na die tafel en almal sit aan vir ete. Kari vertel van alles wat sy gesien het en so gaan die ete vinnig verby.

Na ete help sy vir Kendra in die kombuis. Daarna stap hulle saam in die gang af. Terwyl Kari haar tas uitpak, stort Kendra en gaan na haar kamer. Daarna gaan Kari stort.

"Nag, Pappa, lekker slaap, groet sy voor sy by die spaarkamer in verdwyn na haar ma toe. Hy kan haar nie sien nie, so hy weet nie waar sy is nie.

"Waarmee is Mamma besig?"

"Met voorbereiding my twee aanlynklasse Vrydag. Mevrou Grellmann het my die week nog 'n aanlynklas gegee. Die seuntjie se ma is baie tevrede met my."

"Dit is wonderlik. Ek kan sien Mamma geniet dit baie."

"Beslis geniet ek dit. Ek gaan môre vroeg uit om materiale te gaan ruil en in die namiddag het ek klasse. Ek sal so net na vier hier wees. Daar is kos in die yskas. As daar iets dringend is, bel my asseblief. As ek nie kan optel nie, sal ek so gou moontlik terugbel."

"Ek maak so Mamma. Ek gaan nou ook eers rus. Baie lief vir Mamma."

Die volgende twee weke gaan Kendra haar gang. Sy berei saans en tussen deur nog altyd kos wat sy vries. Sy sorg dat daar genoeg is om te peusel as sy moet klasgee. Verder gee sy klas deur die dag en saans na ete onttrek sy haar na haar kamer. Werner kry nie kans om haar te dreig nie omdat Kari daar is. Hy kry nie eers kans om met haar te praat nie, want Kari sorg dat sy altyd by is as haar Mamma huis toe kom. Daar is geen teken dat Kendra gaan terugtrek na hulle kamer nie en hy besef dat hy nie sy sin gaan kry nie. Dat Kendra nooit gaan ingee om sy fantasieë te bevredig nie. Soos die dae aangaan broei en kook dit in sy binneste. Sy planne het misluk. Tog opgee gaan hy nie, hy sal die wenner uit hier die oorlog uittree. Dit het niks te doen daarmee dat Kendra nie meer in hulle kamer slaap of intiem met hom verkeer nie. Nee, daarvoor het hy vir Santa, en sy is meer as gewillig. Vir hom het dit 'n obsessie geraak om Kendra te straf.

Kendra is so gelukkig as wat sy kan wees onder die omstandighede. Haar kind is by haar en sy het vrede as gevolg van dit. Werner kan nie by haar uitkom om haar skade aan te doen met sy woorde nie.

Die Maandagaand voor Kari kollege toe vertrek, gesels sy en Kari in haar kamer.

"Hoe was jou dag, Mamma?"

"Dit was goed, dankie. Wat het jy vandag gedoen? Is jou goed alles skoon wat jy wil pak, of is daar nog klere wat ek moet was?"

"Al my kaste is reggepak. Ja, my klere is reg, daar is net 'n paar goed wat nog gewas met word. Vir Pappa en sy kollega koffie gemaak. Verder musiek geluister."

"Ah, so een van Pappa se kollegas was hier. Dit is 'n eerste."

"Ja, ek het ook gedink dit is baie snaaks. Ek ken ook nie die oom nie. Hulle het op die balkon gesels en daarna het Pappa saam met hom afgeloop en lank daar met hom gesels."

"Nou ja dit is baie interessant. Bring net die klere dat ek dit dan môre voor ek gaan vir my eerste klas kan was. Ek wil hê jou goed moet gereed wees dat ons niks mis nie. Ek het môre weer drie skole wat redelik ver uit mekaar is. Ek behoort nie later as drie uur terug te wees nie. Dan kan ek dit stryk."

"Ai Mamma, jy is so georganiseerd. Alles is reeds byna reg. Sven het nog nie eers begin pak nie. Hy sê ons meisies is hopeloos te senuweeagtig as dit by pak kom."

"Nee, ons maak net seker dat ons niks vergeet nie. Jy moet lekker slaap my pop. Ek sien jou môre voor ek gaan vir my eerste klas."

"Nag Mamma. Lekker slaap."

Dinsdagoggend woel en werskaf Kendra voor sy vir haar klas moet gaan. Kari se klere word gewas en op die droograk gehang. Sy begin met haar kos voorbereidings vir die aand, dat sy net later alles kan aanskakel om te kook. Kari is verbasend vroeg op en drink koffie saam met haar in die kombuis.

Sy sorg dat daar ontbyt gereed is vir Werner vir wanneer hy eendag besluit om op te staan.

"My pop, kyk in die spaarkamer, ek het vir jou handdoeke en linne uitgesit om saam te neem vir jou kamer by die kollege. Daar is ook 'n stel gordyne by, vir ingeval jy dit dalk nodig het."

"Aan net mooi alles het Mamma gedink, baie dankie ek sal dit inpak vandag. Mamma moet lekker werk, ons sien later. Ek is so baie, baie lief vir Mamma."

"Ek is net so baie, baie lief vir jou my pop. Gee my 'n drukkie." Kendra vertrek net voor tien na haar eerste skool toe waar sy gaan Engelse klas gee.

By die eerste skool kry sy maklik redelik naby die skool parkering. Net na elf is haar eerste klas klaar. Haar volgende klas is vyf kilometer verder en begin twaalfuur.

Ek behoort dit gemaklik te maak. Parkering gaan dalk net 'n probleem wees. Hoe later dit in die dag raak, hoe moeiliker word dit.

Sy is betyds, maar net soos sy verwag het, sukkel sy met parkering en word gedwing om ver van die skool te parkeer en dan te stap. Tog maak sy dit gemaklik omdat sy gewoond is aan stap en redelik vinnig stap.

Haar klassie is vandag besonders woelig en sy sukkel om hulle konsentrasie te kry. Aan die einde speel sy vir hulle 'n video oor dinosourusse wat hulle aandag vasgevang kry. Sy is behoorlik pootuit na die klas.

Gelukkig is my volgend klas eers half twee. Ek kan rustig na my motor stap en het genoeg tyd om daarheen te ry.

Wanneer sy by haar motor kom sien sy dadelik haar motor het 'n pap band. So pap sy sal nie daarmee kan ry nie. Haar moed sak tot in haar skoene. Sy sluit haar motor oop en besluit om self te probeer om die band om te ruil. Dit sal nie die eerste maal wees wat sy 'n band omruil nie. Sy het pas haar kattebak oopgemaak en buk in om haar noodband uit te haal. Die volgende oomblik gewaar sy iemand langs haar staan en wil opkom om te sien wie die is. Die persoon druk egter haar kop af en sy stik aan die sterk reuk van iets wat hy skielik oor haar neus druk. Sy probeer stoei, maar die volgende oomblik is alles swart om haar.

Die man se tydsberekening was perfek. Hy tel Kendra se slap liggaam op en plaas dit agter in die paneelwa. Daar is nie 'n mens in sig nie. Dan ry hy so vinnig moontlik weg, sonder om aandag te trek.

Sy doelwit is om uit die stad te kom, voor die vroumens kan wakker word en begin geraas maak. Sy is wel vasgebind, maar hy kan nie bekostig dat sy aandag trek en iemand hom dalk aftrek nie.

Hy vorder nie baie vinnig nie, omdat dit net voor een is in die stad en die spitstyd verkeer nou begin opbou.

"Verdeksels, ek moes daaraan gedink het. As die vroumens wakker word, het ek moeilikheid. Ek moet haar by daardie ou huis uitkry voor sy wakker word. Daardie man maak my vrek as ek nie doen soos hy gevra het nie."

Hy probeer so geduldig wees as wat hy kan, maar die tyd stap aan en hy weet baie goed die verdowingsmiddel werk net so lank. Al wat hom dalk kan red is dat dit nog 'n halfuur sal vat van wanneer sy begin wakker word voor sy sal besef waar sy haar bevind.

'n Uur later kom hy eers uit die verkeer en ry so vinnig as wat die spoedgrens hom toelaat. Hy het skaars die buitewyke van die stad bereik of hy hoor hoe die vrou begin kreun. Dan is dit weet stil. Paar minute later kreun sy weer en hy kan hoor dat sy begin rond rol. Sy besef beslis al dat sy vasgemaak is.

"Sowaar nou moet ek haar by daardie huis kry. Dit is seker nog 'n goeie tien kilometer. Vrek ek moet net van die hoofpad afkom voor sy heeltemal wakker word. Ek was onnosel om nie haar mond ook toe te plak nie. Wie kan my kwalik neem? Dit is geen maklike taak om helder oordag iemand te ontvoer sonder dat iemand jou sien nie en dit nog alleen."

Kendra verstaan nie waar sy is nie. *Wat se dreuning hoor ek? Hoekom kry ek nie my oë oop nie? Ek kan nie my arms of bene beweeg nie. Wat gaan aan? Waar is ek? Die lyk of dit ligter raak ... hoekom kry ek nie gefokus nie? As die swart newels net wil ophou. Sy hou op met stoei en lê weer stil.*

Na 'n ruk voel sy meer wakker en hoor duidelik dat dit die dreuning van 'n voertuig is. Sy maak haar oë oop en hierdie keer kan sy sien dat haar afleiding reg was. Sy lig haar kop, om te sien hoekom sy nie kan beweeg nie. Dit is skemer in die voertuig, tog sien sy dat haar hande en voete vasgebind is. Haar kop voel of dit wil bars so seer is dit.

Watse voertuig is dit, en hoekom is ek vasgebind? Hoekom is my kop so verdeksels seer? Waarheen word ek geneem en deur wie?

Soos sy helderder raak, probeer sy onthou wat vroeër gebeur het, of sy dalk in 'n ongeluk was. *Ek sal tog nie vasgebind wees as ek in 'n ongeluk was nie. Dit is beslis nie 'n ambulans die nie. Ek was by die skool. Daarna het ek na my motor geloop. Dit het 'n pap band gehad ... wat het daarna gebeur?*

Die volgende oomblik voel sy die ritme van die voertuig verander en dit skud en skommel nou baie meer. *Ons is beslis op 'n grondpad nou? Wat gaan hier aan? Wat het gebeur nadat ek gesien het ek het 'n pap band. Dink Kendra, dink! Ah, my kop wil bars.*

Sy hoor 'n selfoon wat lui en 'n mans stem wat dit antwoord.

"Ja, ja, ek het haar. Ek het my net vrek gesukkel om deur die middagverkeer te kom voor die vroumens wakker word. Ons is nou op pad na die ou huis toe. Ek het pas afgedraai. Sy gaan enige oomblik begin wakker word. Ek praat later weer met jou. Laat ek haar eers net veilig in die huis in kry. Jy beter daardie geld al inbetaal het anders gaan ek polisie toe."

Wat de hel? Met wie praat die man? Hy praat van my en oor geld wat betaal moet word. Is ek ontvoer? Deur wie en hoekom? Is dit met Werner wat hy praat? Hoekom het hy my ontvoer? Ek gaan maak of ek nog bewusteloos is. Ek moet op 'n manier kyk waar ons is voor hy my opsluit. Wat van my motor, my handsak, my selfoon? Liewe Vader wat van my Kari ... sy moet oor 'n paar dae kollege toe gaan. Ek moet rustig bly. Ek moet uitvind waar ek is.

Die voertuig kom tot stilstand. Sy hou haar oë toe, maar loer tog deur die kleinste van skrefies. Die man klim uit en maak die skuifdeur van die deel waarin sy lê oop. Dit is 'n blonde man, dit kan sy sien.

"Kom mevrou Botha, laat ek jou in jou vyfster akkommodasie kry. Ek hoop werklik jy gaan jou verblyf hier geniet. Dit mag dalk nie lank wees nie, maar baie opwindend, glo my. Ek is baie bly jy slaap nog, dit maak my werk soveel makliker. Vir 'n skoppende en skreeuende vroumens het ek nie krag nie."

Hy tel haar op en gooi haar oor sy skouer soos 'n sakkie aartappels. Daarvoor is sy dankbaar, want op die manier kan sy haar omgewing bekyk sonder dat hy dit sal weet.

Waarheen het hy my gebring? Dit lyk soos 'n ou plaas opstal. Alles lyk vervalle en verlate. Wat gaan hy met my doen? Wat praat hy van my verblyf hier wat opwindend gaan wees? Die man stop by die deur en sluit dit oop. Hy dra haar na binne. Alles ruik stowwerig. Sodra hy in die huis in is, gaan hy met 'n trap af na 'n kelder. Hy skakel dit lig aan en gooi haar op 'n bed neer.

"Slaap maar jou roes af, as jy hier wakker word gaan die pret begin, *Sleeping Beauty.* My opdrag is baie duidelik, en ek sal dit stiptelik uitvoer, dit kan jy maar weet." Kendra sien deur haar skrefies hoe hy die deur na die trap sluit en hoor hoe hy met die trap op verdwyn.

Hoofstuk 18

In Rahlstedt het die skool waar Kendra se laaste klas was voor sy ontvoer is 'n rukkie gelede uitgekom. Die verkeerspolisie help om die verkeer te reguleer. Sowat 'n halfuur later is alles stil en hy klim in sy voertuig om die area te verlaat.

Die volgend oomblik trap hy rem en kyk na die voertuig wat hier staan met die deure en kattebak wyd oop. Daar is geen mens naby nie. Hy parkeer sy voertuig en gaan nader. Hy merk dat daar 'n handsak van 'n vrou net voor die voorste sitplek op die vloer staan. Hy buk in en haal dit uit. Sy oog vang haar beursie. Hy haal dit uit en maak dit oop om te sien of hy enige identifikasie kan vind. Daar vind hy 'n kaartjie met die naam Kendra Botha. Dit wys dat sy 'n *tutor* is van 'n plek wat Engelse klasse aanbied. Hy haal dit uit en skakel die nommer op die kaartjie.

"Goeiemiddag, hoe kan ons help?"

"Ek is konstabel Dietrich. Is daar 'n mevrou Kendra Botha by julle werksaam?"

"Ja, Konstabel, sy is een van ons Engelse *tutors*. In verband waarmee is dit?"

"Kan ek asseblief met julle hoof gesels?"

"Sekerlik, ek skakel u deur na mevrou Grellmann."

"Mevrou Grellmann, middag. Hoe kan ek help Konstabel Dietrich?"

"Mevrou Grellmann, ek het pas op een van jou *tutor* se voertuie afgekom naby die Rahlstedt Primêre skool. Daar is geen teken van haar hier nie, maar haar voertuig se deur en kattebak staan oop. Haar handsak is binne in die voertuig en so ook haar selfoon. Hierdie lyk glad nie vir my normaal nie. Kan u my help met haar familie se kontak nommer."

"Nee, genade Konstabel! Kendra Botha sal nooit haar voertuig so los nie. Sy is 'n baie verantwoordelike vrou. Dit is hoekom sy dan nie vir haar volgende klas opgedaag het nie. Die skool het my so pas geskakel om te vra waar sy is. Wat kon met haar gebeur het? Waar kan sy wees? Ek is nou dood bekommerd, want hierdie klink nie goed nie. Ek stuur dadelik vir jou haar man se kontaknommer. Hy is Werner Botha."

"Baie dankie vir u samewerking, ek waardeer dit baie. Mooi dag verder."

"Sal u my asseblief laat weet as julle haar nie opgespoor het voor vanmiddag vier uur nie. Dan sal ek 'n ander plan moet maak met haar klasse vir die volgende dag."

"Dit is in orde so, ek maak graag so."

Kari staan in die kombuis besig om vir haar iets te neem om te eet, as Werner ingestap kom.

"My pop, maak asseblief vir my ook van die kos warm." Sy selfoon lui voor Kari hom kan antwoord.

"Werner Botha, middag."

"Meneer Botha, dit is konstabel Dietrich hier. Ek het sowat tien minute gelede jou vrou se voertuig gevind waar dit voor 'n skool staan heel verlate. Die deur en kattebak is oop. Haar handsak en selfoon is in die voertuig. Niks lyk uit plek nie, behalwe dat daar geen teken van haar hier is nie. Die voertuig het wel 'n pap band. Het sy jou dalk in kennis gestel van die band en weet jy dalk waar sy is?"

"Wat my vrou se voertuig staan oop met alles binne, maar sy is nie daar nie? Dit is nie moontlik nie. Sy is 'n baie verantwoordelike persoon. Sy sal beslis nie haar motor en persoonlike besittings net so los en loop nie. My vrou sou self daardie band vervang het."

"Dit is miskien hoekom die kattebak oopstaan. So u weet niks van haar bewegings nie?"

197

"Nee, ek kom dadelik daarheen. Waar presies is dit?" vra 'n vreeslike ontstelde Werner. Kari wat die hele gesprek gehoor het, staan en trippel rond van ongeduld. Sy het dadelik afgelei iets het met haar Mamma gebeur. Sodra Werner die foon dooddruk begin sy praat.

"Wat het gebeur? Waar is Mamma? Was sy in 'n ongeluk? Ek gaan saam ..."

"My pop rustig nou. Kom ons moet dadelik ry, ek vertel jou op pad daarheen."

"Genade waarmee wil ek ry, ek kan nie eers in Duitsland bestuur nie," onthou Werner skielik.

"Pappa, vra vir oom Raymond, hy is by die huis. Hy sal ons neem, ek weet hy sal."

Werner klop aan Raymond se deur. Die maak dadelik oop.

"Raymond, ons het 'n krisis, kan jy my en Kari asseblief iewers heen neem. Dit is lewens belangrik. Ek vertel jou soos ons ry."

"Sekerlik. Ek kry gou my motorsleutels." Minute later is hulle op pad na die skool. Werner vertel aan Kari en Raymond wat die konstabel hom vertel het. Kari bars in trane uit, en huil droewig.

"My pop, ons moet kalm bly. Miskien was Mamma net haastig om te gaan hulp soek en is dit hoekom sy haar goed in die motor gelos het met die deure oop."

"Pappa weet dit is nie waar nie! Pappa het self vir die konstabel vertel dat sy 'n verantwoordelike persoon is wat nooit so iets sal doen nie. My Mamma sal nie haar motor net so met haar handsak en selfoon in los nie. Daar is groot fout, Pappa!" Sy huil nou nog harder. Raymond ken ook al vir Kendra so lank as wat hulle in Duitsland is en weet ook sy sal nie so iets doen nie. Daar is beslis 'n slang in die gras.

Vyftien minute later stop hulle by die plek waar die konstabel vir hulle wag. Daar is 'n warboel van geregsdienaars. Sommige is besig om vingerafdrukke te neem, 'n honde-hanteerder is besig met sy hond wat daar rond snuffel. Die voertuig word deursoek vir enige ander leidrade. Daar is geel misdaadlint om die area gespan. Alles dui daarop dat dit soos 'n misdaadtoneel behandel word.

"Pappa, hoekom is al hierdie mense hier? Dit beteken mos dat hulle vermoed daar is 'n misdaad hier gepleeg. Is Mamma ontvoer?" haar stem grens nou aan histerie.

"Rustig bly my pop, ons moet nou rustig bly. Ek is seker hulle wil net al die moontlikhede ondersoek. Dit lyk baie erger as wat dit dalk is," probeer Werner haar gerusstel. Hy faal egter liederlik.

"Nie so erg as wat dit lyk nie! Hoeveel erger kan dit wees? My Mamma is weg, net spoorloos weg en Pappa sien die nie as erg nie ..." Sy spring uit die motor en gaan na die een man in uniform.

"Konstabel, hoekom is hier so baie mense? Dit is my moeder se voertuig. Wat vermoed julle het met haar gebeur?"

Werner het intussen by hulle aangesluit en kyk na die konstabel met 'n waarskuwende blik.

"My pop moenie die konstabel pla nie, hulle sal ons inlig as hulle klaar hul ondersoek gedoen het."

"Nee, ek wil weet! Watse ondersoek is daar om te doen? Hier staan Mamma se motor wa wyd oop met al haar persoonlike besittings nog daarin ... sy is weg, net spoorloos weg. Dit beteken net een ding, sy is ontvoer! As sy net gaan hulp soek het sal sy tog nie haar handsak en selfoon hier gelos het nie – selfs nie ek wat 'n tiener is sal so onnosel wees om dit te doen nie. Sy is onverwags oorval en teen haar sin hier weggeneem, kan julle dit nie insien nie?"

"Juffrou Botha, ek sien jy is 'n baie intelligente jongdame. Dit is die enigste afleiding wat ons ook kan maak. Ons moet kyk of ons nie iets vind wat ons in 'n rigting kan wys nie. Ek verstaan dat jy ontsteld is, maar ons moet nou eers ons werk doen."

"Hoor jy daar, Pappa! Sy is ontvoer ... nie besig om iewers inkopies te doen nie! Wie kan iets teen my Mamma hê dat hulle so iets aan haar sal doen? Sy is die mens met die mooiste hart wat ek ken." Kari stap weg en sit eenkant op die sypaadjie en huil.

Raymond kry haar oneindig jammer, hy weet presies hoe naby sy aan Kendra is. Hy sien hulle gereeld saam fietsry of stap.

Werner weet nie wat hy moet doen nie, en staan verveeld rond wanneer hy 'n streng stem langs hom hoor.

"Ek verstaan u is meneer Botha, die vermiste se man?"

"Ja, wie is jy?"

"Speursersant Bauer van die Federale Intelligensie Diens."

"Ja, ek is haar man ... maar hoekom is julle hierby betrokke?"

"Meneer Botha, dit is baie duidelik van die omstandighede wat hier gevind is dat sy nie besig is om elders piekniek te hou met haar vriendinne nie, sal jy nie saamstem nie? Twee persone waarmee konstabel Dietrich gepraat het, jy en haar hoof, mevrou Grellmann het mevrou Botha albei dadelik as 'n verantwoordelike persoon beskryf. Daar is dus net een afleiding om van hierdie omstandighede te maak, sy is ontvoer! Hoekom en deur wie is ons werk om so gou moontlik te probeer uitvind as ons haar wil lewendig vind."

"Ek verstaan dit, en natuurlik wil ek hê julle moet haar so vinnig moontlik vind."

"Wel, my volgende vraag is, is u bewus van iemand wat dalk vir enige rede iets teen mevrou Botha het?"

"Nee, my vrou is die sagmoedigste en wonderlikste mens, sy het geen vyande nie." Kari hoor haar pa se gesprek met die geregsdienaar en kners op haar tande.

Ja, noudat sy vermis word vertel jy vir almal hoe 'n goeie mens sy is. Toe sy nog by ons was het jy haar soos 'n vloerlap hanteer. Nou is sy weg ... en beslis nie uit eie keuse nie. Sy sal my nooit alleen hier gelos het by jou nie, dit weet ek baie, baie goed.

Kari stap om die motor en sien dat die hondehanteerder se hond die hele tyd net by die kattebak blaf en rond spring. Dan merk sy iets onder die motor net daar by die kattebak lê. *Dit is een van Mamma se oorbelle! Ek moet vir die man dit wys.* Sy kry nie sy aandag getrek nie en loop na konstabel Dietrich.

"Konstabel, jammer om te pla. Ek het pas gesien net daar onder die kattebak lê een van my Mamma se oorbelle, gaan wys dit asseblief vir die oom met die hond."

"Ek gaan dadelik kyk, baie dankie ..."

"Kari, my naam is Kari."

"Kari ... dit is 'n mooi naam. Ek gaan dadelik." Die man stap weg na sy kollega en buk om te sien of hy dit wat Kari hom vertel het sien. Waarlik daar lê 'n vroue oorbel. Hy wys daarna vir sy vriend. Die hondehanteerder laat die hond plat lê en die volgende oomblik kruip hy na die oorbel en begin weer blaf.

"Dit is beslis mevrou Botha se oorbel. Dit beteken dat dit moes afgeval het nadat die persoon wat haar buite aksie gestel het haar opgetel het. Dit is hoekom Kaptein nie verder haar reuk optel nie en net hier by die kattebak blaf. Sy is hier oorval en hier opgetel om weggeneem te word."

"Ek sit dit as bewysstuk in 'n sakkie. Die meisie kan mens sien is vreeslik getraumatiseerd. Ek dink nie ons moet enige inligting uitgee nie. Laat ons eers begin soek so gou moontlik. Vir nou dink ek moet ons meneer Botha en Kari hier weg kry. Hulle kan niks hier verrig nie en met elke bevinding wat ons maak gaan dit hulle net ontstel. Ek gaan speursersant Bauer vra om hulle weg te stuur."

Hy stap na waar die nog met Werner gesels en vra hom om of hy iets met hom kan uitklaar.

201

"Verskoon my meneer Botha, tyd is baie belangrik vir ons."
Hy stap saam met die konstabel na die voertuig.

"Wat is dit Dietrich?"

"Speursersant, mevrou Botha se dogter het ons gewys op
'n oorbel wat net onder die kattebak op die grond gelê het.
Kaptein het bevestig dat haar reuk daaraan is. Sy is dus
definitief ontvoer. Dit sal dalk beter wees om haar man en
dogter huis toe te stuur. Die meisie is baie ontsteld en as sy
bevestiging moet kry dat haar ma hier weggeneem is deur 'n
vreemde persoon gaan dit dalk nie so goed afgaan nie."

"Jy is reg. Ek het ook 'n paar vrae van my eie waarop ek
nie antwoorde kry nie. Dit sal beter wees as hulle gaan. Wil so
gou moontlik mevrou Botha se handsak en selfoon deurgaan.
Miskien is daar leidrade. Volgens haar man het sy geen
vyande nie. Wie sou haar dan ontvoer het en hoekom? Ek
gaan dadelik met hom praat."

"Meneer Botha, ek sien dat u dogter erg ontsteld is,
miskien sal dit beter wees as u haar liewers huis toe neem.
Hier kan julle nie een iets uitrig nie. Dit is in ons hande en ons
sal ons bes doen om haar so vinnig moontlik op te spoor. Dit
lyk beslis soos 'n ontvoering, ons moet net die motief daarvan
nog vasstel. Dat die persoon nie haar selfoon geneem het nie,
is werklik baie snaaks. Gewoonlik is dit waar die ontvoerder
die naam van 'n naasbestaande sal vind om 'n losprys te eis.
Watter tipe werk doen u? Is u dalk betrokke by nasionale
intelligensie of politiek?"

"Nie een van die twee nie, ek is 'n ingenieur vir Coke. My
spesialiteit is die mengsels en werking van die aanlegte. Ek is
geen publieke figuur nie en ook nie my vrou nie. Ons woon die
afgelope sewe jaar in Duitsland nadat my werk my hierheen
verplaas het."

"Dankie vir die inligting, dan maak dit nog minder sin
hoekom iemand haar sou wou ontvoer. Toemaar, ons sal die

legkaart wel ontrafel. Ek sal in kontak bly met u sodra ons iets het om te rapporteer."

"Baie dankie speursersant Bauer, ons waardeer julle ontsettend. Kendra is die ruggraat van ons familie. Ons dogter gaan hierdie naweek kollege toe. Dit is werklik 'n baie traumatiese ondervinding vir albei van ons." Hy stap na waar Kari op die sypaadjie sit en net voor haar uit staar.

"My pop, kom ons gaan huis toe. Hier is niks wat ons kan doen nie. Die speurder het my verseker hulle sal hulle bes doen en ons kontak sodra hulle enige nuus het. Nou kan ons net sterk wees vir Mamma."

Sonder om 'n woord te rep, staan sy op en stap na waar Raymond se motor is en hy vir hulle wag.

"Enige leidrade oor wat hier gebeur het?" vra hy.

"Nee, nie regtig nie. Ons kan dit nou net in hulle hande los en wag."

Terug by die woonstel onttrek Kari haarself na haar kamer. Sy wil nie met haar pa praat nie. Sy weet te goed dat hierdie hom glad nie raak soos vir haar nie. Daarvoor het hy haar Mamma die laaste maande en jare net te sleg behandel.

Kendra is uiteindelik ordentlik wakker. Met 'n kop wat klop asof iemand met 'n domkrag hamer daarin besig is om haar breins te kompakteer, besef sy noudat sy ontvoer is.

Vader, deur wie en hoekom! Ek het tog nie vyande nie. Wat wil die mense bereik? Nie Werner of ek het geld of 'n hoë profiel werk nie. Ontvoerders soek tog altyd geld en wil die persoon se familie bykom of iemand uit die weg ruim. Geld kan dit nie wees nie. Ons familie is in Suid-Afrika. Dit los net een opsie ... Nee! Dit kan nie dit wees nie.

Die intelligente en praktiese mens wat sy is probeer sy haar situasie uitpluis sonder om histeries te raak. Histerie weet sy sal haar niks help nie. Miskien as sy kan uitwerk wat dit is wat hulle van haar wil hê kan sy 'n plan beraam om vry te kom.

Kari, my liefste Kari! Weet jy al? Weet Werner al en sal dit hom enigsins raak? Sal hy ooit die moeite doen om 'n losprys te betaal as dit is wat hulle wil hê vir my vryheid. Kari moet een van die dae weggaan, hoe bekommerd sal sy nie wees nie? Dit moet vir haar verskriklik wees, my arme kind.

Sy hoor iemand met die trap af kom. Haar hart ruk benoud. Wat gaan die persoon met haar doen? Die sleutel knars in die slot en die deur swaai oop. Die volgende oomblik gaan die lig aan en sy moet haar oë knip teen die skerp lig wat haar wil verblind. 'n Sterkgeboude blonde man met hare wat lyk of hy hulle weke laas gewas het en vrot voortande grynslag vir haar.

"Die Slapende Skoonheid het ontwaak. Wonderlik!"

"Wie is jy en wat wil jy van my hê? Hoekom is ek hier?"

"Hoor nou net al die vrae … geen histerie nie. Dit is voorwaar 'n eerste. Kom laat ek sien of ek jou vrae kan antwoord. Nee, ek dink nie ek wil dit nou al doen nie. Ons ken mekaar mos nie, so hoe sal ek nou jou vrae wil antwoord. Ek wil jou eers beter leer ken, sommer baie beter …" Hy bly nader aan haar kom en grynslag weer vir haar.

"Wat wil jy van my weet?" probeer Kendra weer uitvind wat dit is wat die man van haar wil hê.

"Jy verstaan my nie mooi nie, jou teef, ek weet reeds alles wat ek nodig het om te weet van jou. Dit is hoekom jy hier is. Ek bedoel ons gaan mekaar baie, baie intiem leer ken … ek dink dit is die groot woord wat jy sou gebruik vir wat ek ingedagte het."

"Ek ken jou nie, wat het ek aan jou gedoen dat jy my wil seermaak?" probeer Kendra kalm bly, maar vrees en paniek voel of dit haar meteens wil versmoor. Die man se woorde se betekenis is baie duidelik met wat sy planne met haar is.

Vader, beskerm my asseblief, beskerm my! U weet hoekom ek hier is. U weet wie agter dit alles sit. Asseblief help my, maak my sterk. Moenie toelaat dat hierdie man aan my raak nie. Hou hom van my af weg, in die Naam van Jesus. Laat Jesus bloed my beskerm. Ek glo, ek weet U kan 'n wonderwerk doen. Ek weet U kan enigiets doen!

Die man wat die hele tyd in haar oë kyk en haar uittart met sy woorde om vrees in haar aan te jaag, sien hoe haar oë verander. Skielik stop hy in sy spore en kyk van haar af weg.

Hy kan net nie meer in haar oë kyk nie. *Daar is iets daar wat my bang maak. Wat dit is weet ek nie, ek het dit nog nooit voorheen gesien nie. My hele liggaam is lam en ek wil net hier uitkom. Die vrou is beslis van die duiwel besete! Wat anders kan die wees, daardie lig in haar oë waarmee sy deur my kyk. Asof sy my hipnotiseer ... Nee!*

Hy draai in sy spore om sonder om verder 'n woord te sê en vlug by die deur uit.

"Vader, ek weet dit is U. Dankie, dankie, dankie dat U my beskerm het. Dat U hierdie man verjaag het. Dankie vir U genade en U reddende krag. Beskerm ook my Kari so."

Van voor die deur waar die man nog na sy asem staan en snak, hoor hy hoe die vrou praat. Dit klink vir hom asof sy sing of iets.

Wat de hel het nou daar binne gebeur? Hoekom kon ek nie nader aan haar kom om haar te verkrag nie? Wat se krag is daar in haar oë? Niemand sal my glo nie. Ek wat geen vrees het nie en al hoeveel vroue in hierdie selfde kelder verkrag en vermoor het. Laat ek hier weg kom ... wat gaan ek aan daardie man sê as hy wil weet of ek al sy opdrag begin uitvoer het?

In Rahlstedt is speurdersersant Bauer besig om deur Kendra se handsak te gaan. Heel eerste haar beursie. Hy het al deur die jare geleer dat 'n vrou se beursie se inhoud baie vir hom kan vertel.

Soos hy deur haar beursie gaan maak hy notas vir homself. Daar is beslis 'n belangrike leidraad hier. Daarna kom haar selfoon aan die beurt. Hy merk dat sy nie vreeslik daarmee kommunikeer nie, behalwe na haar dogter en baas. Die laaste twee weke se rekords bevestig dit wat hy in haar beursie ook opgetel het. Dan kyk hy na haar onlangse WhatsApp boodskappe. Daar is ook net 'n handvol mense waarmee sy in die laaste week kommunikeer het. Weereens haar dogter, haar moeder, 'n persoon met die naam Fia Dreyer wat blyk 'n vriendin te wees en 'n ene Pieter. Dit is laasgenoemde se kommunikasie aan haar wat hy vind eenmalig was wat hom die meeste interesseer. Hy luister na die stemboodskap en kyk die video's wat daarna volg.

Erik Bauer se hart klop opgewonde. Voor hom kyk hy na die bevestiging van sy vorige twee leidrade. *Dan is dit hoe die wind waai. Waar begin ons? Daar is geen ander bewyse wat hierdie gemors bevestig nie.*

Hy roep sy kollegas bymekaar en lig hulle in oor wat hy gevind het. Hulle is dit almal eens dat dit die enigste motief vir hierdie ontvoering kan wees.

"Wat nou, Speursersant? Waar begin ons nou? Hierdie vrou kan enige plek wees. Beslis is sy in groot gevaar."

"Ek het nie antwoorde op jou vrae nie. Ek het wel nog een ander oproep wat ek moet maak. Daarna sal ons koppe by mekaar moet sit om 'n plan van aksies in plek te kry. Ons weet almal hoe langer 'n persoon vermis word, hoe minder word die moontlikhede dat daardie persoon nog leef." Hy verdaag die vergadering en stuur dadelik 'n SMS aan die nommer van die persoon waarmee hy dringend moet praat.

"Kari, dit is speursersant Bauer hier. Ek het deur jou moeder se besittings in haar handsak gegaan en ook haar selfoon. Ek moet dringend met jou gesels, alleen! Sal jy kan uitgaan?"

"Ek weet nie. Ek het net een vriend waarna ek moontlik kan vra om te gaan. Kom ek kyk wat ek kan reël met hom. Ek sal vir u laat weet."

"Reg so. Dit is baie dringend."

"Ek verstaan heeltemal." Kari skakel dadelik vir Sven.

"Kari, hoe gaan dit met jou en is jy klaar gepak? Ek moet nog begin."

"Sven, luister asseblief gou, ek kan nie lank praat nie. Ek stuur vir jou my pa se nommer. Stuur hom asseblief 'n WhatsApp en vra of jy my vir 'n koeldrank kan neem, omdat ek so getraumatiseerd is oor my Mamma wat ontvoer is. Ons hoef nie te ontmoet nie, ek soek net 'n rede om weg te kom van die woonstel."

"Wat de hel, is jy ernstig? Is jou ma ontvoer? Wanneer het dit gebeur? Hel nee, ek kan dit nie glo nie. Wie sal so iets wil doen?"

"Ek sal jou later die hele storie vertel. Doen eers net soos ek jou vra, dit is baie, baie belangrik."

"Ek sal so doen, maar ek sal jou ook self kom haal. Ek gaan jou nie alleen op die straat los nie. Waarheen jy ook al wil gaan, ek gaan saam."

"*Okay!* Laat my weet." Sy lui af. Sy stuur Werner se nommer vir Sven en wag om te hoor as sy selfoon lui. Sy stap na haar deur en luister aandagtig. Dan hoor sy dit lui. Sy gaan terug na haar bed en maak of sy lees. Minute later is daar 'n klop aan haar deur.

"My pop, kan ek inkom asseblief?"

"Ja, Pappa, ek lees net. Nie dat ek gekonsentreer kry nie. ek dink die hele tyd aan Mamma en waar sy is en wat hulle met haar doen."

"Ai, my liefie, ek sukkel net so. Sven het gebel om te vra of hy jou kan kom haal vir 'n koeldrank. Ek dink dit sal goed wees as jy gaan. Dit sal jou aandag bietjie aflei van die aaklige gebeure. Hy kom tel jou oor tien minute op."

"Ek weet nie of ek lus is vir mense nie ..." Sy wil nie te gretig klink nie.

"Ek verstaan, maar dink dit sal goed wees vir jou." Werner het sy eie redes hoekom hy haar uit die huis wil hê.

"*Okay*, ek sal gaan." Tevrede dat sy dogter binnekort uit die huis sal wees en hy dan privaatheid sal hê gaan hy terug na sy kamer.

Dankie tog, dit het gewerk. Laat ek gou die speursersant laat weet. Ek dink die beste plek om te ontmoet is seker in die park naby die skool.

"Speursersant, ontmoet my asseblief oor 'n halfuur by die park naby Rahlstedt Hoërskool. Daar sal 'n blonde jongman saam met my wees."

"Goeie werk, ek sien jou dan."

Sy kam haar hare en maak dit op haar kop vas. Vinnig sit sy bietjie grimering aan om haar rooigehuilde oë te probeer verdoesel. Op pad uit groet sy haar pa en gaan dan na onder om Sven te ontmoet. Sy het pas by die hyser uitgestap as hy voor die gebou stilhou.

Hy wag dat sy moet inklim en kyk dan na haar. Een kyk na haar vertel vir hom dat die nagmerrie waar is, tannie Kendra is ontvoer.

"Kari, my tjom, ek het sowaar nie woorde nie. Dit is werklik waar dat jou moeder ontvoer is!"

"Ja, Sven, ongelukkig is dit waar ..." Sy vertel aan hom die gebeure van die middag en waarheen hulle nou op pad is.

"Ek verstaan nie, hoekom kom praat hy nie met jou by julle huis nie?"

"Sven, ek kan jou nie nou vertel nie. Miskien eendag. Nou moet hulle net eers my Mamma lewendig vind." Sy bars weer in trane uit.

"Ai, ai Kari ... my hart breek vir jou. Ek weet hoe lief julle twee vir mekaar is. Om nie te weet of sy *okay* is nie, moet jou dood maak. Hoe kan sy in elk geval *okay* wees? Wie de hel doen so iets en hoekom?"

"Parkeer daar. Ek het vir hom gesê jy sal saam met my wees, maar ek gaan jou nou al vra dat wanneer hy my begin ondervra jy asseblief moet loop."

"Dit is reg so. Hierdie is 'n baie sensitiewe saak. Enigiets wat sal help sal ek doen vir jou Kari."

"Baie dankie vir die goeie vriend wat jy vir my is. Niemand weet nog hiervan nie. Dit sal seker vanaand met die nuus op al die televisiekanale en ook radio uitgesaai word."

"Dit is baie erg. Daar, dit is seker die man wat vir jou soek." Hy wys na 'n middeljarige blonde man wat in hulle rigting aankom.

"Ja, dit is speurdersersant Bauer."

"Kari, dankie dat jy gekom het. Middag jongman, dankie dat jy haar gebring het. Speurdersersant Bauer."

"Sven, middag. Dit is net 'n plesier. Ek gaan bietjie in die park rondloop en julle los om te gesels."

"Dankie, Sven, ek waardeer dit," bedank Kari hom.

"Is julle twee al lank vriende?"

"Ja, vandat ons toe ek tien jaar oud was Rahlstedt toe gekom het van Suid-Afrika is ons maats. Sy moeder is net voor dit oorlede aan kanker."

"Sjoe, so julle het 'n baie hegte vriendskap. Dit is wonderlik om te hoor. Kari, ek weet nie eintlik hoe om hierdie te benader nie, ek wil jou nie nog meer ontstel nie. Wat weet jy van jou ouers se verhouding?"

"Alles, Speurdersersant! Ek neem aan u het op die video's afgekom wat my Mamma onlangs van 'n vriend in Suid-Afrika af ontvang het."

"Ja, dit is heeltemal korrek."

"Dit het gebeur toe ek laas week saam met Sven en sy pa weg was vir 'n week. Mamma het my Sondag by hulle huis opgetel toe ek teruggekom het. Sy het my na 'n park geneem en alles vertel en die video's ook aan my gewys."

"Sjoe, voor dit was jy nie bewus dat daar probleme tussen hulle is nie?"

"Nee, my Mamma het nooit iets laat blyk nie. Wanneer my pa onregverdig my uitgeskel het, het sy altyd tussen beide getree. Agterna sou sy my altyd maan om te onthou om my respek vir hom te behou. Wat u sekerlik nie van weet nie is dat hy haar op 'n vorige geleentheid verkrag het. Sy het van een van sy verhoudings te hore gekom en hulle het 'n uitval gehad. Daardie aand het hy haar verkrag. Net voor sy die video's ontvang het, het hy begin om onredelike seksuele versoeke aan haar te rig. Toe sy nie daaraan wou toe gee nie, het hy mense oorgenooi en haar glas wyn met verdowingsmiddels gedokter. Sy plan was dat die drie van hulle wat daar was dan haar liggaam seksueel kon misbruik sonder dat sy dit sal weet of haarself kan verdedig. My Mamma is 'n kind van God met 'n baie sterk geloof. Sy was altyd baie, baie lief vir my pa, het hom op die hande gedra en altyd vir hom opgekom. Dit is totdat sy van sy siek bedrywighede bewus geraak het. Daarna het sy keer op keer vergewe. Elke keer was die dinge wat hy gedoen het aan haar net erger. Sy het my alles vertel omdat sy beplan het om te vlug van hom sodra ek Sondag kollege toe weg is. Nou is sy weg! Wat as ons haar nie weer lewendig kry nie?"

Kari begin droewig huil. Die snikke skeur deur haar liggaam. Erik Bauer is woedend vir hierdie man wat soveel seer aan sy vrou en kind gedoen het. Hy weet seker dat dit sy nommer een verdagte is. Hoe hy dit gaan bewys het hy geen idee nie.

"Kari, meisiekind, ek is so jammer vir al die seer wat jy moet deurgaan. Dankie dat jy so 'n dapper meisie is om dit met my te deel. Dit help my baie en sal ook help vir ons om jou Mamma op te spoor. Sy klink soos 'n ongelooflike vrou.

Een wat ek na uitsien om te ontmoet. As jy enigiets hoor of sien wat vir jou snaaks klink, kontak my asseblief onmiddellik, al is dit in die middel van die nag."

"Ek sal dit beslis doen. Speurdersersant ... verdink jy my pa?"

"Wat dink jy? Verdink jy hom?"

"Ek weet nie wat om te dink nie, daar is net geen ander persoon wat ek ken wat my Mamma sal wil leed aandoen nie. Die dinge wat hy die afgelope tyd aan haar gedoen het wys vir my dat hy daartoe in staat is."

"Dit is 'n baie volwasse antwoord. Wees jy sterk soos jou Mamma en hou aan jou geloof vas. Ons sal ons bes doen om haar so vinnig moontlik te kry. En bel my enige tyd, hoor jy?"

"Ek maak so. Dankie vir wat julle vir ons doen."

"Gaan jy steeds Sondag weg?"

"Ja, ek weet dit is die beste en Mamma sal dit so wil hê. Sy is die een wat my nog altyd ondersteun het. My pa het meeste van die tyd in ander lande gewerk, ek het geen ondersteuning van hom ooit gekry nie."

"Ek is baie bly jy sien dit so. Ek sal jou op hoogte hou as ons teen daardie tyd haar nog nie gekry het nie. Tog is ek vol vertroue ons gaan haar kry, binnekort."

"Baie, baie dankie. Ek sal moet gaan, anders gaan my pa begin ongeduldig raak."

"Alles reg."

Sy stap na waar sy Sven sien staan by die meer. Hy sien haar en gaan haar tegemoet. Sonder om 'n woord te sê slaan hy sy arms om haar en druk haar vas.

"Kari, my dierbare vriendin! Alles sal regkom, jy weet hoe 'n sterk en formidabele vrou jou moeder is."

Op 'n manier voel Kari baie meer gerus noudat sy met Erik Bauer gepraat het. Sy weet haar lewe is tien teen een ook in gevaar as haar pa dit moet uitvind, maar sy weet ook haar Vader sal haar beskerm omdat sy die regte ding gedoen het.

Werner wag net totdat hy deur die venster sien Kari is weg, dan skakel hy die nommer.

"Der Schlaue!" groet die blonde man hom, wat die sluwe een beteken.

"Het jy al begin om daardie gemors van 'n teef haar les te leer?"

"Het jy al die eerste gedeelte van my geld betaal, der Schlaue? Ek het mos die eerste deel van die werk al gedoen."

"Ja, jou stommerik, lees jy nie jou kennisgewings van jou bank nie? Antwoord my vraag?"

"Laat ons mekaar mooi verstaan, ek is nie jou stommerik nie! Ek is die een wat die hef in die hand het en jou by die polisie kan gaan aangee. Die bewyse is mos juis die geld wat jy reeds oorbetaal het. Jy sien jy mag dalk dink jy is so slim, maar nie slim genoeg vir my nie. Sit jy een voet verkeerd en ek sal self met jou afreken."

"Rustig, rustig nou. Dit is nie nodig om opgewerk te raak nie. Antwoord net my vraag ..."

"Nee, ek was van plan om haar te verkrag voor ek haar die video speel met jou boodskap ..."

"Wat bedoel jy nee! Is jy te sleg om 'n vrou te oorrompel en te verkrag ... selfs ek wat 'n man is wat elke dag op kantoor sit, het dit reggekry. Was al die stories van hoe rof en genadeloos jy kamma is net snert?"

"Kyk hier jou nikswerd, papbroek – jy het my gehuur om jou slegte werk te doen ... wees baie versigtig wat jy kwytraak. Daardie vrou het towerkrag, ek sê dit vir jou! Ek was minder as 'n meter van haar bed af, het haar gedreig. Sy het nie 'n oog geknip nie, my aangestaar. Die een oomblik kon ek die vrees in haar oë sien toe die besef tot haar deurdring dat ek haar gaan verkrag. Die volgende oomblik het daar 'n vuur in haar oë verskyn wat my in my spore gestuit het. My hele liggaam was lam en ek kon nie 'n tree vorentoe gee nie. Ek

212

vertel vir jou hierdie vrou is die duiwel!" Hy hoor hoe Werner hom uitlag aan die anderkant van die lyn.

"Dit is nou pure snert ... glo jy aan Superman en Catwoman? Net so min as wat dit waar is, is hierdie gemors wat my nou vertel het waar. Sy is net 'n vervelige, stuk teef wat nie haar man kan gelukkig hou nie. Superpowers! Gmf! Dit is nou die grootste klomp stront wat iemand my nog vertel het. Jy beter jou werk doen of ek betaal nie die res van jou geld nie, verstaan jy my. Die polisie en speurders is reeds besig om haar te soek. Onthou net, hulle gaan my nie verdink nie ... maar jy is by haar, so jy kan maar ophou my dreig. Dit is in jou voertuig wat hulle die DNA bewyse gaan vind."

"Moet jy nie te seker wees nie, ek kan sien jy is 'n verwaande man wat te veel van homself dink. Moet my nie weer dreig nie, ek is nie jou sagtehandjie vaal maatjies nie. Hoe het die polisie en speurders in elk geval so gou op die saak afgekom?"

"Jy swak oorhaastige tydsberekening, Kingkong! Dit was dan reg op die tyd wat die skool byna uitgekom het. Die verkeerskonstabel het dadelik die motor met die oop deur en kattebak gesien. Wie sal dit nie gesien het nie. Halwe werk, jy het nie eers so ver gedink om die deure toe te maak of haar handsak te vat nie. Watter persoon wat vir hulp vir 'n pap band gaan soek, los hulle besittings in 'n oop voertuig?"

"Bly stil, dit is nie jy wat die risiko geloop het om gevang te word nie. So hou jou bek! Ek gaan nie langer na jou snert luister nie. Onthou asseblief ek weet waar jy bly, ek het jou selfoonnommer en jou bankrekening besonderhede. Daarby het jy mos nog 'n pragtige tienerdogter ook ... Ek hoop jy volg die strekking van my woorde, das Schlaue!"

"Ek maak jou met my kaal hande vrek, dit belowe ek jou!" Werner praat met homself en dit maak hom nog meer woedend.

Werner voel glad nie tevrede met die man se storie en optrede so ver nie. Nou is dit egter uit sy hand, want hy weet nie eers waar daardie teef aangehou word nie. Die man wou hom nie sê nie. Hy het 'n groot fout begaan om die man hier na die woonstel toe te nooi en nog vir Kari ook te laat sien.

Ek sal maar net moet hoop hy doen sy werk, daarna kan jy met haar maak net soos jy wil. Hy kan haar vrek maak of verkoop of wat ook al, net solank ek haar nooit weer sien nie. Kari sal wel oor dit kom.

Hoofstuk 19

Erik Bauer roep weer sy manne bymekaar en gee aan hulle die inligting wat hy van Kari gekry het.

"Alles dui dus daarop dat meneer Botha ons eerste verdagte is. Die vraag is hoe gaan ons hom met die misdaad verbind. Dit gee ons steeds nie 'n idee waar mevrou Botha is nie. Dat sy in gevaar verkeer, dit is baie seker. Ons weet nie of hy haar net wou skrik maak of uit die weg wil ruim nie."

"Genade, Speursersant, geen man kan tog sy vrou uit die weg wil laat ruim omdat sy nie aan sy fantasieë wil meedoen nie! Hoekom skei hy nie net van haar nie?"

"Dit is 'n baie goeie vraag. Ek dink die antwoord lê daarin dat hy nie bewus is dat sy dogter sy ware kleure ken nie en hy wil nie die skuldige party wees nie. Hy wil die bedroefde vader en man speel. Dit blyk dat sy dogter nie veel respek vir hom het nie omdat haar ma haar vir die laaste sewe jaar alleen groot-gemaak het. Hy was gedurig met sy werk in ander lande. Natuurlik ook hoe hy sy lewe kon geniet net soos hy wil. Toe vind sy vrou van alles uit. Nou is sy die vyand."

"Daar wag vir hom 'n heerlik verrassing as ons sy vrou lewendig kry. Dan gaan hy beslis nooit weer een van die twee sien nie en hulle sal hom klink dit my in elk geval nooit weer wil sien nie."

"Die enigste voorstel wat ek het, is vir noudat ons sy selfoonrekords van die afgelope week trek. Dit kom vir my voor of dit is wanneer dinge vir hom lelik begin skeef loop het. Tot nou toe het hy blyk dit sy vrou probeer sagmaak in die hoop dat sy tot sy siek voorstelle sou instem. Miskien raak ons daaruit iets wys."

"Reg, daarvoor het ons 'n lasbrief nodig. Dit gaan ons nie vandag nog kry nie, dit is reeds te laat."

"Jy is reg, ek sal self na die staatsaanklaer toe gaan vroeg môreoggend en kyk of ons so gou moontlik een kan kry. Daarna sal ek dit by die MediaMarkt gaan afgee. Hulle sal sekerlik dit nie dadelik beskikbaar hê nie en eers later e-pos. My ander bekommernis is as ons hierdie man moet in hegtenis neem, wat word van Kari? Wag, wag, ek dink nou aan iets."

"Wat is dit, Speursersant."

"Agent Richter, sy het 'n vriend waarmee sy al sewe jaar maats is. Dit is beslis 'n opsie, sy was laasweek saam met hulle met vakansie. Dit beteken hulle is ook huisvriende."

"Dit is 'n goeie ding."

"Julle moet goed rus, ons weet nie wat môre bring nie. Ons moet hierdie vrou so gou moontlik kry. Die televisie en radio stasies sal vanaand die voorval beeldsend en vra of iemand nie inligting het of iets gesien het toe sy ontvoer is nie."

Die manne is almal op pad huis toe na nog 'n vermoeiende dag van probeer om reg en geregtigheid te laat geskiet.

Erik se selfoon vibreer in sy sak. Verbaas sien hy dit is Kari wat vir hom 'n boodskap gestuur het.

"Speursersant Bauer, ek het nog iets onthou, ek weet nie of dit iets werd is nie. Net twee dae gelede was hier 'n man by my pa. Hy het genoem dat dit een van sy kollegas is. Ek het nog nooit die man tevore ontmoet nie en ken redelik my pa se kollegas. Dit is 'n baie grillerige groot gespierde man vol allerhande tatoeëermerke. Hy het blonde hare wat glad nie goed versorg was nie en sy voortande is almal vrot. Hy en my pa het op die balkon gesels en ek moes vir hulle koffie neem. Dit het werklik nie gelyk soos iemand wat 'n werk by Coke sal hê nie. Eerder een of ander skurk. Jammer as ek u tyd mors met my boodskap."

"Kari, jy mors glad nie my tyd nie. Elke stukkie inligting kan ons help. Kan jy onthou hoe lank hy min of meer was? Langer as jou pa of nie? Of kan jy dalk een van sy tatoeëermerke onthou wat vir jou uitgestaan het?"

"Hy is langer as my pa. Ek dink as ek moet skat so tien sentimeter langer. Daar is 'n tatoeëermerk van 'n duiwel met 'n vurk teen sy nek. Dit het my opgeval omdat mense nie gewoonlik in hulle nekke tatoeëermerk het nie. Ek sal kyk of ek so 'n prentjie op die internet vind en die vir u aanstuur."

"Dankie Kari, as jy dit aan my gestuur het, sal ek môre ons kunstenaar hier vra om 'n skets te maak wat ek aan jou sal stuur om te kyk hoe naby dit lyk aan die man. Ons moet elke leidraad opvolg. Ek hoop jy kry geslaap vannag. Ons praat gou weer, en baie dankie vir die inligting."

"Dit is res so."

So daar was 'n vreemde man by hulle huis terwyl mevrou Botha nie daar was nie. Baie interessant. Liewe genade, hoekom het nie een van ons dit onthou nie ... nie een van ons het 'n foto van mevrou Botha gevra nie. Laat ek gou vir Kari vra.

"Kari, jammer om weer te pla, kan jy asseblief vir my 'n onlangse foto van jou Mamma stuur? Vir een of ander rede het ons almal vergeet om dit te vra."

Sekondes later ontvang hy die foto.

Genade maar sy is 'n mooi vrou! Haar oë is 'n besonderse kleur. Sal mens dit blou of groen noem? Hier was sy beslis nog gelukkig, kyk net haar pragtige glimlag. Ons moet jou vinnig opspoor, Kendra Botha!

Hy stuur die beskrywing wat hy van Kari ontvang het deur vir hulle kunstenaar. Daarna stuur hy die foto van Kendra aan hul mediaverteenwoordiger met die opdrag dat sy dadelik moet sorg dat die foto op televisie saam met die berig van vroeër moet kom en ook aan die digitale koerante op sosiale media verskaf moet word. Dan besluit hy om die dag te groet.

By die vervalle plaashuis waar Kendra aangehou word is die blonde Gorilla nie gelukkig nie. Hy het die ander geld nodig wat Werner hom skuld en om dit te kry sal hy hierdie vrou moet verkrag en die video vir haar speel en haar verder verniel. Voor hy nie die video daarvan as bewys vir das Schlaue gestuur het nie, gaan hy nie sy geld kry nie. Verder is sy reputasie op die spel ... hoe kan hy toelaat dat so 'n fyn vroumensie hom oor is.

Hy maak 'n toebroodjie en gooi vir haar van die koffie in wat hy gemaak het. Vol bravade is hy op pad na haar toe.

Kendra het intussen haar bes probeer om los te kom uit die toue waarmee sy vasgemaak is, maar moes later opgee. Sy het begin bid en later aan die slaap geraak van skone emosionele uitputting.

Eers wanneer die Gorilla die lig in die kelder aanskakel, skrik sy wakker van die helder lig.

"Sleeping Beauty, lyk my jy is werklik onder die indruk dit is 'n hotel hierdie. Jy lê en slaap terwyl ek kos agter jou moet aandra. Eet, want jy gaan jou kragte later nodig hê. Jy gaan my nie weer keer nie, ek is nie bang vir die duiwels in jou oë nie. Vannag is die nag wat jy my gaan vermaak, hoor jy my?" gil hy op haar.

Kendra kyk net na hom met minagting in haar oë. Sy sal hom nie wys dat sy bevrees is nie. Verder sal sy net haar Vader bly aanroep.

"Het jy jou tong verloor? Antwoord my!" Voor Kendra besef wat hy van plan is om te doen, klap hy haar hard deur haar gesig.

"Die verdomde monster!" skreeu sy en trane loop oor haar wang waar sy reuse hand haar pas getref het.

"Leeu van Juda, beskerm my teen hierdie monster. U is heilig, U is almagtig. Daar is niks wat U nie kan doen nie, my Beskermer, my Verlosser!" proklameer sy nou kliphard terwyl sy na hom staar. Hy begin meteens te retireer. Hy sien 'n wit kleed wat om die vroumens hang.

Is ek besig om mal te word? Ek sien spoke en laat my afsit van so 'n klein vroutjie. Ek sal haar wys.

Hy probeer vorentoe storm, maar die kleed beweeg tussen hom en die vroumens in. Die Gorilla draai om en vlug by die kelder uit soos die vorige keer.

"Ek prys U grote naam Abba Vader! Dankie Jesus vir U beskerming. U is heilig, almagtig en genadig. Ek sal U my lewe lank prys en eer. U is Jeshua my Beskermer, my Koning, my Vredevors, my Verlosser, my Geneesheer, my Voorsiener. Geen wapens wat teen my gesmee word sal my kan aanraak nie, omdat U Leeu van Juda my sal beskerm. Ek loof U, en dank U! Halleluja, halleluja, halleluja!"

Hy hoor hoe sy sing en uitroep. Natuurlik verstaan hy niks. *Die vrou is mal, daardie man besef dit net nie, hierdie vrou is 'n heks.*

"Vader, beskerm my Kari ook soos u my beskerm het in hierdie ure vandat ek ontvoer is. Laat sy sal weet ek is veilig in U hande. Gee haar wysheid, insig en kalmte. Laat haar voort gaan met haar planne, en dat sy sal weet dit is wat ek wil hê. Moet asseblief nie dat Werner haar stop nie. Stuur mense om haar in hierdie tyd U liefde te wys en te help. Dankie goeie Vader, baie, baie dankie."

Sy is nie honger nie, maar besef sy moet eet. Daarom wurg sy die kos af. Sy kyk rond in die kamer en wonder wat sy gaan doen as sy 'n nood ontwikkel om toilet toe te gaan. Skielik is sy baie dankbaar dat haar dag voor die ontvoering so besig was dat sy nie tyd gekry het om nog koffie te drink nie. Dit sal haar nou help. Hier moet sy probeer uitkom. In die hoop dat die man een of ander tyd sal moet gaan slaap, kyk sy rond of sy nie iets sien waarmee sy haarself kan bevry nie. Die Vader was reeds so goed vir haar dat die man in sy haas die lig aan vergeet het.

"Ek wonder wat hom skielik so laat hardloop het. Dit het gelyk of hy 'n spook gesien het."

"Dit is Ek, my kind, ek het hom verjaag," hoor sy duidelik 'n stem.

"Vader, Jesus! Is dit U? Is dit?" vra sy opgewonde.

"Ja, dit is Ek. Ek belowe mos in my Woord as jy My aanroep, sal ek na jou stem luister. Ek sal jou nooit in die steek laat nie. Jy is kosbaar vir my. Bekommer jou nie oor Kari nie, sy is net so kosbaar vir My. Daar is mense wat haar bemoedig en versterk. My engele beskerm haar ook."

"Dankie, Vader, oneindig baie dankie." Sy begin te sing *The battle belongs to the Lord.*

In heavenly armour we'll enter the land
The battle belongs to the Lord
No weapon that's fashioned against us shall stand
The battle belongs to the Lord

We sing glory and honor
Power and strength to the Lord

The power of darkness comes in like a flood
The battle belongs to the Lord
He's raised up a standard, the power of His blood
The battle belongs to the Lord

When your enemy presses in hard do not fear
The battle belongs to the Lord
Take courage my friend, your redemption is near
The battle belongs to the Lord

Kendra sing die een na die ander gospelliedere en maak haar Vader se Naam groot. *So het Jerigo se mure geval, so sal U ook vir my die oorwinning in hierdie drama gee.*

Kendra sien egter niks waarmee sy haarself kan probeer los sny nie. Terwyl sy so sing, dommel sy weg in 'n diep slaap.

In Rahlstedt het Kari pas haar lig afgeskakel. Daar het skielik 'n vrede oor haar gekom. 'n Gevoel dat haar Mamma veilig is waar sy ook al is en dat God hulle Vader oor haar waak.

"Pappa Vader, Mamma het altyd gesê U is naby. Nog nooit het ek U so naby gevoel soos nou nie. Dankie dat U oor my Mamma waak en vir my vrede bring. Laat hulle haar vinnig kry voor daardie bose mense wat haar gevat het haar kan skade aandoen. Wys vir die ondersoekspan wat die waarheid is. As my pa deel hiervan is en haar wil so seermaak omdat hy nie sy siek sin kan kry nie, laat hulle iets kry om dit te bewys. Ek is steeds lief vir hom Vader, maar ek stem nie saam met die dinge en seer wat hy my Mamma aangedoen het nie. Asseblief Vader, laat hulle haar kry!"

Minute later is sy in droomland. Vroeg die volgende oggend word sy wakker en besef dit is haar pa se harde stem wat haar wakker gemaak het. Sy gaan saggies na haar deur en luister. Die klank kom van die balkon. Sy maak die deur op 'n skrefie oop om beter te kan hoor. Sy hoor nou elke woord wat hy sê omdat hy woedend is en byna op die persoon skreeu. Hy het blykbaar vergeet waar hy is en dat haar kamer die naaste aan die balkon is.

"Wil jy vir my probeer wysmaak dat daardie simpel donnerse teef nou kamma een of ander magiese krag het wat jou so verlam dat jy haar nie in jou donner in kan verkrag en 'n les leer nie. Ek het jou goed betaal om haar te verkrag en daardie video vir haar te wys. Nou het jy na byna 'n dag nog nie aan haar geraak nie. Jy is fokken mal as jy dink ek glo jou. Jy is net te donners sleg, ek het jou gesê selfs ek wat nie die helfte van jou spiere het nie het haar verkrag! Vir die laaste maal sê ek jou, verkrag daardie donnerse vrou. Sy wil mos nie na my luister nie, wil mos nie saamspeel nie. Daarna kan jy haar vrek maak of verkoop of wat jy ook al met haar wil doen.

Ek gee jou nog 'n paar ure kans. Ek wag vir jou oproep. Moenie dink ek sal jou nie opspoor nie, ek het jou selfoonnommer. Jou fokken Gorilla, gaan skeur daardie simpel teef se klere van haar lyf af!"

Kari druk haar deur saggies toe en sak net daar in mekaar van skok oor wat sy gehoor het. Sy bewe so sy kry nie opgestaan nie. Tog besef sy sy moet by haar bed uitkom en maak of sy slaap. As haar pa haar nou hier vind sal hy weet sy het hom gehoor. Dit mag nie gebeur nie. Dit is haar Mamma se enigste kans op oorlewing wat sy nou in haar hande hou.

"Jesus, help my net dat ek op my bed kan kom. Help my net!" prewel sy sag. Van iewers kry sy bonatuurlike krag. Binne twee treë is sy by haar bed, klim in en trek haar kop toe. Haar hart klop benoud en haar brein werk oortyd. Hierdie inligting móét sy dringend by speursersant Bauer uit kry. Eers sal sy moet seker maak dat haar pa onder die indruk is sy slaap nog.

Werner is woedend en magteloos. Hy kon nie sy vriend vra om die man se selfoon se lokasie op te spoor nie, want dan kan hy aan die misdaad gekoppel word. Al wat hy nou kan doen is wag. Dit maak hom waansinnig. Hy kan nie eers vir Santa vra om sy wellus te kom bevredig nie, want Kari is hier.

Ek sal haar uit die huis uit moet kry, dit is al wat sal werk. Laat ek net eers koffie drink, anders sal Kari sien daar is fout. Ek is so woedend, my gesig is seker heel rooi. Daarna sal ek haar wakker maak. Sy kan by Sven gaan kuier of wat weet ek nie doen.

Terwyl hy koffie drink in sy kamer, stuur Kari vir Erik Bauer 'n WhatsApp boodskap.

"Speursersant Bauer, jou vermoede was reg! Ek het pas my pa met 'n man hoor praat. Hy het op die man geskree dat hy hom nie verniet betaal het om my ma te ontvoer nie en nog baie ander dinge. Ons moet ontmoet."

"Kari, liewe hemel. Sommer net so?"

"Hy was op die balkon en het gedink ek slaap. Hy weet nie dat ek al wakker is nie. Hy was so woedend vir die man dat hy sekerlik nie besef het hy skree so nie. Ek sal Sven vra om my te kom optel en na u te bring."

"Ek wag vir julle. Wees veilig. Jy is 'n baie dapper meisie."

Kari is dadelik uit haar bed en loop badkamer toe. Sy sorg dat haar pa haar hoor. Sy maak die badkamer deur effens hard toe.

"Perfek, Kari is wakker. Ek gaan haar nou aansê om uit die huis te kom."

Ek is seker hy het my gehoor. Sy borsel tande en was haar gesig. Wanneer sy die badkamer deur oopmaak, roep Werner haar uit die kombuis.

"My pop, kom drink saam met my koffie."

"Môre Pappa, kon Pappa darem slaap?"

"Nee, my kind ek het nie 'n oog toe gehad nie. Hoe het jy geslaap?"

"Ek moes iewers van emosionele uitputting aan die slaap geraak het. Toe het ek so vasgeslaap dat ek byna van die bed geval het toe Sven nou vir my 'n WhatsApp gestuur het."

"Dit is goed om te hoor. Ek het juis gewonder of jy nie saam met hom iets wil gaan doen nie. Dit sal jou help, want hierdie gewag maak my dood, so ek het geen idee hoe jy moet voel nie. Mamma en jy is so naby mekaar. Die speurder is ook so vertraag, ek het nou nog niks weer van hulle gehoor nie."

"Sven het gevra of ons nie na die sentrum toe kan gaan om ontbyt te eet nie. Ek het gesê ek sal by Pappa hoor. Dan sal ek hom laat weet hy kan my maar kom optel sodra ek klaar is. Pappa moet bietjie rus as ek weg is."

"My pop, jy is altyd so besorgd oor almal. Ek gaan jou vreeslik mis as jy weggaan. Wil jy nog gaan, met Mamma wat nou ontvoer is?"

"Ek wil, omdat ek weet dit is wat haar hart sou bly maak. Ek dink die saak is in goeie hande. Verder bid ek en vertrou ek op my hemelse Vader."

"Ja, jy is jou Mamma se kind, 'n sterk jongvrou. Gaan maak klaar."

Kari gaan na haar kamer, en maak haastig klaar. *Hoekom kry ek die gevoel dat hy my net uit die huis wil weg hê. Gelukkig vir hom wil ek baie graag vinniger hier wegkom as wat hy my wil wegkry.*

Sy het reeds vir Sven laat weet om haar te kom haal. Hy is reeds op pad na haar toe. Werner wag net tot Kari by die deur uitloop dan bel hy vir Santa.

"Santa, jou dienste word benodig, baie, baie dringend."

"Waar is jou vrou en dogter dan?"

"Ek sal jou vertel as jy hier kom. Maak net gou!"

"Ek is so goed soos op pad, Werner darling!"

Terwyl Kari op pad is saam met Sven na die polisiestasie, is daar twee vriende, een in Duitsland en die ander in Pretoria wat albei besig is om die aanlyn internasionale nuus te lees. Dit is Pieter in Suid-Afrika en Dean in Rahlstedt. Byna gelyktydig sien hulle die berig met die foto van Kendra raak.

"Wife and Mother kidnapped in front of school in Rahlstedt"

"Dit is mos Kendra Botha! Nee, dit is tog nie moontlik nie." Pieter lees verder die berig en word yskoud as hy besef dit is werklik Kendra Botha. Sonder enige verwyl, skakel hy vir Dean.

"Pieter, ek neem aan jy het die berig ook gesien?"

"Oor Kendra?"

"Ja, dat sy ontvoer is."

"Dean wat de hel, wie sou haar ontvoer het en hoekom?"

"Ek weet net so min soos jy, ek het pas eers die berig gelees. Na laas Woensdag se episode het ek nie met haar of daardie simpel man van haar gepraat nie."

"Dink jy nie ook soos ek dat dit dalk sy werk kan wees nie?"

"Nee, magtig, ou Pieter, hy is 'n simpel vent, maar ek weet darem nie of hy so ver sal gaan nie. Wat kan hy daardeur bereik?"

"Ek kan jou nie antwoord nie, tog weet ons dat hy haar probeer drug het en wat sy planne dan met haar was. As 'n man so iets teen sy vrou kan beplan, dan kan hy ook haar laat ontvoer."

"Hemel Pieter, ek hoop nie jy is reg nie. Dan is die man mos mal en baie gevaarlik."

"Wel, ek dink al lankal hy is mal en baie gevaarlik. Die arme Kendra, ek hoop werklik nie wie haar ook al het, maak haar seer nie. Sy is werklik so 'n goeie mens. Hou my asseblief op hoogte van wat daar gebeur, Dean."

"Ek sal beslis. Ek is werklik geskok. Sy moet in gevaar wees, mense ontvoer nie net 'n vrou vir geen rede nie. Die speurders het nog geen leidrade gisteraand gehad nie, ek hoop hulle kry vinnig iets. Die arme Kari, ek wonder hoe sy dit alles hanteer. Daardie simpel man het nog nooit vir haar omgegee nie. Sy en Kendra is soos susters. Ek laat jou weet as ek iets hoor."

"Hi Kari, maar jy is vroeg aan die gang. Jy kon sekerlik niks slaap laasnag nie. Waarheen gaan ons so vroeg?"

"Ek het goed geslaap ... jy weet mos ons Vader beskerm sy kinders. Ek het net gisteraand nadat ek met speursersant Bauer gepraat het 'n rustigheid oor my gekry. Dit is ook waarheen ons nou op pad is, ek moet dringend met hom praat. Daarna sal ek jou alles vertel."

"Kari ... hoekom voel dit vir my of hierdie nie goed is nie?"

"Ek weet nie hoe om dit vir jou te verduidelik nou nie – dit hang af uit wie se oogpunt jy daarna kyk of dit goed of sleg is. Ons praat as ek klaar is by die speurders."

"Ek sal wag. Ek het jou gister belowe ek sal daar wees vir jou, soos ons nog altyd daar was vir mekaar. Jy het in 'n tyd in my lewe gekom waar ek so verlore en hartseer was na Mamma se dood. Van toe af was jy net nog altyd daar. Of ek ontsteld was of bly, hartseer of vol vreugde, jy was daar om my te bemoedig en aan te spoor. Ek is so bly vir hierdie motor, anders sou ek jou nooit kon sien. Nou sal ek gereeld vir jou kan kom kuier.

"Sven, jy is een van die standvastighede in my lewe. Jy en my Mamma. Nou is sy weg en jy is daar vir my. Ek waardeer dit baie. Kom ons kry hierdie besoek agter die rug ..."

Erik wag vir hulle, wanneer daar 'n klop aan sy deur is, nooi hy dadelik die persoon moet inkom.

"Môre speursersant Bauer."

"Kari, ek het gehoop dit is jy. Sven, dankie dat jy haar gebring het. Sal jy ons asseblief verskoon vir 'n tydjie. Ek vra gou een van die manne om te sorg dat jy koffie kry."

"Geen probleem nie, ek sal in die wagkamer wag vir jou Kari."

"Dankie."

Erik skakel en gee opdrag dat hulle vir Sven moet koffie neem. Daarna vou hy sy hande op die tafel en kyk na Kari.

"Kari, vertel my wat jy alles gehoor het. Onthou asseblief, ons sal jou beskerm."

"Dit is *okay*, ek is glad nie bang nie. Net ontsettend ontnugter en teleurgesteld. Beslis ook woedend. Ek sou nog altyd as iemand my moes vra wie van my ouers ek kies, my Mamma gekies het. Nooit het ek besef dat ek eendag daardie keuse sal moet maak om haar lewe dalk te red nie. Gelukkig is dit 'n baie maklike keuse vir my, want sy is my alles, soos ek haar alles is.

"In kort het my pa beken dat hy my ma laat ontvoer het, die man opdrag gegee om haar te verkrag en uitmekaar te skeur in sy eie woorde. Dit het geklink of die man tot nou toe nog nie dit reggekry het om my Mamma te verkrag of enige leed aan te doen nie. My pa het hom geskel en gevra of hy simpel is om te glo dat my Mamma een of ander magiese krag het wat die man kon verlam en keer om haar aan te raak. So ek lei daarvan af dat hy hom vasgeloop het teen my Mamma se opregte geloof in ons Vader en dat sy dit as wapen teen hom gebruik het. Dat Vader God haar beskerm het deur die man te laat voel of hy lam is."

"Kari, dit is verskriklike dinge wat jy my nou vertel. Ek kan nie eers begin om te besef hoe dit jou moet raak nie. Jou eie pa moes jy hoor is die een wat agter jou moeder se ontvoering sit en hierdie gruwelike opdragte gegee het."

"Speursersant, dieselfde krag wat my Mamma veilig hou, hou my kalm en gee my die krag om die regte ding te doen. Dit is nog nie al nie. Hy het die man gedreig dat hy hom nog net 'n paar ure kans gee om te doen wat hy gevra het en daarna my Mamma dood te maak of te verkoop."

"Ons tyd raak min. Eerste gaan ons jou pa dadelik in hegtenis moet neem. Daarna kan ons van sy foon die nommer kry wat hy geskakel het om so die lokasie te kry waar jou Mamma is. Dan sal ons moet gou speel om by haar uit te kom voor die monster haar kan skade aan doen. Die profiel het uitgekom vanoggend. Die man is baie gevaarlik en ek glo jou as jy my vertel dat dit net God se werk is dat jou mamma nog ongedeerd is. Hy is werklik 'n ou vroue verkragter en moordenaar. Ons kry hom net nie vasgetrek nie. Hierdie keer sit sy turf. Dit net omdat jy so dapper is Kari. Sal jy by Sven en sy familie kan gaan bly vir die res van die tyd voor jy kollege toe gaan?"

"Ek is seker ek sal. Hy weet nog van niks van hierdie goed nie. Ek gaan nadat ons hier klaar is vir hom vertel. So wat moet ek nou doen?"

"Nou gaan jy en Sven ontbyt eet en ons sal ons werk doen. Ek sal sorg dat ek julle huis se sleutels kry vir jou om jou goed te gaan haal later. Dit is beter as jy nie by is as ons daarheen gaan nie. Sodra ons jou pa in hegtenis geneem het, sal ek daar vir julle wag om jou klere te gaan haal en die sleutel te gee. Daarna gaan ons so gou moontlik werk maak om jou Mamma te kry."

"Baie dankie speursersant Bauer. Ek is so dankbaar vir jou hulp. Ons wag dan vir jou oproep."

Erik Bauer kry haar innig jammer, dit kan nie maklik vir haar wees om haar pa so oor te gee nie. Sy is net sewentien en al kies sy haar Moeder se kant omdat sy al die inligting het van gebeure, hy bly haar pa.

"Kari, is julle klaar?"

"Ja, ons is. Kan ons gaan ontbyt eet iewers, ek het nou kos nodig. Hierdie gaan nog 'n lang, moeilike dag raak."

"Natuurlik, kom ons gaan na die Block House, hulle ontbyt is die beste. Dit is my en pappa se gunsteling plek." Hy haak by haar in en saam stap hulle na sy motor. Kari is stil die entjie na die sentrum toe. Sven vra ook nie uit nie. Sy het belowe om hom te vertel, en hy weet sy sal.

Eers wanneer die kelnerin hulle bestelling geneem het, begin Kari praat.

"Sven, hierdie bly net tussen ons asseblief. Van dit sal in die media uitkom, maar van dit is baie persoonlike inligting oor my ouers. Ek moet dit aan jou vertel dat jy kan verstaan wat nou aan die gang is."

"Kari, ek voel baie geëerd dat jy dit met my wil deel. Jy het my woord van eer dat ek nie eers vir my pappa daarvan sal vertel nie."

"Die dag wat ons terug gekom het van vakansie af het my Mamma my na die botaniese tuine geneem en daar het sy my al die dinge wat al die jare verkeerd gegaan het tussen haar en my pa vertel. Sy wou hê ek moes weet voor ek weggaan. Dit het begin met 'n stemnota wat sy van 'n vriendin in Suid-Afrika ontvang het wat haar hele wêreld laat in duie stort het...

Kari vertel aan hom alles wat haar Mamma daardie dag aan haar vertel het. Hy is tot stilte geskok.

"Kari, dit is verskriklik! En die hele tyd het sy jou beskerm om dit van jou te weerhou. Sy is voorwaar 'n wonderlike mens."

"Dit is nog nie al nie. Dit bring ons by wat nou aangaan en my Mamma wat gister ontvoer is."

"Wat het jou ouers se verhouding daarmee te doen?"

"Alles! In kort my pa het iemand gehuur om haar te ontvoer, te verkrag, en daarna haar of dood te maak of te verkoop aan mensehandelaars."

"Nee, dit kan nie waar wees nie!"

"Ek verseker jou dit is. Ek het vanoggend sy gesprek met die man gehoor. Hy het gedink ek slaap en was woedend en het vreeslik geskree. Ek kon elke woord hoor. Soos ons nou hier sit is hulle besig om hom in hegtenis te neem. Ek hoop ek sal tot ons Sondag ry, by julle kan bly. Anders bly ek alleen in die woonstel. Die kanse dat hulle my Mamma ook nou sal vind is baie groter nou. Ek vertrou op Jesus."

"Kari, natuurlik kan jy by ons bly. Nie my pa of ek sal toelaat dat jy in hierdie tyd alleen is nie. Ek is tot in my wese geskok oor jou pa. Is hy dan werklik so 'n monster?"

"Dit blyk so, Sven. Ek het lankal geweet dat hy ons net as 'n las sien, maar het ook nie hierdie van hom verwag nie. Dit is presies die rede hoekom Vader God my vanoggend hierdie gespek laat hoor het. Dit is al hoe ek glo dat hy skuldig is, ek het dit uit sy eie mond gehoor."

Sven staan op en loop na haar. Hy trek haar uit die sitplek en druk haar styf teen hom vas. Dit is dan wat haar emosionele damwal uiteindelik breek.

"Huil, liewe Kari, huil. Ek sal jou nie los nie." Vir 'n hele ruk staan hy so met haar. Dan laat hy haar inskuif in die bank en neem langs haar plaas. Hy sit sy arm om haar en hou haar vas.

"Jy is voorwaar die sterkste meisie wat ek ken. Ek dink nie eers ek sou so iets kon doen nie."

"Ek moes kies, en jy weet baie goed ek sal enige dag my Mamma kies. Sy was al die jare daar vir my."

Hoofstuk 20

Erik Bauer en agent Richter klop aan Werner se deur. Hulle hoor stemme, en wag.

"Santa, hel, hier is mense trek aan?"

"Nee, moenie oop maak nie, hulle sal weggaan."

Hy oorweeg dit om te doen soos sy voorstel. Dan hoor hy weer 'n nog dringender geklop.

"Meneer Botha, maak asseblief die deur oop, dit is speursersant Bauer!"

"Liewe hemel dit is die speurder wat op daardie teef se ontvoeringsaak werk. Ek moet oopmaak anders sal dit verdag voorkom."

"Hoe weet hulle jy is hier? Moenie oopmaak nie."

Die volgende oomblik lui Werner se selfoon hard en duidelik en hy besef hy het geen ander keuse nie. Santa spring uit die bed, gryp haar klere en hardloop in die badkamer in.

"Ek kom, gee my net 'n minuut."

"Ek wonder waarmee hy so besig kan wees dat dit hom so lank neem om die deur oop te maak," wonder agent Richter.

"Ons sal binnekort uitvind. Sy doppie is nou geklink."

Die volgend oomblik gaan die deur oop en Werner staan daar met nat geswete hare soos 'n man wat hard geoefen het.

"Dit lyk vir my of ons jou oefensessie onderbreek het, meneer Botha, kan ons asseblief inkom?"

"Nee, dit is sommer niks nie. Ek sweet net baie maklik. Kom gerus in, het julle nuus oor my vrou?"

Albei die geregsdienaars stap tot in die sitkamer. Sodra Werner by hulle aansluit maak Richter of hy na die balkon wil loop en Bauer begin dadelik praat.

"Meneer Botha, ons arresteer jou as eerste verdagte vir die ontvoering op jou vrou mevrou Kendra Botha. Jy het die reg om te swyg. Enigiets wat jy sê kan en sal teen jou in 'n geregshof gebruik word. Jy het 'n reg op 'n prokureur. As jy nie 'n prokureur kan bekostig nie, sal een vir jou aangestel word."

Werner wil nog iets sê as hy voel hoe die boeie om sy arms gesluit word.

"Julle is mal! Hoekom sal ek so iets wil doen? Laat my gaan! Wat van my dogter, sy moet Sondag kollege toe gaan ..."

"Moet jy jou nie oor Kari bekommer nie, ek glo haar Mamma sal haar Sondag kan afsien. Richter sorg dat hy nêrens gaan nie, ek gaan gou deur die huis stap en sy selfoon en skootrekenaar konfiskeer. Ek glo dit is al wat ons nodig het om hom toe te sluit."

"Jy kan nie net so in my kamer in gaan nie. Dit is 'n verbreking van my privaatheid."

"Werklik, het jy vergeet jy is die krimineel hier, meneer Botha. Wat is daar in jou kamer wat jy so wegsteek. Nou is ek eers nuuskierig." Erik stap haastig in die gang af en loer by elke kamer in. Hy identifiseer maklik Kari se kamer en die spaarkamer en weet Werner se kamer moet dan die een aan die einde van die gang wees.

Hy steek in die deur vas as hy merk dat die bed deurmekaar is en daar nog van 'n vrou se onderklere voor die bed lê.

"Agent Richter ek was reg, die man was besig met sy oefeninge, ek vermoed sy oefen metgesel is in die badkamer ..." Hy gaan die kamer binne en neem eerste Werner se selfoon en plaas dit in 'n sakkie. Daarna skakel hy die skootrekenaar af en plaas dit in die sak. Dan klop hy aan die badkamerdeur.

"Kom asseblief uit, ons het nie tyd om te mors nie. Julle speletjies is nou oor."

Die deur gaan stadig oop en 'n vrou redelik skamel geklee kom uit.

"Kan ek my voorstel? Ek is speursersant Erik Bauer. Ons het so pas jou *boyfriend* in hegtenis geneem. Ek dink jy moet ook maar saamkom na die stasie toe. Geen vrou hoort in 'n getroude man waarvan die vrou minder as vier en twintig uur gelede ontvoer is se huis as sy nie bewus is van alles nie. Kom praat, poppie, wie is jy?"

"Santa Kroukamp ... ek belowe ek het niks hiermee te doen nie. Ons is net vriende."

"Ek sien, is dit wat jy dit noem, vriende. Is julle so vriende dat jy bewus was dat hy sy vrou wou verdoof dat julle haar liggaam kan misbruik omdat sy nie wou instem daartoe nie?" Erik sien dadelik dat sy geskok is dat hy dit weet. Hy lees haar regte en boei haar ook.

"Ek stel voor jy bly liewer stil blondie, want duidelik het jy nie veel tussen jou ore nie. Al jou talente is blykbaar tussen jou bene."

Hy marsjeer haar na die sitkamer waar Richter met Werner wag.

"Kyk wat het ek gevind, Richter ... meneer Botha se oefenapparaat. Ek het al gehoor hulle verwys na sulke vroue soos sy as prostitute, gesellinne, straatvroue, maar sowaar dit is 'n eerste – oefenapparaat!"

"Los haar, sy het niks hiermee te doen nie!" probeer Werner sy stem dik maak.

"Meneer Botha, ons sal besluit wie nog iets hiermee te doen het of nie. Kom ons neem hulle weg. Ek sien die sleutels is gelukkig in die deur, so daarvoor hoef ek jou nie ook nog te dreig nie. Richter, hou hulle vas terwyl ek die deur sluit, nie dat ek dink een van hulle het enige energie oor om te probeer weghardloop nie." Hy sluit die deur en gooi die sleutel in die skootrekenaar sak. Dan gaan hulle met die hyser af na die motor.

"Meneer Botha, groet hierdie gebou, ek dink nie jy gaan dit weer sien nie. Kriminele soos jy word dadelik nadat hulle gevonnis is gedeporteer terug na hulle land. Ons soek nie uitvaagsels soos julle in ons land nie."

Van agter skel Santa en gaan aan dat sy vir Dean moet bel.

"Dit sal interessant wees om te hoor wat jy by 'n ander man se huis gedoen het hierdie tyd van die oggend as jou man by die werk is, mevrou Kroukamp," koggel Richter haar.

Hulle gee aan Santa 'n telefoon om vir Dean te skakel. Erik hou haar dop, wanneer Dean antwoord verander haar gesig heeltemal.

"Dean, my liefling, jy sal nie glo wat gebeur het nie! Jy moet dadelik my hier uit kry. Die polisie het by Werner se woonstel opgedaag terwyl ek hom gaan moed in praat het oor Kendra se ontvoering. Toe neem hulle ons albei in hegtenis ..."

"Santa, dink jy ek is sonder 'n brein gebore? Ek weet al lankal dat jy en daardie man 'n verhouding het. Hoekom sal die polisie julle net toesluit sonder rede? Ek sal jou nie kom haal nie. Dit is tyd dat reg en geregtigheid seëvier. Jou en daardie vent se siek planne het nou genoeg Kendra en my lewens verwoes. Stuur groete vir *lover boy*!"

"Dean! Dean, dit is nie so nie. Jy kan my nie net hier los nie ..." praat sy met haarself. Dean het lankal reeds neergesit.

"Ah, hoe klink dit my jou man is toe slimmer as wat jy gedink het, mevrou Kroukamp. Jy sien die waarheid het altyd 'n manier om uit te kom. Geniet dit maar hier by ons, ek vermoed jy gaan nog lank hier wees."

"Werner hy het niks geglo van wat ek hom vertel het nie, hoe gaan ek nou hier uitkom?" Werner het skielik sy tong en belangstelling in die blonde prikkelpop verloor. Erik lag uit sy maak en stap na sy kantoor om vir Kari te skakel.

"Speursersant, is dit verby?"

"Ja, Kari. Kom kry die sleutels by my en gaan haal jou klere."

"Dankie, ons kom nou dadelik." Sy groet en kyk na Sven.

"Moet ons gaan?"

"Ja, maar jy moet sekerlik eers jou pa vra of ek daarheen kan kom."

"Ek hoef nie, maar om jou tevrede te stel sal ek." Hy skakel sy pa se nommer.

"Seun, ek het gesien jy is vroeg uit."

"Ja, Pappa. Ek sal later verduidelik. Nou wil ek net eers gou hoor of die reg sal wees as Kari vir 'n paar dae by ons bly."

"Natuurlik sal dit reg wees ... waar is haar ouers dan?"

"Ek kom verduidelik sodra ons haar klere gaan haal het."

"In die haak so seun." *Dit is baie snaaks, Sven klink gestres. Wat sal fout wees?* Hartmunt is 'n boekhouer en werk van sy huis af. Hy gaan dadelik terug na sy werk.

'n Halfuur later kom Sven en Kari daaraan. Hy kan dadelik sien dat iewers groot fout is, die kind het baie duidelik onlangs gehuil.

"Kari, meisiekind, wat is fout?" vra hy as hy haar groet en 'n drukkie gee.

"Pappa, kan ek haar net eers na haar kamer neem, dan sal ek jou alles kom vertel."

"Sekerlik, kan ek vir jou tee of koffie bring, kind?"

"Tee, dankie oom." Sy laat toe dat Sven haar na die kamer neem.

"Kari, wees jy rustig. Rus 'n bietjie, die oggend sover was baie stresvol vir jou. Ek sal self jou tee bring. Daarna sal ek my pa net vertel wat hy hoef te weet. Ek weet jy vertrou my."

"Ja, ek doen. Dankie Sven. Wat sal ek sonder julle gedoen het."

"Sui, sui, moenie huil nie. Jy sal sien alles gaan nou beter word."

'n Rukkie later neem hy vir Kari haar tee.

"Ek hoop werklik dat dit haar rustig sal maak en miskien bietjie sal laat slaap. Kom ons gaan sit in Pappa se kantoor."

"My seun, ek kan sien hier is iets groot fout, praat nou."

"Pappa, tannie Kendra is gister ontvoer ..." hy vertel aan sy pa wat hy dink nodig is vir hom om te weet en te verstaan hoekom Kari hulle nodig het.

"*Mein Gott, das kann nicht wahr sein!* Die arme Kari, dit is werklik verskriklik. Gaan sy nou nog kollege toe?"

"Ja, sy gaan. Ek het 'n baie sterk vermoede dat hulle tannie Kendra gaan vind voor dan. Dit sal goed wees vir Kari. Sy was eintlik baie rustig gisteraand toe ek by haar was. Vanoggend het alles net vir haar te veel geraak nadat sy met die speurders gepraat het."

"Dit kan ek ook verstaan ... ek hoop werklik jy is reg oor dat hulle Kendra nou vinnig sal vind."

"Ek wil gou gaan loer of sy nie dalk slaap nie, dit sal goed wees vir haar."

"Dit is reg my seun. Ek is maar net hier, praat as ek kan help met iets."

"Dankie, Pappa."

Erik Bauer trek heel eerste Werner se selfoon nader, hy kyk op sy eie foon hoe laat hy die boodskap van Kari gekry het. Daarna soek hy vir 'n nommer wat daardie tyd geskakel is op die selfoon rekord wat hy pas ontvang het.

"Ah, daar is dit? Kom ek kry dit by die manne van opsporing. Hulle sal vinnig vir ons kan vertel waar die selfoon is." Opgewonde drafstap hy in die gang af na die beheerkamer.

"Môre Speursersant Bauer, kan ons help met iets," vra een van die jongmanne in die beheerkamer.

"Beslis kan julle help. Spoor asseblief vir my die lokasie van hierdie selfoonnommer dringend op." Hy hou die foon na die jongman. Die neem dit en tik die nommer op sy skerm in en druk dan die knoppie. 'n Hele magdom nommers hardloop op die rekenaar skerm af en dan skielik word 'n kaart uitgegooi op die massiewe skerm met 'n rooi liggie wat flikker.

"Ons het jou katvis, ons het jou!" roep hy van pure opgewondenheid. "Stuur asseblief daardie koördinate na my selfoon. Dankie vir jou hulp, ek is bietjie haastig, ons het 'n vrou om te gaan red van 'n monster."

"Altyd 'n plesier, Speursersant."

Soos hy in die gang af drafstap na sy kantoor, kommandeer hy sy manne op.

"Kom manne, ons moet gaan. Dit is tyd om vir Kendra Botha te gaan red uit die klou van die Monster. Hy sal beslis gewapen wees, neem julle koeëlvaste baadjies saam. Richter gee opdrag dat die ambulans ons volg, maar sonder hulle sirenes."

"Ek maak so *Chief!*" Die manne trek blitsvinnig hulle baadjies aan en storm uit na die voertuig. Almal van hulle ry in 'n spesiale voertuig wat koeëlbestand en ingerig is met GPS en radio's.

Minute later vertrek die twee voertuie in gelid. Die verkeer is te stadig na Erik se smaak en hy gee opdrag dat hulle albei hul sirenes aansit tot net buite die stad. Binne minute maak die strate oop voor hulle en vorder hulle vinnig. Hulle bereik die buitewyke van die stad in 'n rekord tyd. Die sirenes word afgeskakel en hulle spoed voort.

"Die afdraai moet nou naby wees, dit wys dat daar nog net tien kilometer oor is na die lokasie." Dit was nie lank daarna wat die vroue stem op die GPS aandui dat hulle 'n paar meter vorentoe moet afdraai.

Die blonde monster is omgekrap. Weereens moes hy die beledigings van Werner Botha aanhoor. Nou het hy nog 'n ultimatum ook gestel.

"Ek skiet sommer die vroumens vrek, daarvoor hoef ek nie so naby haar te kom nie. Ek gaan nie toelaat dat sy my beroof van daardie geld nie. Nee, ek het 'n ander plan. Ek gaan haar los maak, dan die video vir haar wys. Dit sal haar beslis hewig ontstel om te hoor wat haar man se opdrag is en dan sal ek haar oorrompel. Briljant!"

Tevrede met sy plan stap hy af na die kelder, sluit die deur oop en skakel die lig aan.

"Wakker word *Sleeping Beauty.* Dit is *movie* tyd. Jy moet jou nou mooi gedra, ek gaan so gaaf wees om jou los te maak. Ek glo in elk geval nie as jy die video sien sal jy kan beweeg nie, jy sal te lam van skok wees sien?"

Kendra kyk hom net aan met daardie groenblou oë van haar. Sy gaan nie hom laat sien dat sy teenwoordigheid haar walg nie. *Vader, beskerm my. Wys my as daar 'n manier is wat ek nou kan wegkom. U weet dat my bene lam gaan wees as hy my losmaak, gee my die krag as ek moet hardloop. Wys my asseblief?*

Die monster stap op haar af en grynslag as hy die mes nader bring om haar hande los te sny. Hy maak of die mes glip en stop kort by haar keel.

"Sien die is hoe maklik 'n ongeluk kan gebeur, mevrou Botha. Jy moet mooi stil wees en moenie so na my staar nie." Hy sny haar hande los en sy vryf haar polse waar die tou haar gesny het. Dan gaan sny hy haar voete los. Haar bene is so lam, sy kan hulle nie beweeg nie.

"Sit regop, en moenie eers daaraan dink om verder te beweeg nie, ek sal jou vrek skiet. Ek gaan nie my geld verloor omdat jy van die duiwel besete is nie. Moenie vir my kyk nie, kyk af!" skree hy.

Kendra hoor hoe hy met sy selfoon vroetel. Dan hoor sy skielik Werner se stem.

"Kyk, kyk mooi en luister goed na jou geliefde man se boodskap!" Kendra kyk op na die selfoon wat hy voor haar hou. Daar is Werner se gesig met 'n grynslag op.

"My liefste vrou ... ai, ai, ai kyk nou net in watter moeilikheid het jy jouself gekry. Dink jy nie dit sou baie lekkerder gewees het om toe te gee aan my versoek nie? Jou ondankbare teef, jou verstokte eng verskoning vir 'n vroumens, jy het dit alles oor jouself gebring. Jy was te sleg om jou man te plesier. Daarna het jy my beskuldig, jou teef! Jy is vir my niks werd nie, ek gaan ook nie toelaat dat almal my beskuldig as jy hulle vertel van my denkwyse nie. Jy gaan ook nie my dogter teen my vergiftig nie. Nee, jy gaan vrek en haar nooit weer sien nie. Maar voor dit, voor dit alles gaan my vriend daar jou uit mekaar skeur. Jou vermink en jou verkrag tot jy sal wens jy het liewer ingegee op my vriendelike versoek. Dit is wat jy verdien! My marteling is nou oor, joune gaan baie erger wees, jou teef. Jammer jy kon nie jou dogtertjie groet nie!" Die boodskap word deur 'n duiwelse lag gevolg.

Kendra byt op haar lip, sy weier dat angs haar oorneem. Haar liggaam is in skok oor die feit dat Werner bereid was om so ver te gaan. Sy bid in haar gedagtes. Pleit by haar Vader om 'n wonderwerk vir haar te doen.

Die monster grynslag en sit sy selfoon in sy sak terug. Hy het lank gewag vir die geleentheid om hierdie vrou 'n les te leer. Sy sal hom nie weer verjaag met daardie staar van haar nie.

Buite het Erik en sy manne pas aangekom. Hulle klim so sag soos katte uit die voertuig. Geen deure word toegemaak nie. Vier gaan alkante van die huis om en hy, Richter en nog twee manne nader die huis. Hy voel aan die voordeur en die is sowaar oop. Hy wys met 'n kopknik vir die manne om gereed te wees en maak die deur oop. In gelit gaan hulle na binne, paraat en reg vir enige gebeurlikheid. Hulle weet nie of daar dalk meer as een man is nie.

Hulle is pas binne as hulle die harde grynslag na hulle regterkant hoor. Richter wys na die deur wat oopstaan. Hulle beweeg daarheen. Al vier sien dat dit trappe is wat na 'n kelder lei waarvan die deur wawyd oop staan. Dit is waar die geluid vandaan gekom het, daarvan is hulle oortuig.

"Het jy gedink toe Werner Botha jou verkrag het was dit erg, jou teef jy het geen idee nie. Jou uur het aangebreek."

Erik en sy manne besef dat hulle nou sal moet baie vinnig oorgaan tot aksie. Dit klink of hulle net betyds is. Saggies beweeg hulle af met die trap. Erik kry die man eerste in sy sigsveld. Hy sien dat die monster besig is om sy wapen neer te sit en dan begin om sy gulp oop te maak. Die volgende oomblik stamp hy Kendra plat op die bed. Erik sien dat haar oë gesluit is en besef nou moet hulle oor gaan tot aksie. Die volgende oomblik gee hy die teken vir aksie en hulle storm al vier gelyk op die monster af. Hy kry nie eers kans om om te swaai nie. Die volgende oomblik tref 'n geweer kolf hom teen die slaap en hy stort soos 'n sak patat ineen. Kendra hoor die plof op die grond en maak haar oë verskrik oop. Sy sien die vier gewapende manne in uniform en weet haar God het vir haar 'n wonderwerk gestuur.

"Here, my God, ek prys U naam. Vandag het U my uit die kloue van hierdie monster gered. Ek prys U naam vir hierdie manne. Dankie, dankie, dankie my Vader dat U so getrou is."

"Mevrou Botha, ek is Speurdersersant Erik Bauer. Dank die Vader dat jy nog in een stuk is. Hoe voel jy?" Hy kniel langs die bed en neem haar hand in syne. Die veilige gevoel van hulp en mense wat omgee laat haar uitbars in trane. Al die dinge wat Werner op die video gesê het skree meteens tot haar en breek haar hart in miljoene stukke.

"Mevrou Botha, Kendra, alles is nou verby. Ons is hier om jou na veiligheid te neem," troos hy in sy mooi bariton stem.

Die ander manne het na buite gegaan om die paramedikus te gaan haal. Hulle het gesien dat haar enkels erg stukkend is en so ook haar polse. Daarby is sy baie erg getraumatiseerd.

By die noem van haar naam, kyk sy na die man wat voor haar bed sit en so mooi met haar praat. Sy sien die opregtheid in sy oë en dit bring 'n nuwe vlaag van trane. Trane van bitterheid dat haar man, die een waarvoor sy haar lewe opgeoffer het, haar so kon verraai. Selfs haar uitgelewer het om vermoor te word. Hierdie man wat niks van haar is nie het soveel deernis vir haar.

Die paramedici kom in met die draagbaar.

"Manne, spuit haar heel eerste iets vir skok. Sover ek kan sien het hy haar gelukkig nog nie verkrag nie. Sodra julle haar stabiliseer het, neem haar na die Rahlstedt Hospitaal. Ek is kort op julle hakke en sal die inligting kom gee. Werk asseblief baie sag met haar."

"Ons sal haar dadelik 'n kalmeer inspuiting gee. Daarna sal ons haar polse en enkels versorg, voor ons haar uitneem."

Erik se manne het intussen die monster kom boei en weg gesleep die trappe op. Hy is veilig in die vangwa, nog so uit soos 'n kers. Die forensiese manne gaan deur die vertrek en daarna deur die swart bussie wat voor die deur parkeer is. Hulle kry meer as genoeg bewyse van Kendra se teenwoordigheid in albei. Intussen het die ambulans vertrek met Kendra. Erik en sy manne volg kort op hulle hakke. Hulle doen eers by die kantoor aan dat hy sy eie voertuig kan kry om hospitaal toe te gaan.

Die dokter is al besig om Kendra te behandel as hy by die ongevalle aankom.

"Suster, ek is speursersant Bauer, ek is seker julle het inligting van my nodig oor mevrou Botha."

"Beslis het ons. Kom gerus saam met my na opnames toe, hulle sal daar vir u help." Wanneer sy hom by opnames agterlaat keer hy haar vir 'n oomblik.

"Suster, sal u asseblief vir mevrou Botha verseker ek sal by haar wees sodra dokter met haar klaar is. Julle is bewus daarvan dat sy ontvoer was en deur erge trauma gegaan het?"

"Ek maak graag so vir u. Ja, die paramedikus het dit aan dokter genoem. Ek het verstaan dat iemand hom nog volledig sal inlig, dit is seker u?"

"Korrek, dit is ek. Ek maak net hier klaar dan kom ek na ongevalle om met die dokter te praat en mevrou Botha te sien."

Dokter Schultz doen sy bes om so sag as moontlik met die wonde aan Kendra se polse en enkels te werk. Tog is dit baie pynlik en rou.

"Ek is werklik jammer as ek u nog verder laat ly, maar ons moet hierdie wonde skoon kry dat hulle nie nog verder sal ontsteek nie."

"Ek verstaan dit, die pyn is in elk geval niks in vergelyking met die in my hart nie..." Hy kyk vir 'n oomblik op en sien die wroeging in haar mooi oë. Hy verstaan nie werklik die strekking van haar woorde nie, maar hoop om binnekort uit te vind dat hulle haar kan help.

Terwyl Erik die inligting aan die dame by ontvangs verskaf, onthou hy skielik hy het nog nie vir Kari laat weet nie.

"Is ons byna klaar, dame? Ek het 'n baie belangrike oproep om te maak."

"Dit is nog net haar identiteitsnommer en kontaknommer van naasbestaandes wat ons nodig het."

"Haar identiteitsnommer sal ek vir julle deurstuur, dit is by die stasie. Julle kan haar dogter se nommer opsit, haar naam is Kari. Miskien sal dit beter wees as julle my nommer opsit en dat ek haar kontak as daar iets is. Sy is net sewentien en is Sondag op pad kollege toe."

"Ek dink dit is die beste so as daar nie 'n ander volwassene is wat ons kan kontak nie."

Minute later stap Erik Bauer na buite om vir Kari te skakel. Sy antwoord onmiddellik.

"Speursersant, het jy vir my nuus oor Mamma?"

"Kari, ek het baie beslis ... ons het haar gevind. Sy is veilig in Rahlstedt Hospitaal. Die dokter is nou net besig om die skaafwonde aan haar polse en enkels te behandel. Daarna sal hulle haar na 'n privaatsaal oorplaas. Ek moet nog met haar gesels, maar ek glo dit sal vir haar meer beteken om jou eers te sien. Ek kan daarna met haar gesels. Moet ek jou kom haal, of sal Sven jou kan bring?"

"Dit is die beste nuus, die beste, beste nuus! Dankie Vader, dankie dat sy veilig is. Dankie Speursersant vir jou hulp, jy het geen idee wat hierdie vir my beteken nie." Kari is oorstelp en waar Sven in die kombuis staan, besig om vir hulle toebroodjies te maak hoor hy haar. Hy hardloop na haar kamer en sien hoe sy op en af spring van vreugde en trane van blydskap oor haar wange rol.

"Sven, hulle het haar gekry. Sy is veilig! Kan ons dadelik na haar gaan asseblief, groot asseblief?"

Hy gryp haar vas en druk haar teen hom vas, net so dankbaar soos sy.

"Natuurlik, ons kan ons toebroodjies sommer eet terwyl ons ry. Ek gaan vertel net gou vir Pappa die goeie nuus."

Kari maak haar hare reg en kamoefleer die spore van die trane. *Ek mag nie my Mamma ontstel nie. Sy is al deur genoeg hel. Ek wonder of sy weet dat my pa agter alles sit? Dit sal haar breek as sy dit moet weet. Sekerlik sal Speursersant Bauer haar moet vertel. Vader, dankie dat sy veilig is en lewe. Maak haar sterk vir dit wat nog voorlê. Help haar om dit te verwerk en ons albei om hom te vergewe dat ons kan vry wees en oor begin.*

Erik is terug by ongevalle. Dokter Schultz is pas klaar met Kendra.

"Dokter, ek is speursersant Bauer en werk met mevrou Botha se saak. Miskien moet ek net vinnig u van die omstandighede inlig voor julle haar uitplaas na 'n saal."

"Reg so, kom ons gesels gou in die kantoor. Suster, ons is nou terug. Bly asseblief by haar."

"Ek maak so, Dokter."

Erik volg die dokter na die kantoor. Daar maak hy self die deur toe.

"Dokter, hierdie vrou was deur ontsettende trauma vir die laaste weke voor haar ontvoering, en dit was natuurlik die hoogtepunt. Sy is ontvoer deur 'n man wat meneer Botha gehuur het. Alhoewel sy nie deur hom verkrag is nie, is daar groot skade emosioneel aangerig. Haar man het 'n video gemaak waarin hy aan haar bekend dat hy haar laat ontvoer het en ook sy redes. Daarin het hy ook aan haar bekend gemaak dat sy opdrag is dat sy verkrag en uitmekaar geskeur moet word en daarna of vermoor of verkoop moet word in mensehandel. Ek glo ek hoef nie vir jou te verduidelik wat hierdie inligting komende van die een wat jy liefhet aan 'n persoon sal doen nie.

"Ons het hom wel intussen in hegtenis geneem, so die gevaar dat hy haar sal kom pla is nie meer daar nie. Tog sal julle haar moet help om deur die emosionele trauma te werk. Sy het 'n sewentienjarige dogter wat oor drie dae weggaan kollege toe. Dan is sy alleen hier in Rahlstedt omdat sy van Suid-Afrika af kom. Julle sal dus moet doodseker maak dat sy op die pad van genesing kom, voor julle haar laat gaan."

"Watter tipe mens doen dit aan die vrou waarmee hy getroud is? Hoekom haat hy haar so?"

"Die tipe mens wat geen agting vir die heiligheid van 'n huwelik of die intimiteit daarin het nie. Ek weet ek is reg as ek vir u sê dat Werner Botha eerder 'n bordeelbaas moes word as 'n ingenieur. Sy siening is siek en verdraaid. Hy het dit op sy arme vrou probeer afdwing en toe sy nie wil instem nie, haar laat ontvoer om van haar ontslae te raak dat sy skandes nie kan uitkom nie. Dit het gelukkig sleg geboemerang op hom. In die proses het hulle dogter dalk ook trauma opgedoen, maar sy sal sekerlik eerder vir behandeling moet gaan in Bremen. Sy gaan na die College for People in Employment."

"Dankie vir die agtergrond, dit sal ons beslis help om haar te help. Die arme vrou, sy is so klein en broos. Ek sal haar dogter 'n verwysingsbrief geen na 'n kollega van my in Bremen wat op die kollege gronde praktiseer in die Mediese blok."

"Glo my, hierdie klein broos vroutjie en haar dogter, Kari is albei mense met harte soos leeus. As enigiemand anders moes deurgaan wat hulle die afgelope maande deurgegaan het, was hulle lankal in 'n gestig. Alhoewel ek skaars vir Kendra Botha ontmoet het, weet ek dit omdat haar dogter my haar storie vertel het."

"Ons sal haar in 'n privaatkamer plaas. Kom ek gee gou die opdrag. Daarna kan jy met haar gaan praat en haar dogter wil haar sekerlik ook graag besoek."

"Ja, Kari is reeds op pad hierheen. Ek sal vir haar wag dat ons saam na Kendra gaan."

"Ek moet hardloop, ek is seker om sien weer mekaar. Ons sal mooi na mevrou Botha omsien."

"Dankie, Dokter Schultz." Erik stap na die voordeur om vir Kari en Sven te gaan wag. Wanneer hy buite kom, sien hy hoe die twee jongmense op 'n vinnige drafstap aankom. Sy hart is dankbaar dat hy hierdie meisie se mamma kon aan haar terugbring.

"Speurdersersant ..."

"Kari, ek dink ons moet hierdie titel weggooi, ons gaan nog baie van mekaar sien. Noem my sommer oom Erik."

"Dit is baie makliker, baie dankie oom Erik. Kan ons na Mamma toe gaan?"

"Ons kan, hulle het haar na 'n privaatsaal geskuif en behoort nou al klaar te wees. Dit beteken jy sal enige tyd vir haar kan kom kuier net so lank as wat jy wil. Sven as jy haar nie kan bring nie, laat my net weet ek sal graag help."

"Oom, dit sal nie nodig wees nie. Ek het niks ander om te doen nie, en help haar graag. Tannie Kendra is soos 'n ma vir my ook."

"Kom ons gaan na haar. Sy mag dalk bietjie lomerig wees nou, hulle het haar iets gespuit om haar te help met die trauma. Al wat ek vir jou kan sê Kari is dat ons 'n baie, baie groot God dien. Hy het haar beskerm en ons wat presies betyds om haar uit daardie monster se kloue te red."

"Dank ons Vader daarvoor. Mamma stap gelukkig haar pad al jare so naby ons Vader en so het sy my ook geleer. Daarvoor is ek dankbaar."

"Kari jy kan eerste ingaan. Ek sal julle 'n tydjie alleen gee, daarna kan Sven haar gou groet. Dan moet ek ongelukkig alleen met haar gesels. Julle kan weer ingaan sodra ek klaar is. Hoe gouer ons die inligting kry, hoe gouer kan reg geskiet en sy dit agter haar probeer sit. Dokter Schultz, is haar dokter en die sal ook vir jou 'n verwysingsbrief na 'n berader in Bremen gee. Belowe my jy sal gaan."

"Dankie, oom Erik, ek sal beslis. Die spoke van die verlede moet ons agter los."

Hulle gaan met die hyser op na die tweede vloer waar die trauma afdeling is. Op pad uit die hyser loop hulle hul in die ongevalle suster vas.

"Suster, in watter kamer is mevrou Botha?" vra Erik.

"Sy is in kamer tien aan die einde van die gang. Meld net by die suster op diens aan."

"Dankie, reg so."

Vir Sven herinner die hospitaal aan sy eie moeder se tyd hier en hy is baie stil.

"'n Hospitaal is darem net nie 'n lekker plek nie ... al die monitors dinge. Gelukkig was ek nog net vir my mangels in 'n hospitaal. Sven jy is baie stil."

"Dit is maar die effek wat die hospitaal op my het, dit laat my aan Mamma dink."

"Ek is jammer dat ek jou saamsleep na 'n plek wat vir jou sulke seer herinneringe het, my maat."

"Dit is niks nie Kari, ek wil ook jou ma sien en sien dat sy *okay* is."

Erik luister na die twee tieners en besef hulle het albei al harde tye beleef. Omdat hy self nie getroud is of kinders het op veertig nie, het hy nie altyd besef dat tieners nie net altyd sorgloos is nie. Daar was vir hom nog net nooit tyd vir 'n vaste verhouding nie. Sy werk is alle ure van die dag en nag. Dit het sy lewe geword. Hulle kom by die verpleegsterstasie aan.

"Dagsê suster, ons is hier om mevrou Botha te sien asseblief. Ek is speursersant Bauer en hierdie is Kari en haar vriend Sven."

"Goeiedag, dit is in orde so, sy is in kamer tien."

"Kari, gaan jy, ons sal in die wagkamer wag en oor so tien minute kom," stel Erik voor.

"Dankie." Nou haastig om haar Mamma te sien, stap sy vinnig die gang af na kamer tien. Versigtig stoot sy die deur oop om nie haar Mamma te laat skrik nie.

"Kari! Kari my pop ... kom hier dat ek jou kan vashou."

"Mamma! My liefste Mamma!" Versigtig om nie Kendra se polse seer te maak nie buk sy af en druk haar styf teen haar vas. Trane van blydskap vloei vrylik. Vir minute hou hulle net mekaar so vas. Kari trek 'n stoel nader en sit teen die bed.

"Mamma, is jy *okay*? Het daardie monster jou vreeslik seer gemaak?"

"Behalwe vir die skaafwonde aan my polse en enkels nee. Kari ons dien 'n almagtig en alomteenwoordige Vader. Hy was daar met my, en het my so beskerm. Daardie man kon dit nie regkry om my aan te raak nie. Ek het die hele tyd Jesus aan geroep en Sy bloed oor my gepleit. Dit het hom die twee maal wat hy my wou verkrag, in sy spore gestop en op vlug laat slaan. Hy het my 'n heks genoem, gedink ek het 'n towerspel op hom geplaas. Alles ons Vader se werk, en Jesus se beskermende krag."

"Dit is wonderlik Mamma. Hoe het hy Mamma ontvoer?"

"Ek het by my kar gekom, en gesien die band is pap. Die kattebak oopgemaak om die band te vervang. Die volgende oomblik het ek net die stank ruik van wat ek aanneem chloroform was gekry. Hy het 'n lap oor my neus gedruk en alles het swart geword voor my. Ek het later begin bykom, en besef my arms en bene is vasgebind, maar was nog nie mooi wakker nie. Eers in die plaashuis waar hy my aangehou het, het ek ordentlik wakker geword."

"Jy is so 'n dapper vrou, Mamma."

"Ek weet nie hoe die speurders my so gou gekry het nie. Dit is voorwaar 'n wonderwerk. Hy het my 'n video gewys wat jou pa gemaak het waarin hy beken dat hy agter alles sit, ek is jammer dat ek dit vir jou moet vertel. Dit het my die ergste geraak. Daarna sou hy my verkrag of doodskiet as hy dit nie kon regkry nie, want dit was jou pa se opdrag op die video. Ek is so jammer Kari."

"Mamma, stop! Ek weet van dit alles. Vanoggend vroeg het ek van my pa se geskree wakker geword. Ek kon elke woord hoor wat hy praat met die man. Ek het gehoor hoe hy opdrag gee dat die man Mamma moet verkrag of vrek maak. Al was ek hoe geskok het ek besef ek moet dadelik by oom Erik uitkom en vir hom vertel."

"Oom Erik?"

"Speursersant Bauer. Mamma hy is 'n wonderlike mens en het my ondersteun en gehelp. Hulle het my pa dadelik in hegtenis gaan neem nadat ek met hom gepraat het. Dit is waar hulle die man se selfoonnommer gekry het om julle lokasie vas te stel. Ek is so dankbaar vir hom. Beslis is dit ons Vader se werk dat ek daardie gesprek moes hoor. Ek moes 'n keuse en dit was maklik, ek sal altyd vir Mamma kies. Ek dank ons Vader dat Mamma lewe."

"My pop, ek is so trots op jou. Jy het so volwasse opgetree. Baie dankie dat jy gehelp het om my te bevry." Daar is 'n sagte klop aan die deur.

"Dit is seker oom Erik en Sven. Binne." Sven is eerste by Kendra. Hy buk af en druk haar.

"Tannie Kendra, genade is ek bly om jou te sien. Ons het mooi na hierdie maatjie van my omgesien. Sy is net so 'n sterk meisie soos wat haar mamma is."

"Sven, baie dankie. Wanneer ek weer gesond is sal ek een naweek as julle twee tuis is 'n lekker ete kook om julle te bedank."

"Vir tannie se kos sal ek nooit nee sê nie. Daardie Suid-Afrikaanse boerekos is lekker. Tannie moet seker rus, en oom Erik wil met tannie gesels. Kari kom ons gaan drink 'n koeldrank by die kafeteria."

"Ek sien Mamma sodra oom Erik klaar met jou gesels het. Ek is so baie, baie lief vir jou." Sy soen Kendra op haar voorkop en verlaat dan die kamer saam met Sven.

"Jammer speursersant Bauer dat ons jou tyd so mors. Dit is net hierdie kind is my hart en lewe. Al is my geloof hoe sterk, is daardie monster onvoorspelbaar en was ek nie seker of ek my kind ooit weer gaan sien nie."

"Mevrou Botha, julle het nie my tyd gemors nie. Hierdie saak is vir my prioriteit en daarby is Kari 'n kosbare kind. Ek kan goed verstaan hoekom julle so naby aanmekaar is. Sy het my die eerste maal die namiddag nadat jy ontvoer is kom spreek. Ons het in 'n park naby die skool ontmoet. Sven het haar gebring. Gedurende daardie gesprek het sy my vertel van die gebeure in jou lewe die afgelope jare soos jy die met haar gedeel het. Soos vir my was daar 'n paar dinge wat nie vir haar sin gemaak het nie en ons albei se vermoede was van die begin af dat meneer Botha iets hiermee te doen gehad het. Sy is 'n baie intelligente kind.

"Daarna het sy later die aand my 'n WhatsApp gestuur om my van die man te vertel wat meneer Botha in u afwesigheid Maandag gaan spreek het. Sy het gevoel dat hy glad nie soos 'n besigheidsman gelyk het nie en sy hom nog nooit voorheen ontmoet het as een van sy kollegas nie. Ons het 'n skets van hom gemaak op haar beskrywing en dadelik agtergekom dat hy 'n verkragte en moordenaar is wat ons al lank probeer vastrek.

"Vanoggend het sy my dadelik gekontak om my te kom sien na die gespek wat sy gehoor het. Sy is 'n dapper meisie en daarby is ek bly vir Sven wat haar elke keer uit die huis kon kry sonder dat meneer Botha onraad gemerk het. Ek wil nie vra nie, maar ek moet ongelukkig u verklaring kry van wat gebeur het vandat u ontvoer is."

"Eers wil ek u net bedank vir wat u vir my kind en my gedoen het die afgelope twee dae. Dat u geluister het en reageer het op wat sy u vertel het."

"Mevrou Botha, daardie dogter van jou is baie besonders. Ek het nie kinders nie, maar so 'n dogter sou ek nie omgee om my eie te kon noem nie. Jy het 'n baie goeie werk met haar opvoeding gedoen."

"Baie dankie, dit is net genade. Kom ek begin dat ons dit kan verby kry. Woensdag na my klas het ek na my voertuig gestap. Daar het ek gemerk dat my motor se band pap is en wou dit self omruil. Terwyl ek in die kattebak besig was om die noodband uit te haal, het iemand my oorrompel deur 'n chloroform lap voor my neus te druk ..." Kendra vertel aan Erik die gebeure van die laaste twee dae totdat hulle haar gevind het.

"Wat 'n kragtige getuienis, mevrou Botha! Daarby moet ek erken ek het nog nooit die voorreg gehad om iemand wat so vas in hul geloof staan soos u ontmoet nie. Nou verstaan ek ook hoekom Kari so 'n pragtige kind is. Sy was ontsteld en hartseer, maar nooit histeries of hopeloos nie. Ek is nou nog verstom oor met hoeveel wysheid sy gehandel het. Net so is ek as ek na u verklaring luister. Geen histerie nie. U het geen energie gemors op daardie monster nie. Sjoe, dit is absoluut wonderlik en ek is so oneindig dankbaar dat hy dit nie reg gekry het om u te verkrag nie. Hy verniel gewoonlik sy slagoffer so, dat al oorleef hul, is hulle geskaad vir die res van hulle lewens."

"Die egste van hierdie hele ontvoering vir my is beslis die oomblik wat hy daardie video aangeskakel het. Dit het werklik gevoel asof iemand 'n dolk in my hart druk. Ten spyte van wat Werner al alles aan my gedoen het, wou my verstand net nie glo wat voor my oë afgespeel het nie. Die venyn, die haat ... dit het oor sy hele wese gestaan. Sy gesig was vertrek dat hy soos 'n duiwel gelyk het. Dieselfde man wat ek liefgehad het. Wat ek my familie en vriende voor in Suid-Afrika agtergelos het. Wat ek op die hande gedra het en met my lewe vertrou het tot onlangs toe." Die rou snikke skeur nou deur haar tenger liggaam en Erik Bauer wens hy kon haar vashou en troos. Hy buk nader aan haar.

"Kendra ... dit is alles verby. Huil daardie bitterheid uit jou siel uit. Moenie toelaat dat hy jou mooi hart en lewe verder in duisternis dompel nie. Hy was jou nooit werd nie, nooit nie. Moenie dat hierdie man se verraad jou jou kans op 'n nuwe lewe en geluk ontneem nie. Dank die Here alle mans is nie soos hy nie." Hy druk saggies haar hand om sy ondersteuning te wys. Na 'n rukkie kyk sy skaam op.

"Jammer vir al die drama, dit is net so verskriklik seer en moeilik om te verwerk," maak sy verskoning.

"Dit is geen drama nie. Jy moet daaroor praat, dit is al wat genesing sal bring. Dokter Schultz sal 'n berader na jou stuur wat jou sal help om met alles wat gebeur het te deel. Belowe my jy sal die persoon gereeld sien totdat jy voel jy is gereed om alles agter jou te sit."

"Ek belowe ek sal. Wat van Kari?"

"Die dokter sal ook vir Kari 'n verwysing gee na 'n berader wat op die kollege kampus sy praktyk het. Sy het my reeds belowe dat sy sal gaan. Nou gaan ek jou los om te rus. Jy het 'n baie, baie rowwe twee dae agter die rug. Moet jou nie oor Kari bekommer nie, sy bly by Sven en sy pa. Hy is net so 'n oulike jongman. Ek sal later weer 'n draai maak om te kyk dat jy okay is. As daar enigiets is wat ek vir jou kan bring, laat die suster my net laat weet. Ek sal ook jou selfoon en handsak bring."

"Baie dankie, speurdersersant Bauer ..."

"Erik, my naam is Erik."

"Erik, ek weet nie hoe ek jou en jou span sal bedank vir wat julle vir my gedoen het nie. Kari het my reeds vertel hoe jy uit jou pad uit gegaan het om haar te kom ontmoet in die park. Van daar af kon sy net op jou nommer druk ... voorwaar het God jou op ons pad gestuur."

"Ontvoerings wat soos hierdie een eindig is vir my 'n bewys van ons Vader se genade en liefde. Dit is min wat ek dit beleef. Ek is so dankbaar dat dit so uitgewerk het vir jou en Kari. Rus nou."

Hy stap na die wagkamer waar Kari en Sven reeds vir hom wag.

"Oom Erik, is sy *okay*?" vra Kari bekommerd.

"Sy is. Dit was vir haar moeilik om weer alles te herleef, maar jy weet mos wie jou Mamma se Anker is. Sy is 'n fenomenale vrou. Sy moet nou eers rus. Julle kan vanaand weer vir haar kom kuier. Ek sal deur die namiddag 'n draai by haar maak om haar selfoon en handsak te bring. Kom ons gaan nou eers. Jy kan ook nou gaan rus."

"Ek hoop hulle help haar gou met die geestelike letsels, dit is op die oomblik haar swaarste las."

"Hulle sal, Kari, hulle sal."

Op die parkeerterrein groet hulle. Erik gee vir Kari 'n drukkie. Die kind voel sowaar vir hom soos sy eie dogter. Of so neem hy aan dit sal voel om 'n dogter te hê.

"Oom Erik, dankie vir alles wat jy vir Kari en tannie Kendra gedoen het. Ek waardeer dit net so baie. Ek dink Kari sal meer gerus wees nou om te gaan Sondag, noudat sy weet oom sal 'n oog oor tannie Kendra hou."

"Dit sal ek met graagte doen. Ek hoef haar nie lank te ken om te weet dat sy 'n wonderlike mens is nie."

Daardie aand is die nuus vol daarvan dat Kendra Botha gevind en veilig in die hospitaal is. Dat die ontvoerder en ook die persoon wat hom gehuur het ook al reeds in aanhouding is. Dat bewyse daarop dui dat haar eie man Werner Botha agter die ontvoering gesit het.

In Suid-Afrika is haar familie en Pieter geskok, maar tog dankbaar dat sy lewend gevind is. Dean het reeds sy skeisaak met Santa aangegee. Hy wil nie een minuut langer met daardie siek vrou getroud wees nie.

Hoofstuk 21

Ses maande later stap Erik Bauer saam met Kendra by die hof uit na 'n paar dae wat vir haar baie emosioneel was. Sy moes al die gruwelike gebeure weer herleef. Vir Werner Botha in die gesig kyk saam met die monster wat hy betaal het om haar te ontvoer. Hulle is pas gevonnis. Werner sal so gou moontlik uitgelewer word aan die Suid-Afrikaanse regering vir permanente deportering. Hy sal in sy lewe nooit weer sy voet in Duitsland kan sit nie. Die monster is tot lewenslank gevonnis omdat al die ander sake teen hom ook in ag geneem is.

"Dit is uiteindelik verby Kendra. Jy was so sterk ... ek het so iets nog nooit in my hele loopbaan beleef nie."

"Genade op genade, Erik. Daarby jou en die kinders se ondersteuning, al is hulle nie self hier nie. My Kari-pop het elke dag geskakel. Ek is dankbaar dat sy so goed doen daar."

"Ek is net so bly vir haar. Ek hoop nie jy het planne vir die naweek nie."

"Planne, watse planne sal ek nou hê ... my kind en beste vriendin sit twee honderd kilometer weg. Nee wat ek gaan net rustig wees."

"In daardie geval of in enige geval het ek vir jou 'n verrassing. Vertrou jy my?"

"Liewe genade, vra die man wat my uit die kloue van 'n monster of nee twee monsters gered het."

"In daardie geval gaan ek vinnig by jou woonstel stop. Gryp net jou tandeborsel en twee stelle klere. Moet asseblief nie weier nie en ook nie lank neem nie. Hierdie naweek ontvoer ek jou, dit is wat die dokter voorgeskryf het."

"Erik Bauer! Waarmee is julle besig? Konkel jy en my dokter agter my rug?"

"Miskien en ook net vir jou eie gesondheid," lag hy.

"Goed, hier gaan ons. Ek was nog altyd gehoorsaam en jy weet waar my eenmalige ongehoorsaamheid my laat beland het. Kom laat ons gaan."

"Ek wil nie weer hoor dat jy ooit daarna verwys nie. Jy is vry van daardie man en voor die naweek verby is, is hy vir ewig weg uit hierdie land."

"Jy is reg. Die beste ding wat uit hierdie hele drama gekom het, is jou vriendskap met Kari en my. Dankie daarvoor en ook vir jou ondersteuning elke dag."

"Ek het baie meer gewen as julle, ek het twee kosbare mense in my lewe gekry. Hier is ons. Gaan gooi daardie klere in, net om seker te maak jy ontsnap nie van my nie, wag ek in die sitkamer."

"Waarheen sal ek ontsnap en hoekom sal ek dit wil doen?" Sy verdwyn in die gang af en pak blitsvinnig haar naweek tas." *Waarheen gaan ons? Dit voel so onwerklik dat ek vry is van Werner Botha. Vader help my op hierdie nuwe pad waarvan elke tree vir my onbekend is. Dankie vir 'n vriend soos Erik.*

'n Halfuur later vertrek hulle. Erik kyk telkens na haar en lag net saggies. In sy maag is daar behoorlik vlinders so opgewonde is hy oor hierdie verrassing. Hy het lekker met Kari gekonkel. Om Kendra se gesig te sien as sy sien waarheen en wie almal daar is sal soos 'n trofee vir hom voel.

"Waarheen neem jy my, speursersant Bauer? Jy het nie genoem of ek my bikini moes pak of nie, toe het ek dit maar vir die wis en die onwis gedoen," terg sy.

"Kendra, jy sal my verdomde hart gaan laat staan. Jy moet in ag neem dat ek 'n gesoute oujongkêrel is ..." terg hy terug.

"Oujongkêrel! Gmf ... jy is g'n 'n oujongkêrel nie. Waar ek vandaan kom is dit net mans wat nie 'n vrou kan kry nie. Ek dink werklik nie dit is die geval met jou nie."

"Mmmm ... ek weet nie, want ek was te besig met my loopbaan om agter te kom dat die lewe by my verbygaan."

"So raak ons maar opgevang in die lewe se mallemeule as ons nie versigtig is nie. Dan spoeg dit ons een of ander tyd verward en alleen uit. Ek is dankbaar vir 'n tweede kans op lewe, elke dag."

"Glo my ek is net so dankbaar saam met jou." Hy neem haar hand en druk dit sag.

"Is dit nog ver?" vra Kendra.

"Nee, glad nie, ons gaan net hier voor afdraai. Kyk in die paneelkissie is daar 'n blinddoek, sit dit asseblief aan en belowe jy sal nie loer nie."

"Nou raak dit darem baie soos 'n ware ontvoering ..." sy lag uit haar maag. Tog kyk sy en sit dit aan. Opwinding begin nou ook in haar maag bruis. Wanneer laas was sy so sorgvry en gelukkig?

Na sowat vyftien minute voel sy die voertuig kom tot stilstand. Sy hoor voëlsang en wonder waar op aarde hulle kan wees. Erik loop om, maak die deur vir haar oop en lei haar 'n entjie. Dan los hy haar hand.

"Kendra, dit is tyd vir jou om jou verrassing te sien, haal maar af die blinddoek." Sy ruk die blinddoek af en vir sekondes is sy stom geslaan. Daar voor haar staan Kari, Sven, Hartmunt, Sibille en Erik en hulle is by die kampplek.

Gelyktydig storm sy en Kari op mekaar af met krete van blydskap.

"Mamma!"

"Kari!" Hulle druk mekaar vir sekondes vas voor die ander almal nader beweeg om haar te groet.

"Erik, hoe op aarde het jy dit gereël gekry?" vra sy bly.

"Ek het jou al daardie eerste dag vertel dat jy 'n baie intelligente dogter het. Ons het dit saam gereël en Hartmunt, Sibille en Sven was te gretig om ons te help om dit uit te voer. Voor jy jou begin bekommer oor wie waar gaan slaap. Jy en Kari kan in jou karavaan slaap, Sven en ek sal in haar karavaan slaap en Hartmunt en Sibille het net om die draai 'n kampplek gehuur met hulle eie karavaan. Uitgesorteer!"

"'n Groter verrassing as dit kon julle my nie gee nie. Dit is so lekker om almal van julle hier te hê."

"En vir ons om hier met jou te wees," voeg Hartmunt by. "Sven, ou seun kom pak daardie vuur, oom Erik het vleis vir 'n hele weermag wat hy wil braai."

"Ek voel nou heel verlore, wat van slaai?" vra Kendra.

"Alles is klaar Kendra. Ek het dit sommer by die huis gemaak. Hierdie naweek is die viering van jou vryheid en jou en Kari se geluk vorentoe," antwoord Sibille.

"Julle is voorwaar 'n goeie klomp konkelaars bymekaar," lag Kendra. Haar hart is gelukkig, sy is omring met mense wat waarlik vir haar omgee. Erik staan nader met 'n stoel.

"Hier, sit. Wat kan ek jou aanbied om te drink skone dame?"

""Nee, nee, nee, oom Erik. Ek het gedink ons vier iets?"

"Natuurlik doen ons, Kari. Wat is nou fout?" Sy haal 'n bottel perse sjampanje wat haar Mamma se gunsteling is uit.

"Sjampanje vir my Mamma, net die beste. Sal oom dit vir ons skik, sommer in die blikbekers."

"Graag doen ek dit, jy is my sowaar een voor, meisiekind." Erik skink vir elkeen 'n bietjie sjampanje.

"Op Kendra en Kari se geluk," sê hy as almal hul beker in die lug hou.

"Wag, wag, wag net 'n bietjie," stop Kari hom.

"Ek wag in spanning, jongedame. Praat net gou ons kele is droog," terg Erik.

"En op my nuwe beroepsrigting – Forensiese Ingenieur!" kondig sy aan terwyl sy Erik se gesig dophou.

"Kari, is jy ernstig?"

"Ek is baie ernstig, en dit is natuurlik alles oom Erik se skuld." Almal neem 'n teug van hul sjampanje en bars dan uit van die lag vir Kari se opmerking.

"Kendra, het jy hiervan geweet?"

"Nee, ek het nie. Jy is mos die een wat my vertel het hoe 'n intelligente kind ek het en hoe sterk sy is. Sy weet wat sy in die lewe wil hê en sal 'n sukses daarvan maak omdat sy dit saam met ons Vader doen. Baie geluk my pop op jou uitstekende keuse. Vertel my net wie gaan nou vir jou studies betaal?"

"Maklik, die Federale Intelligensie Diens – oom Erik se base."

"Kyk nou is ek stom geslaan. Jy het sowaar op jou eie aansoek gedoen vir 'n beurs en die gekry. Sven en nou is julle albei by die ingenieursfakulteit?"

"Jip, hierdie meisiekind kook glad nie sag nie. Ek is baie bly ek swot in 'n ander rigter as sy. Sy gaan die ouens se sterte lekker skop."

"Baie geluk, Kari," koor Hartmunt en Sibille.

"Dankie almal, julle kan nou maar ophou aangaan oor hoe briljant ek is. My Mamma het my geleer, waar 'n wil is, is 'n weg en nee is nie 'n antwoord as jy regtig iets wil hê nie. Saam met gebed is dit 'n wenresep."

Terwyl Sven die vuur aansteek gaan sit Erik langs Kendra.

"Hoe voel jy regtig oor Kari wat haar kursus verander het?"

"Ek kan niks ander as dankbaar wees nie. As ek my nie misgis nie, is my lewe deur 'n forensiese ingenieur gered. Erik, julle doen wonderlike werk. Ek weet julle het nie altyd sukses nie, en dit moet baie moeilik wees vir julle. Steeds gaan julle weer en weer uit. Kari het wat nodig is vir hierdie rigting, die hart, deursettingsvermoë en geloof daarmee saam."

"Kendra, ek dink jy moes meer kinders gehad het. Jy is 'n ware moeder."

"Ek weet darem nie of ek daarvoor sou kans sien nie. Al wat ek kan doen is om ons Vader te dank vir my kind wat so goed uitgedraai het. Jy weet self hoeveel jeug raak betrokke by misdaad. Duitsland is ook nie 'n omgewing waarin ek my kind van kleins af sal wil groot maak nie. Kari was gelukkig al tien toe sy in 'n Duitse skool gekom het. Haar basis was reeds gevorm. Min Duitse kinders het die mooi maniere wat Sven het."

"Dit is waar. Geniet jy darem jouself?"

"Beslis doen ek, baie dankie vir hierdie. Dit beteken vir my so baie. Kari het jou dalk gehelp, maar ek weet dit was jou idee en jy het gesorg vir al die kos."

"Darem nie alles nie, Hartmunt en Sibille het ook gehelp. Sy het al die slaaie en bykosse beplan en voorberei. Hulle is so gelukkig en Sven is gelukkig om haar vir 'n stiefma te kry. Dit is min wat 'n man twee keer so gelukkig is om 'n goeie lewensmaat te kry."

"Dit kan jy weer sê, party van ons kry dit nie eers eenmaal reg nie."

"Dit is nie jou skuld nie, jy weet dit. Miskien was jy te jonk toe jy getroud is en het nog nie die lewenservaring gehad om die gevaartekens te eien nie. Dit is agter jou, vir goed agter jou. Iemand so pragtig soos jy, hoe kan iemand jou nie gelukkig wil maak en liefhê nie?"

"Oom Erik, is dit genoeg hout vir al daardie vleis wat oom wil braai," vra Sven.

"Dit lyk vir my heeltemal reg. Jy moet onthou ons moet vanaand hierdie twee Suid-Afrikaners wys ons kan ook soos hulle braai," lag hy.

"Dit is jammer ons het nie van my Mamma se eie boerewors nie. Dit is beter as enige van die wors wat jy hier te koop kry."

"Maak jy jou eie boerewors, Kendra?" vra Sibille verbaas.

"Ja, Sibille, ook biltong. Ek skuld julle almal nog 'n ete. As Sven en Kari weer huis toe kom vir die naweek. Onthou nou. Dan sal ek jou vergas met boerekos en ander bederwe."

"Dit kan jy weet sal nie een van ons mis nie," laat Erik hoor.

Hulle kuier almal heerlik saam. Sven bring later sy kitaar te voorskyn en hy en Kari sing heerlik om die vuur vir hulle.

Wanneer laas was ek so gelukkig, kon ek so sorgvry saam met mense wat vir my omgee dit geniet. Geen mense wat dronk raak en geraas maak en baklei nie. Geen vroumense wat hulle lywe rond gooi en iemand se huweliksmaat wil verlei nie. Net goeie vriende wat saam kuier.

Erik hou haar dop en sien die hartseer trek om haar mond wat skielik verskyn het. *Wat sal dit wees wat haar so hartseer maak? Ek wil so graag hê sy moet net gelukkig wees.*

Na die tyd ruim al drie dames op en die manne sien toe dat die vuur ordentlik dood is. Die rooster en hout word ook weg gepak. Hartmunt en Sibille groet vir die aand en gaan na hulle karavaan. Die twee jonges is moeg van die week se bedrywigheid en gaan ook slaap. Kendra werskaf in die kombuis, sy wil vroeg oggend botterbroodjies kom bak vir ontbyt vir almal. Dit is waar Erik haar vind.

"Kendra, wat woed jy nog in die kombuis?"

"Niks ernstig nie, dit is maar my gewoonte, ek hou daarvan om in my kombuis te wees. Baie dankie vir dit alles en die heerlike braai van vanaand."

"Dit is net 'n plesier. Ek het gewonder of jy nie saam met my teen die rivier wil gaan stap nie. Die is werklik pragtig hier met die wit strand net soos by die see en dit is volmaan so dit is lig genoeg."

"Sjoe, ek sal nie so 'n uitnodiging weier nie. Met my stapmaat nou op universiteit, mis ek dit baie. Ek wil net gou vir my gaan plakkies aantrek."

"Reg ek wag vir jou." Kendra verdwyn in die karavaan in.

"Mamma, kom jy ook nou slaap?"

"Nee, my pop, ek en oom Erik gaan 'n entjie langs die rivier stap. Dit is so 'n mooi aand en ek mis dit baie om te stap met jou weg."

"Geniet dit, ek is poegaai. Lekker slaap daarna Mamma."

"Lekker slaap my pop." Sy stap na waar Erik vir haar by die hekkie in die heining wag.

"Is jy gemaklik, kan ons maar gaan?"

"Heeltemal." Die entjie van die kamp plek na die strand stap hulle in stilte. Hulle luister na die padda koor en nagvoëls se geroep. Die maan gooi sy goue strale oor die water. Dit skep 'n magiese atmosfeer. Die windjie fluister oor die water en vorm klein rimpeltjie.

Kendra neem dit alles in en die is voedsel vir haar siel. Erik op sy beurt kan nie onthou wanneer laas hy op 'n strand gestap het nie, die maan gesien het nie, of so gelukkig was nie.

Wanneer hulle 'n hele end al gestap het, neem hy saggies haar hand in syne. Hy wag vir haar reaksie, maar niks volg nie. Sy stap net aan asof dit die natuurlikste ding in die wêreld vir haar is dat hy haar hand vashou.

"Kendra."

"Mmmm .."

"Toe ons vanaand om die vuur gesit het terwyl die kinders gesing het, was daar skielik so 'n hartseer trek om jou mooi mond? Is daar iets wat jou ongelukkig maak?"

"Jy is 'n baie fyn waarnemer, Erik Bauer. Nee, ek is baie gelukkig. Daar het ek net vir 'n oomblik gewonder wanneer laas ek saam met mense wat vir my omgee kon verkeer. Mense wat nie my ondergang probeer bewerk nie. Mens wat nie bybedoelings het en daarom met my vriendelik is nie. Dankbaarheid het toe weer oorgeneem vir die mense wat ek nou in my lewe het."

"Ek is bly om te verneem dat dit al was, ek wil graag niks anders as net 'n glimlag om daardie mooi mond van jou sien nie. Jou oë wat so 'n spesiale kleur het en lyk of hulle sterretjies in het as jy so glimlag. Jy is die mooiste mense met die mooiste hart Kendra. Dit is vir my wonderlik om te sien op watter manier ons Vader mense se paaie laat kruis. Ek dank Hom vir die dag wat ons paaie gekruis het."

"Baie beslis. Ek is baie bly dit is maanlig en nie daglig nie anders sou jy sien hoe ek bloos vir al die mooi dinge wat jy kwytraak. Ek is maar net 'n doodgewone Mamma wat baie lief is vir haar enigste kuiken."

Erik stop in sy spore. Kendra wonder wat nou. Hy gaan staan voor haar en neem albei haar hande in syne.

"Kendra, jy kan nie doodgewoon wees al probeer jy hoe hard nie. Nie eers toe jou siel uitmekaar geslaan was deur die sweepslae wat die liefde aan jou uitgedeel het, was jy doodgewoon nie. Vir veertig jaar van my lewe het ek gewoed en gewerk. Kriminele gevang en mense se lewens probeer beter maak. Nooit het een van hulle 'n impak op my lewe gemaak soos jy nie.

"Nog voor ek jou ontmoet het, die aand toe Kari die eerste maal met my gesels het oor jou, het ek geweet hierdie Mamma van hierdie meisie is 'n baie, baie besonderse mens. Daarna het sy 'n foto van jou aan my gestuur en ek het daardie aand aan myself gesê: Ek sien uit om jou te vind en te ontmoet Kendra Botha.

"Gelukkig hoef ek nie lank te gewag het nie, te danke aan jou briljante dogter. Die oomblik wat ek jou daar op daardie bed sien lê het met daardie verskriklike pyn in jou mooi oë het jy net daar my hart verower, onherroeplik!

"Ek weet dit is nog te gou vir jou, steeds wil ek hê jy moet weet hoe ek voel. Weet dat ek altyd daar sal wees, ongeag of jy ooit soos ek sal voel. Ek kan net bid dat die Vader hierdie een wonderwerk vir my sal doen soos Hy vir jou daardie dae van hel wonderwerk op wonderwerk gedoen het."

"Erik ... ek weet nie wat om te sê nie ..."

"Jy hoef niks te sê nie, liewe Kendra. Ek sal aanhou bid en vertrou dat ek met my liefde vir jou ook jou hart sal verower en al die letsels wat verkeerde liefde gelaat het kan reg maak met opregte liefde. Liefde wat rein, teer en mooi is soos jy!" Sy druk haar wysvinger voor sy lippe om hom stil te maak. Al kan sy nie sy blou oë in die maanlig sien nie, weet sy hulle is net so blou soos die see. Sy het die afgelope maande elke deel van sy aantreklike gesig leer ken. Van sy swart hare wat in 'n netjiese kort styl geknip is tot by sy aantreklike breë, kakebeen. Sy weet wanneer hy moeg is, wanneer hy bly is, wanneer hy hom bekommer oor iets. Sy ken die trek van deernis om sy mooi mond. Sy weet hy sal haar met sy lewe beskerm en nou weet sy ook dat hy haar liefhet.

"Erik, ons dien 'n God van wonders. Een wie die onmoontlike kan moontlik maak. Soos die wonde genees het, die rowe afgeval het, het ek besef dat God ons groot Geneesheer, jou as die salf van my wonde gebruik het. Jy is so opreg, niks is ooit vir jou teveel nie, ek kan jou werklik vertrou, voor vanaand was jy die wonderlikste vriend. Ek het nooit in jou teenwoordigheid ongemaklik gevoel of gevoel ek kan nie net myself wees nie.

"Die letsels is nog daar, maar daaraan sal ons saam met God werk. *Sefanja 3:17* sê: *"Hy is vol vreugde oor jou, Hy is stil-tevrede in sy liefde. Hy jubel en juig oor jou"*. Dit is hoe ek nou voel nadat jy my vertel het hoe jy oor my voel. Volg vreugde en stil-tevrede in my liefde vir jou wat God self in my hart kom plant het."

Hy gryp haar vas en draai met haar in die rondte. Saam lag hulle soos uitbundig kinders oor hul nuutgevonde liefde en vreugde. Dan laat hy haar stadig teen sy liggaam afgly tot sy voor hom staan en hy na haar kan afkyk.

"Kendra, God het voorwaar vir my 'n wonderwerk gedoen. Hoe sal ek Hom ooit in my hele lewe genoeg kan dank dat Hy jou vir my gestuur het. Dat jy my ook liefhet! Ek kan nie glo jy het my ook lief nie, my liefste, liefste Kendra." Erik se kop sak stadig en hy soek na haar lippe, daardie pragtige lippe met die mooiste glimlag wat haar hart weerspieël. Terwyl hy haar soen ontglip daar 'n sug van genoegdoening oor haar lippe. Hy soen haar net meer hartstogtelik, net soos sy stilte-vrede in sy liefde vir haar.

"In ons lewens sal daar nooit geheime wees nie, nooit slae van enige aard uitgedeel word nie, omdat dit die suiwer liefde is wat van ons God af kom, my liefste Kendra. Ek is van daardie eerste dag af oneindig lief vir jou."

"God het die saadjie geplant en deur jou omgee en liefde dit water gegee en versorg en nou is dit 'n boom, wat in die toekoms gaan vrugte dra en net meer en meer raak. Ek het jou lief, en dit gaan net meer en meer raak soos ons die pad saam met ons Vader stap."

Geagte Leser

Ons hoop dat u ons boek geniet het en dit boeiend gevind het. U terugvoer is baie belangrik vir ons en vir toekomstige lesers.

Ons sal dit baie waardeer as u 'n paar oomblikke kan neem om 'n resensie op Amazon te skryf. U mening help ander om ingeligte besluite te neem en dit help ons om beter te verstaan wat ons lesers waardeer.

Baie dankie vir u ondersteuning!

Vriendelike groete

Die Malherbe Span